Christine Koschmieder

Roman

kanon verlag

Dry ist meine Geschichte, aber es ist nicht unbedingt die Geschichte derer, die darin vorkommen. Oder zumindest nicht die, die sie erzählt hätten. Meine Kinder heißen nicht Oleg, Tillie und Karl, und doch haben die Menschen, die hier vorkommen, reale Vorbilder. Aber *Dry* ist ein Roman, kein Memoir und kein Sachbuch.

ISBN 978-3-98568-042-9

2. Auflage 2022
© Kanon Verlag Berlin GmbH, 2022
© Christine Koschmieder, 2022
Umschlaggestaltung: Anke Fesel / bobsairport
Unter Verwendung einer Illustration von Chris Keller
Herstellung: Daniel Klotz / Die Lettertypen
Satz: Marco Stölk
Druck und Bindung: Pustet, Regensburg
Printed in Germany

www.kanon-verlag.de

Christine Koschmieder
Dry

Für Karenin, Lotta und Mattis.
Ein paar mehr Antworten. Ein paar mehr Fragen.

Lebenslinie (Tag 9)

Haus D, 1 Zi., Szczepański / Koschmieder

Alex schüttelt ihr Kissen im frischen Kopfkissenbezug zurecht. Wir sind gerade mal eine Woche hier, und sie wechselt schon ihre Bettwäsche. Immerhin hat sie auch neues Klopapier mitgebracht, die vier Rollen, die auf der Ablage über der Spülung standen, haben nicht lange gehalten.

Dienstags und donnerstags zwischen sieben und neun hat die Wäscheausgabe in der Hauswirtschaft geöffnet, immer dienstags und donnerstags zwischen sieben und neun wechseln hellgelbe Bettwäsche und weiße Frotteehandtücher zwischen Haus D und dem Hauswirtschaftsgebäude hin und her, schmutzig und zusammengeknüllt auf dem Hinweg, zu ordentlichen Quadraten gefaltet auf dem Rückweg, obenauf zwei Rollen Klopapier, denn die gibt's auch in der Hauswirtschaft.

Alex wirft sich auf ihr frisch bezogenes Bett und schaltet eine Mittags-Talkshow ein. Ich sitze unter meinem Kopfhörer am Schreibtisch und starre abwechselnd auf den Baum vor dem Fenster und das Blatt Papier mit den beiden Achsen, eine horizontal, eine vertikal. 1986, 1996, 1999, 2001, 2003, 2005, 2007, 2013, 2016 habe ich unter die horizontale Achse geschrieben und darüber eine Wellenlinie gezeichnet, die 1986 beginnt und ansonsten aussieht wie die Schlange beim *Kleinen Prinzen*, die einen Elefanten verschluckt hat. Bloß, dass meine Linie sehr viele Elefanten verschluckt hat. Und unterschiedlich große noch dazu.

Der Baum hat immer noch keine Blätter. Ich weiß gar nicht, warum ich mich jetzt schon mit meiner Lebenslinie herumquäle, Sara aus meiner Bezugsgruppe stellt ihre Lebenslinie am Montag erst vor, drei Tage vor ihrer Entlassung. Man kann das also auch erst ganz zum Schluss machen, nicht gleich nach der ersten Woche. »Ich geb Ihnen schon mal die Vorlage, dann haben Sie Zeit, sich damit auseinanderzusetzen«, hat Herr Juckert, mein Bezugsgruppentherapeut, in unserem ersten Einzelgespräch gesagt. »An der horizontalen Achse vermerken Sie bitte alle Ereignisse, die in Ihrem Leben eine Bedeutung für Sie hatten, mit den entsprechenden Jahreszahlen, und oberhalb der Achse markieren Sie Ihren jeweiligen Alkoholkonsum zu dem Zeitpunkt. Und dann verbinden Sie die Punkte zu einem Diagramm.« Das tue ich gerade. Das sind die verschluckten Elefanten. Er hat mir die Vorlage rübergeschoben und dann leider noch den entscheidenden Satz hinterhergeschickt: »Welche Ereignisse Sie wählen, bleibt Ihnen überlassen, da gibt es keine Vorgaben. Das können ja nur Sie einschätzen, was jeweils bedeutsame Erlebnisse für Sie waren.«

Keine Vorgaben. Bedeutsame Ereignisse, die mit einer Linie verbunden werden sollen. Ich hätte ihm sagen sollen, dass genau das so ungefähr die unlösbarste Aufgabe ist, die man mir stellen kann. Eine Aufgabe, an der ich verzweifle, seit ich ungefähr acht Jahre alt bin. Erschrocken greife ich nach meinen Haaren, ob ich plötzlich wieder eine Ponyfrisur habe, und taste meine Zunge nach abgeplatzten Lackpartikeln ab. Unwissentlich hat Herr Juckert die *Rewind*-Taste gedrückt und mich damit an den Familienesstisch meiner Kindheit zurückversetzt, an dem ich, verzweifelt auf einem Bleistiftende herumkauend, unter meinem viel zu kurz geschnittenen Pony neun Punkte fixiere, die im Quadrat auf einem Stück Papier angeordnet sind. »Die Lösung findest du nur, wenn du über die Aufgabe hinausdenkst.« Die Aufgabe lautet, die neun Punkte mit vier geraden Linien zu verbinden, ohne den Stift abzusetzen. Neun im Quadrat angeordnete Punkte starren mich an. Ich starre die Punkte an.

Längst lasse ich mir von niemandem mehr den Pony zu kurz schneiden und habe aufgehört, den Lack von Bleistiftenden abzukauen. Aber seitdem habe ich nie mehr aufgehört, das Leben als eine Anordnung von Punkten zu sehen, die ich verbinden soll.

Ich starre die Jahreszahlen an. Die Notizen, die ich daruntergekritzelt habe. *Scheidung Mama Papa, Umzug Leipzig, USA, Tod 1, 2 und 3, Auszug Micha*, die auf unterschiedlicher Höhe über den Jahreszahlen eingezeichneten Kreuzchen. Neben mir liegt mein aufgeschlagenes Notizbuch mit einem Zitat von Margarete Willers. »Der Aufforderungscharakter der Dinge führt zur richtigen Wahl von Material und Technik.« Margarete Willers hat am Bauhaus Wandbehänge und Teppiche gewebt. Ich will keinen Teppich weben, ich will mein Leben verstehen.

Mein Leben, das ich bisher als griechische Tragödie mit hohem Hollywoodanteil gelesen habe, so eine, in der die Götter ständig im Drehbuch rumpfuschen. Ein Drehbuch, das die Heldin auf die Reise geschickt hat, ohne ihr einen Auftrag mitzugeben. Also zumindest keinen, den sie verstanden hätte, wenn man von einem Blatt Papier mit neun zu verbindenden Punkten absieht. Was mich ja nicht daran gehindert hat, aufzubrechen. Mein Leben besteht eigentlich aus nichts anderem.

Ich nehme die Kopfhörer ab. Ich habe Durst. Alex fläzt auf ihrem Bett, im Fernseher kreischt sich ein Paar an, Alex schiebt sich Schokoladenkekse in den Mund und scrollt sich durch Insta-Stories. »Hättste mal auch deine Handtücher gewechselt, dann hättste auch zwei Rollen Klopapier gekriegt. Wird knapp so.« Zwei Rollen Klopapier pro Person, mir hätte das gereicht. Aber wir markieren unsere Rollen natürlich nicht mit S für Szczepański und K für Koschmieder. Ich hab keine Lust, am Sonntag plötzlich ohne Klopapier dazusitzen, und Leitungswasser mag ich auch nicht. Nagellackentferner, Instantkaffee, Mineralwasser, Klopapier, tippe ich in mein Handy. Und bin eigentlich ganz froh, dass ich jetzt einen Ruf habe, dem ich folgen kann.

Ich folge ja gern jeder Stimme, die mich ruft.

I.

Versuch, eine Sonnenfinsternis zu fotografieren

Heller

(1993–1999)

Im Land der Kohleöfen (1993)

Ungerstraße, 2 Zi., mit Thomas

Leipzig hat ein Wunder. Ein blaues. Eine blaugraue Fußgängerüberführung, die von der Horten-Filiale mit der Blechfassade über die mehrspurige Kreuzung am Ring führt. Auf die Seite, auf der eine gelbe Telefonzelle steht. Ich kenne jetzt schon ziemlich viel von Leipzig. Den Kopfbahnhof mit dem Kuppelgewölbe, an dem ich heute angekommen bin. Die Jugendherberge in der Käthe-Kollwitz-Straße, die ich mir nicht leisten kann, weil ich weder einen Jugendherbergsausweis besitze noch Bettwäsche eingepackt habe. Das Seminargebäude der Universität, die den Karl Marx aus ihrem Namen gestrichen, sein überlebensgroßes Relief aber weiter an der Fassade hängen hat. Die Säule mit den Aushängen im Hörsaalgebäude, von der ich den handgeschriebenen Zettel abgerissen habe. Und jetzt auch den Münzfernsprecher auf der anderen Seite der blauen Fußgängerbrücke, in den ich zwei Zehnpfennigstücke einwerfe und die Leipziger Nummer wähle, die mir eine Freundin mitgegeben hat, eine entfernte Bekannte von ihr, die in Leipzig wohnt. Geht nur leider nicht dran, die entfernte Bekannte. Und auf dem Zettel in krakeliger Schrift, den ich von der Säule im Hörsaalgebäude abgerissen habe, steht keine Telefonnummer. Da steht nur *WG-Zimmer in 2er-WG, ab sofort, EG, Kohleofen, Dusche, Ungerstraße 7, Reudnitz.*

»Zwei Fragen: Von wann ist der Aushang, und ist das Zimmer noch zu haben, und falls ja, kann ich heute gleich hier übernachten?«

»Den hab ich heute erst aufgehängt. Und hier schlafen ist auch kein Ding. Aber es soll ziemlich kalt werden heute Nacht, und ich hab keine Kohlen mehr, du müsstest also irgendwoher Kohlen besorgen.«

Und dann erklärt mir der Junge mit den roten Haaren unter der Schiebermütze ungefähr den Weg zum nächsten Kohlenhändler, und schon nach dem dritten Haus muss ich einen Mann nach dem Weg fragen, und der Mann erkennt sofort, dass mir das hier alles noch zu ungefähr ist und ich generell keine Orientierung habe in dieser Welt, deren graubraune Fassaden nur wegen der Straßenbeleuchtung so südländisch wirken. Er schippt mir kurzerhand einen Emaileimer mit Holzgriff mit Kohlen voll und bittet, den Eimer später wieder vorbeizubringen. Weil ich kein Geld für Kohlen ausgeben musste, bringe ich stattdessen zwei Flaschen Rotwein mit, und die haben wir dann auch getrunken, und zumindest erklärt Thomas mir das mit der Kohlenmonoxidvergiftung noch am selben Abend und auch, wie die Pumpdusche funktioniert und dass ich leider nicht offiziell in den Mietvertrag kann, weil er selber nur halb legal zur Untermiete wohnt. Ich weiß nicht einmal, ob ich mir die Wohnung vollständig angeguckt habe, als mich Thomas, den ich telefonisch nicht erreichen kann, weil die Wohnung kein Telefon hat, am nächsten Morgen bittet, in zwei Wochen besser erst gegen Abend mit dem Hänger mit meinen Möbeln in Leipzig aufzuschlagen, damit nicht gleich jeder sieht, dass da jemand einzieht. Schriftlich habe ich nichts.

»Guck, dass es keine Erdgeschosswohnung ist und dass es in der Bude Heizung und Bad gibt«, hat Papa mir mit auf den Weg gegeben. Mein Zimmer liegt im Hochparterre und geht zur Straße raus, die Wohnung hat Kohleöfen und eine Pumpdusche, die mitten in der Küche steht. Ich wechsle von einem improvisierten Leben ins nächste, das kann ich gut. »Ohne was Schriftliches? Ohne Mietvertrag?«, würde Papa jetzt vermutlich ergänzen, aber Papa sagt nichts, denn Papa ist gar nicht da, als ich ausziehe, und so verstaue ich meine Sachen in allen verfügbaren Taschen, Koffern und Körben, wer hat schon Geld für Umzugskartons, und hänge am Morgen, bevor ich auf den Beifahrersitz des Autos mit dem zweirädrigen Hänger steige, das mich nach Leipzig bringen wird, einen Zettel an die Tür.

Lieber Papa, wie du siehst, bin ich aufgrund widriger Umstände – Transportfahrzeugbeschaffung – erst heute losgekommen, habe gestern Abend noch eine kleine Abschiedstrauerzeremonie veranstaltet, zu der ich Teile deiner Bierbestände geplündert habe. Zudem dürfte auch die Telefonrechnung schwindelnde Höhen erreicht haben, da ich am 5./6. April verzweifelt sämtliche VW-Bus-Besitzer, Anhängerbesitzer, Anhängerkupplungsbesitzer und Autoverleihfirmen abtelefonieren musste. Aber jetzt bin ich endgültig weg vom Fenster. Meine Adresse hängt an der Tür, Wäschekörbe, Einkaufskorb und Getränkekasten kommen Sa. oder So. zurück; falls Post für mich kommt (besonders aus Berlin!!!!!), bitte sofortissimo nachsenden, meine neue Konto-Nr. teile ich dir sobald existent mit, falls möglich sorge doch bitte dafür, dass das Geld zu Monatsanfang überwiesen wird, da ich aufgrund der Umzugskosten etwas in der Bredouille stecke. Ansonsten läuft alles chaotisch, aber gut, die Zuverlässigen bestätigen ihre Zuverlässigkeit einmal mehr.

Deine entflogene Tochter (zahme Vögel singen von Freiheit, wilde Vögel fliegen)
Ich hab dich lieb, Christine
PS Brotmesser ist wieder aufgetaucht!
Die Kabelrolle in meinem Zimmer soll Petra Di. mitbringen!!!

Und dann steige ich auf den kunstledergepolsterten Beifahrersitz und verlasse Wiesloch, in der Hoffnung, dass knapp 500 Kilometer weiter östlich Thomas, der Junge mit der Schiebermütze, von dem ich nichts schriftlich habe, die Tür aufmachen wird. Am Steuer mein Freund Waldmann, auf der Rückbank Koffer, Körbe, mein Kofferplattenspieler. Mit einem zweirädrigen Hänger an der Anhängerkupplung durchqueren wir die alte Bundesrepublik, auf der Ladefläche vier Baupaletten, ein Flohmarktschreibtisch mit grüner Linolbeschichtung, ein Stuhl und ein Getränkekasten, passieren Fulda und Bad Hersfeld, Orte, an denen meine Großmutter mich die Angst vor den Russen, vor den Stacheldrahtzäunen in der Rhön und vor dem körperlosen Grauen auf der anderen Seite zu lehren versucht hat, überqueren den ehemaligen Grenzübergang, ohne dass das irgendein Gefühl in mir auslösen würde, und tuckern in der einsetzenden Dämmerung mit kaum mal 80 km/h im Dunkel über die südliche Zufahrt Richtung Leipzig, rechts und links graubraune Brachflächen, leer geräumte Landschaften, meine neue Stadt liegt zwischen stillgelegten Tagebaugebieten. Wir nähern uns der Stadt wie aufgetragen im Dunkeln, damit unsere Ankunft möglichst wenig Aufsehen erregt, und während der zweirädrige Hänger an den orangefahl angestrahlten Fassaden vorbei über das Kopfsteinpflaster rumpelt, muss ich an Monterosso denken, an Italien, an den Süden. Weniger Wert auf Fassaden legen, mehr Wert auf das, was dahintersteckt. Ich will glauben, dass es so ist, denn das hier soll mein Zuhause werden.

Thomas *macht* die Tür auf. Nach ein paar Nächten auf den blanken Europaletten inspiziere ich den Dachboden, auf dem liegen geblieben ist, was die vielen, die in den letzten Jahren in diesem Haus gelebt und es wieder verlassen haben, nicht mehr brauchen, und finde eine hellblau gestreifte mit Textilfüllung gestopfte Matratze. Die gelblichen Flecken versuche ich zu ignorieren, mit dem Laken drüber sieht man die ja auch nicht. Es ist April und um acht schon dunkel, aber mit den Wochen wird es heller, wenn ich abends die Ungerstraße runtergehe und die Zweinaundorfer Straße überquere, mich in der Schlange vor der Telefonzelle anstelle, um nach Hause zu telefonieren. Nach acht ist Telefonieren billiger, das weiß nicht nur ich.

Roland kommt mich besuchen. Roland kommt aus Ostberlin, und wir kennen uns aus der Solibrigade auf Kuba, haben zusammen in den Heilpflanzenplantagen von Pinar del Rio Aloe-vera-Setzlinge gepflanzt. Roland gehörte zur Gruppe der Ostberliner aus der zweiten Brigade, in der ersten waren Hardcore-Westlinke, die den Kubanern erklären wollten, was ihre Solidarität mit den Kämpfen der RAF zu tun hat, gab sogar ein paar, die auf Teufel komm raus eine Moncadafahne organisieren wollten, um jeden Morgen dahinter her zum Arbeitseinsatz zu marschieren. Die Ostberliner hatten eine entspanntere Vorstellung von Solidarität, mit der sich gut vereinbaren ließ, abends an der Bar der Ferienanlage, in der die Brigadistas untergebracht waren wie normale Touristen, spottbillige Mojitos in uns reinzuschütten, zu tanzen und Spaß zu haben. Roland ist Schlosser und trägt eine von diesen kleinen runden Brillen mit Metallgestell und will mit mir in die Dreigroschenoper, aber erst mal kommt er mich in meiner Erdgeschosswohnung in der Ungerstraße besuchen und bringt mir eine Schallplatte mit, und seitdem läuft auf meinem Kofferplattenspieler Wenzels *Stirb mit mir ein Stück*, und das schwarz-weiße Plattencover mit Wenzels traurigem Gesicht und der schwarzen Tränenspur unter dem Auge scheint mir eine Zugehörigkeit zu beglaubigen, die diffus ist, nur dazugehören will ich, und orangefarbene Straßenbeleuchtung, der Geruch von Kohleöfen und Wenzels melancholische Lieder sind da ein guter Einstieg.

Ich habe einen Emaileimer mit Holzgriff und eine Matratze mit Stockflecken und einen Bibliotheksausweis aus gelblichem Karton, von dem der Karl Marx vor der Universität sorgfältig mit Bleistift und Lineal ausgestrichen ist. Ich habe ein eigenes Konto, auf das per Gehaltspfändung der Unterhalt eingeht, den Mama mir schuldet, und eine Telefonzelle, an der sich abends lange Schlangen bilden, denn nicht nur wir haben kein Telefon, sondern überhaupt kaum jemand, und bei uns an der Wohnungstür, die eh immer offen ist, hängen ein Bleistift und ein Block, auf dem man uns Nachrichten hinterlassen kann, und so macht es auch Lotte, mit der ich Theaterwissenschaft studiere, als sie mich eines Morgens nicht antrifft mit ihrer Bäckertüte. »Ich war hier und wollte mit dir frühstücken, und jetzt bist du nicht da, schade, ich hatte extra Pfannkuchen mitgebracht«, schreibt Lotte auf den Zettel, und einmal mehr merke ich, dass ich immer noch desorientiert bin, weil ich Pfannkuchen zum Frühstück ein bisschen komisch finde und mich auch frage, wie sie sie transportiert hat, aber dann dauert es nicht mehr lang, bis auch ich Pfannkuchen zu Berlinern sage und Beutel zu Tüten und Plaste statt Plastik. Und weil hier alles so sozialistisch und antifaschistisch war, dass selbst die Lebensmittel sprachlich nicht an den Feudalismus erinnern durften, weiß ich auch, warum Königsberger Klopse hier Kochklopse heißen und Ragout fin Würzfleisch und auf Toastbrot serviert wird statt in Königinpastetchen. Ketwurst, Grilletta und Krusta krieg ich dann aber nur noch aus Erzählungen mit. Dafür bereue ich es sehr, in einer der gelben Fressbuden auf der Brache gegenüber Karstadt einmal Pferderoster bestellt zu haben, und mache mich zum Affen, als ich es mit der legendären *Toten Oma* versuchen will, die ich für Brotaufschnitt halte und deswegen drei, vier Scheiben antworte, als ich nach der Menge gefragt werde. Tote Oma ist Blutwurst mit weißen Fettstückchen drin und wird in der Pfanne ausgelassen.

Nichts davon kostet mich Überwindung. Nichts davon ist mir peinlich. Ich liebe alles hier. Am liebsten würde ich mich einhüllen in dieses geborgte Leben, das jemand für mich bereitgehalten zu haben scheint, ein Leben ohne Telefone, ohne Zentralheizung und ohne Badezimmer. Ein Leben, das alles beinhaltet, wovor mich Papa gewarnt hat. Ich liebe den Geruch, den der Kohleofen abgibt, sobald die Kohlen so weit durchgeglüht sind, dass ich die gusseiserne Klappe schließen kann. Ich liebe die eierschalengelblichen Tatra-Straßenbahnen mit den Kunststoffsitzen, die von unten beheizt werden, sodass man sich an manchen Tagen fast den Hintern verbrennt. Ich liebe den Paternoster, der sich hinter dem überlebensgroßen Karl-Marx-Relief am Seminargebäude versteckt und macht, dass man von den Abwärtsfahrenden immer zuerst die Füße sieht und spekulieren kann, ob darüber ein bekannter Oberkörper, ein bekanntes Gesicht zum Vorschein kommt. Nicht weniger lustig ist es, wenn vor den eigenen Füßen plötzlich Köpfe in den Aufwärtskabinen auftauchen.

Ich liebe den Geruch von ausströmendem Gas an unserem Gasherd, bevor ich das Streichholz reinhalte. Ich liebe das gurgelnde Geräusch, das der achtkantigen Espressokanne aus Alublech entweicht, wenn sie spritzend den Kaffee ausspuckt, und den Geruch des Gasflammenkranzes, wenn wir bei geöffneter Backofenklappe in der Küche sitzen, um es warm zu kriegen. Ich verbrenne mir die Finger an der Ofenklappe, wenn ich den heißen Ascheschieber rausziehe, und ich friere mir die Finger ab, wenn ich versuche, den festgefrorenen Deckel von der Mülltonne zu öffnen, um die heiße Asche wegzuschütten. Die Pumpdusche in der Küche pumpt das Wasser nie richtig ab, vor dem Fenster der Erdgeschosswohnung husten die rauchenden Kinder, und in der

Straße riecht man, dass wir im Land der Kohleöfen wohnen. Ich bin glücklich. Die Kinder husten auch nachts vor dem Fenster, bis wir eines davon reinholen, ich habe Freunde aus dem Westen zu Besuch, ja, sie kann eine Nacht hier schlafen, ob ich ihr einen Tampon leihen kann, sie ist zutraulich, und wir sind es auch, wir wollen auch adoptiert werden von dieser Stadt, sie ist 14 und viel zu abgeklärt, wir verlangen, dass sie ihrer Mutter wenigstens einen Zettel hinlegt, wo sie ist, damit die sich keine Sorgen macht, macht die eh nicht, sagt sie. Einen Tag müssen wir etwas ohne sie erledigen, sie treibt sich den Tag über herum. Am Abend steht sie wieder vor der Tür mit leuchtenden Augen und einem Riesenteddy im Arm, den ihr ein Freund auf der Kleinmesse geschossen hat. Nach drei Tagen schicken wir sie zurück, sie kann nicht bei uns bleiben, sagen wir ihr.

Die Kohlen, finde ich im Herbst heraus, als ich einen schönen Sessel mit Löwenfüßen und zerschlissenem rotem Bezug aus einem Bauschuttcontainer in der Eisenbahnstraße gezogen und in Lottes und meine neue Wohnung im vierten Stock geschleppt habe, die Kohlen werden auf der offenen Ladefläche eines Transporters mit der Aufschrift »Max Sobek« geliefert, und wenn wir sie auf den Bürgersteig kippen lassen und selbst in Eimer schaufeln und Eimer für Eimer runter in den Keller tragen, ist das viel billiger als Lieferung bis Keller. Den Sessel mit den Löwenfüßen beziehe ich mit schwarzem Kunstleder, das ich mit Polsternägeln festhämmere, die Löwenfüße und Armlehnen streiche ich schwarz, und wenn ich nicht gerade mit dem Heißluftbläser Ochsenblut von den Dielen in meinem Zimmer löse oder früh um 7:15 im gemütlichen Ledersessel des Dozenten für Osteuropäische Theatergeschichte wegdämmere, der das Seminar in seinem Büro abhält, proben wir. In den Räumen der Villa e. V. proben wir Brechts *Brotladen* und auf dem Holzpodest in unserem ungenutzten dritten Zimmer in der Einertstraße proben wir glaubwürdiges Warten, bis in das ungenutzte Holzpodestzimmer Nadine zieht, die aus Berlin kommt und gestreifte Hosen und einen Tweedmantel mit Hahnentrittmuster trägt und wild und mondän ist und an den Wochenenden zu ihrem Freund nach Berlin fährt, der Zwillinge hat, und wenn sie zurückkommt, schwärmt sie von der Volksbühne und vom Berliner Ensemble, sie sagt natürlich nur BE, und unser drittes Zimmer wirkt plötzlich so schäbig, wie es in ihrem Blick aussieht.

»Wie, du kennst *Paul und Paula* nicht? Das ist ein Kultfilm, den *musst* du gesehen haben!«

Ich gucke noch mal auf den Zettel, auf den ich mir die Adresse notiert habe, aber die Hausnummer stimmt. Ich stehe vor einer runtergekommenen Gründerzeitfassade, einem Wohnhaus. Im Hausflur weist ein Schild den Weg, zum Kino eine Treppe hoch. Ein Kassenhäuschen oder ein Foyer gibt es nicht, meine Karte kaufe ich beim selben Mann, der dann auch den Absperrpfosten hoch macht, um mich zu den Sitzreihen durchzulassen. Der Raum ist sehr gelb und soll bis vor ein paar Jahren ein SED-Vorführraum gewesen sein, gelb die gepolsterten Sessel mit den Armlehnen aus Holz, die Vorhänge gelb, selbst das Licht ist gelb. Am nächsten Tag ist der ehemalige SED-Vorführraum immer noch gelb, und der Absperrpfosten wird ein zweites Mal hochgeklappt, und ich versinke ein zweites Mal in meinem Sitz und sehe zum zweiten Mal Geschirr aus einem Blecheimer durch ein Ostberliner Hinterhoffenster fliegen und zum zweiten Mal alte Backsteinfassaden in einer Staubwolke zusammenbrechen, Hausfassaden, die gesprengt werden, um Plattenbauten Platz zu machen, und zum zweiten Mal innerhalb von 24 Stunden mischen sich meine Tränen mit dem aus gesprengten Trümmern aufsteigenden Staub, während die Puhdys singen, *jegliches hat seine Zeit, lieben und sterben und Frieden und Streit.*

In den nächsten beiden Jahren lebe ich viel und liebe ich viel, und gestorben wird vorerst nur im Theater, wo ich als Gesche Gottfried in Fassbinders *Bremer Freiheit* nacheinander meinen Mann, meine Mutter, meine Kinder, meinen Liebhaber, meinen Vater, einen alten Freund, meinen Bruder und meine beste Freundin umbringe. Weil die gesellschaftlichen Missverhältnisse mir keine andere Möglichkeit lassen. Streit kann man das nicht wirklich nennen, Frieden aber auch nicht.

Wir machen Theater. Wir bespielen ein Theater. Wir bespielen ein Leben. Wir bewohnen 150-Quadratmeter-Wohnungen mit Kohleöfen und Dielenböden. Einige von uns versuchen, die Produktionsverhältnisse zu ändern und verstehen nichts. Nichts von Elke, die im Büro die vorbereitende Buchhaltung macht und von der wir nicht wissen, dass sie ein kleines Kind zu versorgen hat. Nichts von Frau Filip mit den angegrauten Haaren, die in ihrem Dederonkittel in der Schneiderei sitzt und unsere Kostüme näht. Nichts von Steffen, der im kleinen Raum neben dem Fördervereinsbüro am PC unsere Plakate und Programmhefte gestaltet. Nichts vom langhaarigen Jörg, der acht Meter über dem Boden zwischen den Traversen rumhangelt und die Scheinwerfer einrichtet und zu viel trinkt. Statt auf die Menschen, mit denen wir arbeiten, und die Bedingungen, unter denen sie arbeiten, und die Bedingungen, derentwegen sie zu ABM-Kräften geworden sind, konzentrieren wir uns auf die Bedingungen, zu denen man uns produzieren lässt. Zu denen wir Geld bewilligt bekommen.

Wir wissen, zu welchem Stichtag die ABM-Abrechnungen beim Kulturamt vorliegen müssen, um förderfähig zu bleiben. Wir kennen das Vereins- und Satzungsrecht und wissen, dass eine nicht fristgemäße Ladung oder eine nicht satzungsgemäß durchgeführte Mitgliederversammlung deren Beschlüsse und Wahlergebnisse ungültig macht. Und wir wissen dieses Wissen einzusetzen, wenn uns daran gelegen ist, die Ergebnisse einer Mitgliederversammlung ungültig zu machen. Wir wissen, wie man ABM verlängert. Wir wissen, dass private Katzenfutterrechnungen nur dann als Verwendungsnachweis eingebracht werden können, wenn sich der Einsatz von Katzenfutter im entsprechenden Projekt nachweisen lässt. Wir sind sehr erfinderisch und sehr engagiert und sehr daran interessiert, unsere Erfahrungen zu machen und zu spüren. An der Wirkung unserer Erfahrungen sind wir vielleicht nicht ganz so sehr interessiert. Dazwischen proben wir. Dazwischen trinken wir. Dazwischen tanzen wir nach den Proben im Beyerhaus und Ranko spielt Klavier, bis wir kein Geld mehr für Bier haben oder rausgeschmissen werden. Dazwischen fahren wir nachts um drei mit der Straßenbahn die Prager Straße entlang zur Endhaltestelle der 15 nach Holzhausen. Dazwischen lieben wir. Erst den einen. Dann den nächsten. Dazwischen trennen wir uns. Dazwischen kriegen wir Kinder. Dazwischen liegen Kinder in Weidenwäschekörben bei Frau Filip in der Schneiderei, während wir auf der Bühne im Scheinwerferlicht stehen.

Von der Wohnung mit dem ungenutzten dritten Zimmer, in dem wir das Warten geprobt haben, und dem Fünf-Liter-Boiler in der Küche, mit dessen Inhalt Lotte und ich eine Plastikwäschewanne befüllt haben, um uns darin zu waschen, ziehe ich 1995 mit meinem Freund in einen winzigen Zwei-Zimmer-Flachdachbungalow mit Fernwärme und Badezimmer und riesigem verwilderten Garten an der Straßenbahnendhaltestelle Holzhausen/Zuckelhausen. Der Sohn der verstorbenen Vorbewohner ist froh, dass sich jemand findet, der das Grundstück übernimmt, wie es ist. Samt Himbeerranken, Apfel- und Pflaumenbäumen, Johannisbeersträuchern, Pfingstrosen, Fliederbüschen, Pumpbrunnen und vollgestopftem Werkzeugschuppen, der nach geteerter Dachpappe und altem Holz riecht und in dem sich weiße Leinenbettwäsche mit Aufdruck des Bezirkskrankenhauses für Psychiatrie Leipzig-Dösen stapelt. Aber weil ich so viel leben und lieben muss, verliebe ich mich in Ranko, der in der *Bremer Freiheit* meinen Vater spielt und jeden Abend nach den Proben in der Beyerhauskneipe Klavier spielt und singt und sein Esszimmer mit Partituren tapeziert hat. Und auch wenn er sich nicht in mich zurückverliebt, sind meine Gefühle so intensiv und mein Bekenntniszwang so groß, dass ich aus dem Schuhkarton aus- und zusammen mit einer Kommilitonin in einen riesigen Jugendstilaltbau mit Wintergarten ziehe, vor dem im Mai die Magnolien blühen und dessen Küche wir im Winter heizen, indem wir den Gasherd an- und die Backofentür aufmachen.

Als die alte Dame zwei Stockwerke über uns ins Heim kommt, ist ihr Badeofen noch voller Wasser, und ich habe ein Kind im Bauch. Als die Temperaturen unter null fallen, dehnt sich das gefrorene Wasser im Badeofen aus, und ich drücke an meinen Brustwarzen herum, um zu gucken, ob schon Milch kommt. Stattdessen platzt die Fruchtblase. Als die Temperaturen wieder steigen, tauen 50 Liter Wasser durch den Schlitz des geborstenen Badeofens, und in Leipzig sind an vielen verlassenen Altbauten die Eingänge mit Eisenketten versperrt, *Vorsicht, Taubenzeckenbefall,* nur unser Haus ist bewohnt und wird nicht gesperrt, während ich beim Stillen für meine Zwischenprüfung lerne, aber weil Taubenzecken die Erreger für Hirnhautentzündung übertragen und zwei Stockwerke über uns der Inhalt eines Badeofens durch die Decken taut, beschließt meine Freundin Sina, dass das nicht geht, und quartiert Karl und mich vorübergehend in der großen Altbauetage mit Fernwärme ein, die sie mit ihrer Schwester und ihrer kleinen Tochter bewohnt, und als ich mit dem eng im Tragetuch an meinen Körper gewickelten Karl zur Zwischenprüfung auftauche, fragt mich der Professor, wann es denn so weit ist, weil er die Wölbung unter meinem Mantel für meinen Bauch hält.

Neun Monate Schwangerschaft und das halbe Jahr Stillen zeigen mir, dass es geht. Ohne Trinken. »Wann habe ich eigentlich das letzte Mal einen Abend nur mit mir und ohne Alkohol verbracht? Habe ich solche Angst vor mir und meinen Gedanken oder langweile ich mich mit meinem unaufgeputschten Geist so sehr?«, habe ich in mein Tagebuch geschrieben, kurz bevor ich schwanger geworden bin. Ich sollte mehr Kinder bekommen.

Am Bahnhof (1996)

Schorlemmerstraße, 2 1/2 Zi., mit Nora und Karl

Mit Karls Vater wohne ich nicht zusammen, aber mit Karls Vater stehe ich an einem Dezembertag unter den Glasbögen des Leipziger Bahnhofs am Gleisende und warte auf den IC aus Heidelberg. Der Dezember 1996 ist sehr kalt und der Schnee sogar auf dem Ring liegen geblieben. Ich habe Mama fünfmal gefragt, ob sie auch wirklich kommt, weil Mama immer ankündigt, dass sie irgendetwas tun wird und es dann nicht tut, aber das sieht sie nicht und fühlt sich angegriffen, wenn ich nachfrage, aber ich muss ja nachfragen, denn wir haben ein Hotelzimmer für sie gebucht und stehen am zugigen Bahnsteig, und da stehen nicht nur Karls Vater und ich, sondern in ein Tragetuch eng an meinen Körper gewickelt auch Karl, der sechs Wochen alt ist, aber eigentlich erst drei, weil er drei Wochen zu früh und mit viel zu hohen Bilirubinwerten gekommen ist. Während der sehr langen Geburt haben alle unsere Freunde, mit denen wir für das Wochenende eigentlich zu einem Tangokurs verabredet waren, stundenlang im Gang vor der Entbindungsstation rumgelungert und Karten gespielt und Fotos gemacht und Schnaps getrunken, bis die Hebamme sie um zwei Uhr früh endlich in den Kreißsaal gelassen hat und ihre Sektflasche auch. Und so stehe ich mit dem etwas zu klein geratenen, fest in seinen braunen H&M-Kunstfellanzug mit Kapuze eingepackten Karl am Bahnsteigende, mit diesem kleinen Kind, das ich geboren habe und das ich mit meinem Körper am Leben erhalten kann, das aus meiner Brust trinkt und das Strickwindeln trägt, deren lange Bänder sich in der Waschmaschine verheddern. Über die Strickwindeln ziehe ich ihm gefettete Schafswollüberhosen, was viel aufwendiger ist als Wegwerfwindeln, aber jedes verknotete Bändel, das ich nach dem Waschen entwirre, kommt mir vor wie ein Versprechen, dass wir verbunden bleiben werden, und verbunden sind wir auch jetzt am eiskalten Bahnsteig bei minus acht Grad. Wir warten auf Mama, die nicht aussteigt, als der Zug am Bahnhof eingefahren ist und die Türen aufgehen, die nicht aussteigt, weil sie gar nicht eingestiegen ist.

Sie kommt auch nicht mit dem nächsten Zug, und sie geht auch nicht ans Telefon, als ich sie später anzurufen versuche, nicht am Abend des Ankunftstages, nicht am nächsten Morgen, das ganze Wochenende nicht. Am Montag kommt ein Päckchen von ihr an, und als sie endlich rangeht, am Dienstag, fragt sie als Erstes, als sei nichts gewesen, ob ihr Päckchen schon angekommen sei, und als ich sie frage, wo sie war am Freitagnachmittag, als wir am Bahnhof gestanden und auf sie gewartet haben, sagt sie, dass sie ja mal wieder solche Kopfschmerzen hatte und deswegen nicht kommen konnte, aber das Päckchen, ob ich ihr denn nicht sagen könne, ob ihr Päckchen schon angekommen sei.

Jedes Mal, wenn Großmutter, also Mamas Mutter, mit ihrem vw-Käfer von Bad Hersfeld nach Waldhilsbach gefahren ist, um uns zu besuchen, hatte sie auf der Rückbank einen Korb mit Lebensmitteln, *Ahle Worscht*, einen Laib Sauerteigbrot, ihren traditionellen Nusskranz. Kann sogar sein, dass da auch Kaffeebohnen dabei waren, ich bilde mir jedenfalls ein, mich an den Kaffeegeruch zu erinnern. Ob das mit der schlechten Versorgungslage in der Nachkriegszeit zu tun hatte oder ob sie der Haushaltsführung ihrer eigenen Tochter misstraut hat, weiß ich nicht. In dem Päckchen, das anders als Mama im Dezember 1996 in Leipzig ankommt, ist die verchromte Servierplatte, die ich noch von früher kenne. Sie ist in mehrere Schichten Frischhaltefolie eingewickelt. Unter der Frischhaltefolie liegen Frikadellen und runzelig gebratene Bratwürste.

Die junge Mutter und ihr erstes Kind (1996)

Schorlemmerstraße, 2 1/2 Zi., mit Nora und Karl

Abend für Abend verbringe ich mit Kind und Gefährten in der heimischen Wohnung, bestückt mit Weihnachtsbaum und einem mit Kunstleder bezogenen Sessel mit Löwenfüßen. Meinen Schreibtisch nutze ich als Ablage für Tassen und Wäsche, ans Theater denke ich nur noch widerwillig, mehr Pflicht als Hingabe, ich schreibe nicht, ich male nicht, ich stehe nicht auf der Bühne, nehme keinen Anteil am gesellschaftlichen Leben. Vielleicht sollte ich froh sein, lieber ehrliche Stagnation als Rechtfertigungsaktivismus, aber so sehr ich Karl auch liebe, vom zufriedenen erfüllten Mutterglück bin ich weit entfernt.

Ich kann nicht sagen, ob ich mich nur in einem ziemlich vorhersehbaren Zustand befinde oder ob ich nach gerade mal sechs Wochen Karl schon wieder an meinen zu hohen Erwartungen verzweifle. Nach der letzten Rolle als sehr dicker Mann mit Karl-Bauch unter dem weißen Männerhemd habe ich nicht mehr auf der Bühne gestanden, am Theater bin ich nur noch für den Förderverein, künstlerische Anerkennung gibt's nicht für fristgemäß ausgefüllte Abrechnungen und abgeheftete Belege, und, ja, ich weiß, die menschliche sollte mir mehr wert sein, aber allein als Mensch geschätzt zu werden, wie hätte mir das je genügt?

Was könnte ich nicht alles anfangen mit meiner Zeit, was wäre über Schlafen, Fernsehen und Frauenzeitschriften hinaus nicht alles möglich: lesen, Weiterbildung, Lateinamerika, Politik, Geschichte, Literatur, Sprachen, mein Saxofon ausgraben, Briefe schreiben, malen, nähen – all das auszutoben, was ich bisher mit »irgendwann mal« gestempelt und weggeheftet habe. Stattdessen grabe ich mich gerade mal aus dem Bett und entferne mich aus dem Anziehungsbereich des Fernsehers, um Windeln zu waschen und aufzuhängen, Tee zu kochen oder widerwillig und ungeschminkt das Haus zu verlassen, um einkaufen zu gehen. Nur, dass es sich bei mir nicht um die typische Überforderung der jungen Mutter durch den Alltag handelt, mir bleibt ja eher *mehr* verpflichtungsfreie Zeit als vorher. Meine für nächstes Jahr beantragte und bewilligte Christine-Brückner-Inszenierung gehe ich nur widerwillig an. Hauptsächlich, um mir etwas zu beweisen. Dass das Mutterdasein mich nicht verschlingen wird. Dass nichts auf der Strecke bleibt, dass es Alternativen gibt zum Pärchenmodell mit Zusammenleben, dass Mutterdasein und öffentliche Wirksamkeit einander nicht ausschließen. Dass Dinge anders gehen. Dass die normative Kraft des Faktischen ein gottverdammter ideologischer Vorwand ist. Ja, ich will etwas beweisen. Eigentlich hätte ich es lieber schon bewiesen, denn mit dem inneren Antrieb sieht es gerade eher mau aus. Keine Motivation, kein Erkenntnisinteresse, nichts, was mich triebe außer der Scham. Mein Anspruch, mein enttäuschtes Selbstbild, das nicht zulassen kann, anzuerkennen, was anscheinend in mir schläft: ein träges Wesen, zu faul und desinteressiert, den Geist zu bewegen und seine Erkenntnisse umzusetzen, zu suchen, zu kämpfen, zu schreien, zu verzweifeln, zu streiten.

Kein wildes Leben mehr, keine betrunkenen Straßenbahnfahrten weit nach Mitternacht, keine rauschhaften Gespräche, die die Verzweiflung über die eigene Trägheit und die Unwandelbarkeit der Dinge ins Wanken bringen könnten, die mir einen Rettungsanker in die beschissene Beliebigkeit würfen. Ach, Karl, wach auf und mach, dass das Mutterglück meine Ansprüche wegschwemmt und ich mich vorwurfsfrei mit dir vor den Fernsehfilm der Woche legen kann.

Zorn (1997)

Schorlemmerstraße, 2 1/2 Zi., mit Nora und Karl

»Du verlangst zu viel.«

Die Sonne scheint fast senkrecht auf die Betonplatten vor dem Schulgebäude, in dem wir proben. Oder in dem wir eben gerade nicht proben, weil wir auf den Betonplatten unter der fast senkrecht stehenden Sonne stehen. »Meine Freundin ist schön, ich habe mich in ihren Schatten gelegt«, singen die Puhdys in der *Legende von Paul und Paula*, und ich frage mich, warum ich zwar jede Menge schöner Freundinnen, aber mir ein Leben eingerichtet habe, in dem ich mich nicht in ihren Schatten legen kann. Stattdessen stehe ich vor ihnen in der Sonne auf den Betonplatten einer Nordhäuser Schule, drei dieser Freundinnen tragen lange Leinenkleider, eine ein blaues, eine ein rotes, eine ein gelbes, unter dem gelben wölbt sich ein Schwangerschaftsbauch und Karl, der nicht mehr in meinem Bauch steckt, hängt auf dem Arm einer weiteren Freundin, die uns unterstützt, damit wir überhaupt weitermachen können. Sie halten Monologe historischer Frauenvorbilder, die Christine Brückner ihnen in den Mund gelegt hat, weil sonst immer nur die Männer sprechen. Drei davon haben wir uns ausgesucht, Christiane Vulpius' »Ich wär Goethes dickere Hälfte«, Katharina von Boras Tischreden »Bist du sicher, Martinus?« und »Kein Denkmal für Gudrun Ensslin. Rede gegen die Wände der Stammheimer Zelle«. Und jetzt stehen sie vor mir in der Thüringer Mittagssonne, rot Christiane Vulpius, gelb Gudrun Ensslin und blau Katharina von Bora, und improvisieren. Text, den wir nicht aus den Ausdrucken von Christine Brückners Originaltext herausgeschnitten haben. Text, den sie sich selbst ausgedacht haben.

»Wir können das nicht. Du verlangst zu viel von uns. *Du* bist die Regisseurin. Du musst uns sagen, was du willst.« Was ich will? Ich will mich in den Schatten legen. Ich will eine Welt, in der Schriftstellerinnen keinen zornigen Frauen mehr Reden in den Mund legen müssen, die sie nie gehalten haben, weil in dieser Welt, die ich will, Frauen sagen, was sie wollen, und keine Zustände mehr herrschen, die sie zum Schweigen bringen, und ich will eine Welt, in der die Darstellerinnen dieser Frauen, die Zustände darstellen, wie ich sie nicht mehr will, sich nicht an mich wenden müssen, um ihnen Anweisungen zu geben, und in der nicht die Schwester einer Freundin auf Karl aufpassen muss, damit wir wütenden Frauen proben können, was wütende Frauen gerne gesagt haben würden. Ich will mich in den Schatten einer schönen Freundin legen, unter einen gelben Rocksaum oder einen roten oder einen blauen.

Orgä, hat Max gesagt, das ist altgriechisch und steht für Hunger, für Gier, hat Max gesagt, oder zumindest habe ich es mir so gemerkt, und auch wenn Carsten, der Lichttechniker, das ganz komisch auf der ersten Silbe betont und mir klar ist, dass niemand da draußen mit dem Wort etwas anfangen kann, plakatieren wir ein paar Wochen später Leipzig mit schwarzen Ankündigungsplakaten, auf denen in einem gelben Kreis der Schriftzug *Orgä* unsere Vorstellung ankündigt. *Orgä,* wird mir später klar, steht überhaupt nicht für Hunger oder Gier, sondern für Zorn, Wut. Und auch wenn wir die ganzen Proben über immer auf Hunger und Gier hin geprobt haben, stimmt es ja am Ende doch. Ungehaltene Frauen, die sich an einem heißen Sommertag in Thüringen in ein Macho-film-Setting stellen, Showdown in der Mittagssonne, aber in bunten Kleidern und ohne Schusswaffen.

Ich habe die drei Monologe ausgedruckt, und dann haben wir zusammen Schlüsselsätze und Schlüsseleigenschaften ausgesucht, Katharina von Bora als die Fürsorgende, die für den Haushalt, die Struktur, die Versorgung zuständig ist, den Überblick wahrt, ordnet, sortiert, wiegt, misst, zählt. Christiane Vulpius als sinnliche Gegenspielerin der Charlotte von Stein, lüstern, üppig, gierig, die Formen und Maßstäbe sprengend, auf die Ratio scheißend. Gudrun Ensslin, klug, scharf, klar, rigide, konsequent, verweigernd, eingesperrt. Stereotypen haben wir aus den Frauen destilliert. Und versucht, den Widerspruch, das nicht Aushaltbare dieser freigesetzten stereotypen Energie in Szenen zu übersetzen. Christiane Vulpius, der wir einen viel zu engen Armlehnstuhl hinstellen, in den ihr

Körper nicht passen *kann*, an dem sie scheitern muss. Katharina von Bora, die versucht, Ordnung in ein Himmel-und-Hölle-Spiel zu bringen, das sie mit Kreide auf dem Boden fixiert, und sich dabei verrenkt wie auf einer Twister-Plastikfolie. Gudrun Ensslin, die hungerstreikend den Panther zitiert, durch ihren unsichtbaren Käfig stürmt und sich gierig Dinge in den Mund stopft. Um die Sätze zu finden, mit denen sie sich identifizieren sollen, haben wir die Monologe in Streifen geschnitten, auf jedem Streifen ein Satz.

Unter der senkrecht stehenden Sonne von Nordhausen haben sie plötzlich alle denselben Satz. »Du überforderst uns. Wir können das nicht. Du musst uns sagen, was du willst.«

Vom Tag der Premiere gibt es zwei Fotos. Das eine ist in der Beyerhauskneipe entstanden, das gelbe Kleid mit dem schwangeren Bauch ist im Bild und mein Kopf, um den ein grüner Turban gewickelt ist, ich umarme Alex, der in der Bremer-Freiheit-Inszenierung Regie geführt hat. Dieses Bild ist weniger wichtig. Das andere Bild ist in meiner WG-Küche aufgenommen, darauf zu sehen sind drei Männer, die vor einem Schwerlastregal für Autoreifen stehen, das meiner Mitbewohnerin und mir als Geschirrregal dient. Die Männer scheinen Spaß zu haben, sie lachen auf dem Bild, auf dem Tisch vor ihnen stehen Flaschen. Sie haben Karls Vater beim Babysitten Gesellschaft geleistet, während meine drei ungehaltenen Frauen sich auf der Bühne die Seele aus dem Leib getobt und gekotzt haben.

»Meine Freundin ist schön, ich habe mich in ihren Schatten gelegt«, singen die Puhdys in der *Legende von Paul und Paula*, aber auch der Schatten meiner blaugelbroten Freundinnen ist schon weitergewandert, bevor ich mich hineinlegen kann.

Iowa, revisited (1997/1998)

38th Street, House, mit Shirley und Don und Karl

»Did you know Garin's back in town?«

In meiner Tasse dampft Hazelnut Coffee, Karl habe ich in dem Zimmer, das vor sieben Jahren meins war, aufs Bett gelegt und meine Tasche mit dem weit gereisten Nutellaglas auf dem blauen Teppich mit den langen Fransen abgestellt. Sieben Jahre ist es her, dass Papa und seine damalige Beinahe-Frau mich nach meinem Austauschjahr in Iowa abgeholt haben und ich heulend auf der Rückbank eines Mietautos die Auffahrt runtergerollt bin und Shirley unter Tränen in der Einfahrt fixiert habe, bis wir von der 38th auf die Urbandale Avenue abbiegen mussten und Shirley weg war. Alles ist wie 1990. Wir betreten das Haus durch die Windfangtür an der Küche, nicht durch den Vordereingang. Don steigt die steile Kellertreppe runter, um die Büchsen mit der Diet Pepsi aus dem Kellerkühlschrank zu holen. Shirleys Strickzeug liegt neben dem Schaukelstuhl auf der Back Porch. Nur die Frotteetischdecke, aus der ich immer die Fädchen gezogen habe, gibt es nicht mehr. Ich war seit meiner Rückkehr nach Deutschland nicht mehr hier, und jetzt verdanke ich es Karl, dass ich mir die Reise endlich leisten kann. Ich beziehe Kindergeld, Erziehungsgeld und Unterhaltsvorschuss, kriege Studentenrabatt beim Unireisebüro, und Karl fliegt umsonst.

»Hey, this is Christine, your German comrade, remember me?«

Wusste ich nicht. Dass Garin back in town ist. Shirley hat sofort seine Nummer rausgesucht. Und jetzt weiß ich, dass er zurück in Des Moines ist. Dass Kyle, sein Sohn, bei Anna lebt, derentwegen er sich in der Highschool von mir getrennt hat. Mit der er nicht mehr zusammen ist. Dass er vorübergehend im Haus seiner Mutter im Keller wohnt und in einem China-Restaurant kellnert. Ob ich da morgen Abend mit ihm essen gehen will. Shirley nickt. »I can babysit Karl.« Es klingt lustig, Karl auf Amerikanisch ausgesprochen zu hören.

Garin lädt mich in sein chinesisches Restaurant zum Essen ein. Garin fährt mit Karl und mir zum Saylorville Lake. Garin rollt mich in einem Blaumann unter sein Auto und lässt mich das Öl wechseln. Garin fotografiert die Kellnerin bei Stella's Diner, die auf einem Stuhl steht und Malted Ice Cream in einen Becher auf meinem Kopf gießt. Garin trägt Karl zwischen den gebrauchten Spielzeugen herum, während ich bei Salvation-Army-Ringe anprobiere. Garin rekrutiert seine jüngere Schwester als Babysitter, während er und ich uns im Chat Noir in die Augen starren und nicht fassen können, wie wir es so lange ohneeinander ausgehalten haben.

»I won't have this happen at my house. You need to leave.«

Shirley ist untröstlich, dass Don Karl und mich vor die Tür setzt. Aber er ist ihr Mann. Er wird das nicht zulassen. Nicht in seinem Haus. Nicht schon wieder dieser kommunistische Ballett-tänzer. Karl hat schließlich einen Vater.

Drei Stunden bevor der Greyhound-Bus Karl und mich nach Chicago zum Flughafen bringt, schieben Garin und ich einander im Chat Noir Abschiedsbriefe über die Tischplatte zu. Drei Stunden später hole ich an der Greyhound-Station Karls Buggy aus Shirleys Kofferraum, als Garins Auto auf den Parkplatz einbiegt. Er lässt die Seitenscheibe herunter und gestikuliert mit einem Briefumschlag. Wir haben jeweils die falschen Briefe eingesteckt.

Bis nach Deutschland reicht sein Arm nicht, aber Luftpostaufkleber müssen wir auch nicht mehr kleben. Es gibt einen Short-Cut, und der führt in den Keller unter den Hörsälen, ins Uni-Rechenzentrum. Ich bekomme die E-Mail-Adresse ges93.akv@studserv.uni-leipzig.de zugewiesen und kann mich in dem grell beleuchteten Raum an jeden beliebigen Arbeitsplatz vor einen der durchnummerierten Computer vor der weißen Wand setzen. Wer einen Studentenausweis und eine Immatrikulationsnummer hat, kann das Universitätsrechnernetz nutzen, um Bewerbungen zu verschicken, für Forschungsaufträge oder Abschlussarbeiten zu recherchieren. Eher weniger, um internationalen Love Affairs nachzugehen. Außer mir lacht und weint und schluchzt und kichert niemand, sobald die surrenden Rechner unter den Neonröhren sich piepend und tutend eingewählt und eine Verbindung hergestellt haben. In einem mit Neonröhren ausgeleuchteten Universitätsrechenzentrum sitze ich mit klopfendem Herzen vor einem Monitor, auf dem ein kleiner Briefumschlag erscheint, und in diesem Briefumschlag steckt Garin, sein Lächeln, seine Liebesbekundungen in schlechtem Pidgin-Deutsch, seine Trinkgeldsummen, die er für das Flugticket nach Deutschland spart. Wenn ich fertig bin mit Lesen und Schluchzen und Kichern, löse ich einen Druckauftrag aus und lasse mir zwei Räume weiter den Gang runter im Druckerraum die grün-weiß gestreiften Bögen mit dem gelochten Rand aushändigen, auf denen blgarin@aol.com seine Mails mit *weiß dass ich dir gern habe* beendet.

»Du kennst doch bestimmt jemanden, der von Technik Ahnung hat?«

Ich will nächstes Jahr zum zweiten Mal nach Iowa fliegen. Wir wollen herausfinden, ob das eine Option ist. Ich in Iowa, auf Dauer. Garin und ich in Iowa, auf Dauer. Und wer dieses Auf-Dauer-Ding ausprobieren will, will seine Beziehung nicht mehr im Rechenzentrum im Keller einer Universität führen. Ich besitze einen 386er-Computer, der in meinem Jugendstilkleiderschrank steht, weil Computer hässlich sind und Kleiderschränke Türen haben. In der Rückwand habe ich eine Öffnung herausgebrochen, für die Kabel. Und jetzt frage ich rum, weil ja immer jemand jemanden kennt, der von Technik Ahnung hat, was ich machen muss, damit der Computer, der in meinem Jugendstilkleiderschrank aus dem Theaterfundus steht, sich mit dem World Wide Web verbinden kann, in dem irgendwo blgarin@aol.com wohnt.

Um eine PPP-Verbindung herzustellen, benötige ich ein 56k-Modem und muss Trumpet Winsock installieren und Eudora Light, erklärt mir der Technikmensch, und auch, wie die miteinander kommunizieren. Eudora Light ist ein E-Mail-Programm und ich bin eine Pionierin, den Rest verstehe ich nicht. Als es dann wirklich *fiü-tü-tü-tüdüdü* macht und die Verbindung aufgebaut ist, sitze ich fassungslos zwischen den Türen meines Jugendstilkleiderschranks und lese auf meinem 386er-Computer, dass Garin heute nur zwölf Dollar Trinkgeld bekommen hat und mit Willy Bier trinken war und zum Thanksgiving Dinner bei seiner lesbischen Freundin Faye und ihrer Freundin eingeladen ist, und noch immer enden seine Mails mit *weiß dass ich dir gern habe.*

Acht Monate später sitzt Karl quietschvergnügt in einem grauen Kunststoffungetüm mit Dreipunktgurtsystem und lässt sich zwischen unendlichen Maisfeldern und silbernen Getreidesilos über den Mississippi fahren und weiß nicht, dass er in Amerika ist. »Eighty Bucks«, hat Garin gesagt, als ich ihn gefragt habe, was das Ding gekostet hat. Garin, der Karl und mich am Flughafen in Chicago abholt und dafür bei Target einen Kindersitz für 80 Dollar kauft und an einem Tag von Iowa aus über den Mississippi und durch halb Illinois zum Flughafen fährt, um am selben Tag mit Karl, Kindersitz und mir zurückzufahren, obwohl wir da schon wissen, dass das wohl nichts wird mit mir und einem Leben in Iowa.

Auch 1998 beziehe ich noch Kindergeld und Erziehungsgeld und Unterhaltsvorschuss und kriege im Unireisebüro Studentenrabatt. Karl fliegt immer noch umsonst, und in Des Moines können wir bei Michaela wohnen. Aber in den Wochen, die noch vergehen, bis wir tatsächlich fliegen, macht das Modem nicht mehr täglich *fiü-tü-tü-tüdüdüdü*, und Garins Mails enden nicht mehr mit *weiß dass ich dir gern habe*, weil er inzwischen Faye gernhat, die zu Thanksgiving noch lesbisch war. Und auch ich werde in den Wochen in Des Moines wieder E-Mails schicken an einen, den ich zu lieben glaube, nur dass ich nicht mehr blgarin@aol.com in die Empfängerzeile tippe, sondern kramerkub@compuserve.com.

In Des Moines ist es 36 Grad heiß, Michaela muss tagsüber arbeiten, und Garin muss tagsüber arbeiten, und Shirley muss tagsüber arbeiten. Michaelas Appartement hat kein Air Conditioning, Karl ist anderthalb, ich habe keinen Führerschein und Des Moines kein Freibad. Als Michaela und ich ein Picknick mit Chad und Procter am Saylorville Lake machen wollen, ist da alles voller Mücken, also machen wir unser Picknick auf dem Parkplatz vom Des Moines Art Center. Fünf Wochen später überqueren Kindersitz, Karl und ich erneut den Mississippi und fliegen zurück nach Leipzig. Mit kramerkub@compuserve.com geht es dann auch nur noch ein paar Wochen.

Vergleichbare Verhältnisse (1998)

Lützowstraße, 4 Zi., mit Nina, Luc und Karl

C. 26, alleinerziehend, Studentin, und Karl (anderthalb) suchen ähnliche Kombination für lustige Mutter-Kind-WG, um das Alleinerziehen gemeinsam durchzustehen und dabei auch ein bisschen Spaß zu haben, so oder ähnlich hatte ich es im Kleinanzeigenteil des Leipziger Stadtmagazins annonciert, darunter eine Festnetznummer.

Den südbadischen Einschlag habe ich auf dem Anrufbeantworter gleich rausgehört. Eigentlich mag ich nichts, was mich an meine nordbadische Herkunft erinnert, schon gar nicht, wenn es südbadisch ist. Zurückgerufen habe ich trotzdem. Weil in meiner Anzeige was von vergleichbaren Umständen stand. Und die Person mit dem südbadischen Einschlag auf meinem Anrufbeantworter mir was von einem siebenjährigen Sohn erzählt hat. Karl ist noch keine zwei. Wer einen knapp Zweijährigen und einen Siebenjährigen für vergleichbare Umstände hält, interessiert mich. Und das bleibt nicht die einzige großzügige Auslegung, die ich von der Frau lernen werde, die an einem anderen Tag als vereinbart abends klingelt, als ich gerade mit meiner ehemaligen Mitbewohnerin Lotte bei einer Flasche Wein sitze. Nina setzt sich, da sie ja nun schon mal da ist, dazu. Und als unsere zweite Flasche leer ist, trinken wir die, die sie mitgebracht hat. Als Lotte nach Hause gegangen und die dritte Flasche leer ist, holt Nina eine vierte aus ihrem Auto. Danach haben wir ausreichend vergleichbare Umstände gefunden, um zu beschließen, es miteinander zu versuchen.

»Hast du kurz? Ich steh gerade mit der Maklerin in der Lützowstraße im Flur, der ist riesig, vier Zimmer, überall Diele, also außer im Flur, da liegen so OSB-Platten, aber die kann man ja streichen, alle bis auf ein Zimmer mit Kachelofen, teilsaniert halt, aber im Bad is sogar 'ne Wanne und unten im Haus ist ein Lebensmittelladen.« Nina ist in Zwochau, das Motel, das ihrem Vater gehört, hat Insolvenz angemeldet, und Nina muss die Gastroküche ausräumen, deswegen stehe ich allein mit der netten Maklerin von

Engel & Völkers im Flur der teilsanierten Vierraumwohnung über Beckers Lebensmitteleck. »Die Küche ist eher schmal, aber man könnte den Esstisch in den Flur stellen, hell ist sie auch, dritter Stock.« Während ich versuche, wiederzugeben, was ich sehe, rase ich im Kopf durch mögliche Einwände, um sie zu entkräften, bevor Nina sie ausspricht. Die nette Maklerin von Engel & Völkers lächelt mich an, ihre Finger spielen am Schlüsselbund, das an ihrem Zeigefinger hängt. Ich versuche, die Schlüssel im Blick zu behalten. Als würden sie sonst verschwinden. Als wäre sie eine Hütchenspielerin. Die OSB-Platten, das Wannenbad, der sechseckige Flur, die Kohleöfen, ich will das hier haben.

»Sie sind jetzt meine erste Besichtigung, teilsaniert ist ja zurzeit sehr begehrt, ich hab da noch eine lange Liste an Interessenten. Aber wenn Sie sich jetzt gleich entscheiden, sage ich denen ab und Sie kriegen die Wohnung«, hat sie gesagt, und jetzt guckt sie mir beim Telefonieren zu und spielt dabei mit dem Schlüsselbund. Ich hätte ablehnen müssen. So eine Entscheidung lässt sich nicht auf der Stelle treffen. Wir waren noch nicht mal auf dem Speicher, ich habe den Hinterhof mit den Mülltonnen noch nicht gesehen, weder den Sicherungskasten noch die Elektrik angeguckt, von der ich eh keine Ahnung habe, und keines der Zimmer ausgemessen. Über solche Entscheidungen unbedingt immer eine Nacht schlafen, höre ich Papas Stimme. Wollen wir wirklich noch mal Kohle schleppen, das kleine Zimmer ist nicht beheizbar, Balkon war eigentlich auf unserer Wunschliste, »ich weiß, dass das jetzt ganz schön spontan ist, du hast ja noch nicht mal einen Grundriss von der Wohnung gesehen«, versuche ich, Nina gegenüber besonnen und vernünftig zu klingen.

»Sag zu«, sagt Nina. »Ich vertrau dir.«

Ich grinse die Frau von Engel & Völkers an. »Wir nehmen die Wohnung. Kann ich jetzt noch den Speicher und den Müllplatz sehen?«

Zwei Wochen später sitze ich in einem T-Shirt voller Farbspritzer auf Seegrasmatten auf dem Boden unserer neuen Schlauchküche neben dem Edelstahlwagen, den Nina gerade reingerollt hat, und bohre mit dem Finger ein Loch in Karls Brötchen. Nina streckt mir den Beutel mit den Würstchen und einen Karton voller Senfpäckchen entgegen. Sogar der Senf kommt aus den Restbeständen des Motels in Zwochau, das ihr Vater gerade abwickelt. Anfang der 90er mussten die Investoren und Treuhandmanager, die Mobilfunkbetreiber und DVU-Funktionäre und Chefs der Bild-Zeitung ja irgendwo unterkommen, und da war Ninas Vater mit seinem Motel hinter den Tagebaurestlöchern ein Mann der ersten Stunde. Inzwischen gibt es ausreichend Hotelzimmer in den Innenstädten, und die Motels auf der grünen Wiese rentieren sich nicht mehr. Für mich ist das weniger tragisch als für Ninas Vater, schließlich halten dadurch Schneebesen, Siebkellen und Schöpflöffel, bruchsichere Gastroteller, Edelstahlschüsseln und Kartons mit Sekttulpen und Weingläsern Einzug in unserer teilsanierten Wohnung. Meistens stehe ich schon im Flur auf der Leiter, wenn Nina gegen Spätnachmittag mit einem Beutel Wiener Würstchen aus Beckers Lebensmitteleck die Treppe hochkommt, und während sie Brötchen aufschneidet und Wiener Würstchen und Senf auf unkaputtbaren Gastrotellern verteilt, verdünne ich, weil der Flur groß ist und Volltonfarbe teuer ist, die Farbe mit Wasser, was macht, dass die verdünnte Farbe beim Auftrag mit dem Farbroller heftig spritzt. Was uns egal ist. Wir tragen die orangenen Farbspritzer mit Würde und der gleichen Fassung, mit der wir später den ungleichmäßigen, streifenförmigen Farbverlauf tragen.

Unsere Rollenverteilung ist schnell klar. Nina bringt Wiener Würstchen und Gastrozubehör mit, wischt Farbflecken und Einwände weg und ist ganz generell für Großzügigkeit und das allgemeine Wohlbefinden zuständig. Meine Großzügigkeit ist eher überschaubar, meine Großzügigkeit beschränkt sich darauf, großzügig über fehlende Sorgfalt hinwegzusehen, den Farbverlauf im Flur oder beim Putzen und Renovieren. Ansonsten hab ich's nicht so mit der Großzügigkeit. Ich kann eher das Gegenteil: Einwände, Bedenken und Prinzipien. Ich kann das Walter-Benjamin-Zitat über das Kunstwerk im Zeitalter seiner technischen Reproduzierbarkeit so auswendig, dass niemand mehr nachfragt, ob ich eigentlich verstanden habe, was ich da zitiere, ich klaube aus den Trümmern des real existierenden Sozialismus die Versatzstücke zusammen, die mir noch brauchbar erscheinen, bunt lackierte Jugendstilschränke aus dem Theaterfundus im Beyerhaus, am Straßenrand abgestellte Möbel und die Vorstellung von etwas, an das ich glauben möchte, aus Filmen wie *Paul und Paula* oder *Solo Sunny*. Ich bin 25, ich habe einen knapp zweijährigen Sohn, und ich versuche, das Leben und die Umstände zu gestalten und so zu handeln, dass ich es mir als Umgestaltung der Produktionsverhältnisse verkaufen kann. Ich lege großen Wert darauf, mir erhaben und unangreifbar vorzukommen und verteidige meine Position vorzugsweise mit einer Zigarette im Mund und beim dritten Glas Wein. Dass ich dank Mamas zwangsgepfändetem Beamtengehalt knapp 1000 Mark Unterhalt im Monat beziehe und bis zu Karls zweitem Geburtstag auch noch Landeserziehungsgeld, fällt in meiner Rechnung nicht ins Gewicht, schließlich bin ich Teil eines Theaterkollektivs, alleinerziehend und heize mit Kohlen.

Nina kommt sich nie wie irgendwas vor. Nina macht einfach, dass es den Menschen um sie herum gut geht. Nina schleppt bergeweise Ananas, Mangos, Äpfel, Orangen und Bananen in den dritten Stock und schnippelt Obstsalat in Edelstahlschüsseln, weil wir es dann auch essen, Karl, Luc und ich, das Obst, wenn es uns klein geschnitten vor die Nase gesetzt wird. Nina arbeitet tagsüber für ihren Vater, studiert nachmittags berufsbegleitend Betriebswirtschaft und kellnert abends im Volkshaus. Nina zahlt die Telefonrechnung und vergisst regelmäßig, mich abzukassieren, »ich telefoniere doch eh viel mehr als du«. Nina lacht es weg, wenn ich mich über ihren aktuellen Lover lustig mache, der die Haare ein bisschen zu föhnwellig trägt und immer einen Schirm dabeihat und ihr am liebsten noch den Schraubenzieher aus der Hand nehmen würde. Nina lacht es weg, wenn ich ihr die Haare völlig verschnitten habe und die Lebensgefährtin ihres Vaters, die rot gefärbte Locken und künstliche Fingernägel und einen Friseursalon in Delitzsch hat, das mit der Bartschermaschine zu retten versucht und ihr irgendwas zwischen Army Haircut und Sinéad O'Connor rasiert. Und Nina lacht es weg, wenn ich über die dumpfen Bauernfängerparolen der Initiative Pro DM lästere, die ihren Vater gerne zu einer Kandidatur bewegen würde. Auch das ist Teil unserer Aufgabenteilung. Ich bin herablassend, Nina lässt mich herablassend sein. Wir geraten nie aneinander. Wir streiten nicht. Besser, Nina streitet nicht. Lässt sich einfach nicht sichtbar aus der Fassung bringen. Wie es ihr dabei tatsächlich geht, zeigt sie nicht. Und ich frage nicht. Ich hab genug mit mir und der Umgestaltung der Produktionsbedingungen und meinen Prinzipien zu tun.

Und dann haut sie am Pfingstsamstag einfach ab. Ich hab's wohl doch ein bisschen übertrieben. Dass ich den Typen, der hier regelmäßig ihretwegen auftaucht, schwierig finde, ist ja bekannt. Aber dass sie wortlos ein paar Sachen in ihre Tasche wirft und abhaut, ohne mir zu sagen, wohin und bis wann, hat wohl weniger mit dem Mann zu tun als mit meinen herablassenden Kommentaren. Weil, ja, der Mann hat einen Kontrollzwang und ist übergriffig und selbstgefällig, aber statt sie zu fragen, wie es ihr damit geht oder ihr Unterstützung anzubieten, mache ich mich darüber lustig, dass sie sich von einem Mann schikanieren lässt, der einen Regenschirmzwang hat. So weit zumindest meine Selbsterkenntnis, als ich am Pfingstmontag morgens um kurz vor zehn bis zu den Ellbogen im Spülschaum stecke und hoffe, dass sie doch noch rechtzeitig zurückkommt. Und zwar bevor um zehn die beiden Männer vor der Tür stehen, mit denen wir uns zu einem Pfingstausflug verabredet haben.

Um zehn Minuten vor zehn stehe ich mit im Spülschaum versenkten Armen in der Küche, um zehn vor zehn drehen sich die Schlüssel in der Wohnungstür, um zehn vor zehn ist Nina wieder da, um neun vor zehn hat sie eine Ladung Spülschaum im Gesicht, weil was lässt sich in neun Minuten noch klären, wenn doch gleich der Typ vor der Tür stehen wird, dessentwegen ich seit Wochen feuchte Hände kriege, sobald ich die Schwingtür zum Lesesaal der Deutschen Bücherei aufstoße.

Dunkler

(1999–2004)

Im wunderschönen Monat Mai (1999)

Lützowstraße, 4 Zi., mit Nina, Luc und Karl

Eine Dreiviertelstunde, nachdem Nina ihre Ladung Spülschaum eingefangen hat, befestige ich das graue Kunststoffungetüm mit Dreipunktgurtsystem in der Mitte der Rückbank und schnalle Karl fest. Das Ungetüm ist aus Iowa und hat 80 Dollar gekostet. Ich zwänge mich links neben das Ungetüm und rechts davon lässt sich der Mensch nieder, der vorhin ziemlich gelassen seinen Blick auf Karls Höhe gesenkt hat, als der ihm in Windeln die Tür aufgemacht hat. Ich weiß nicht, wie ich reagiert hätte. Lässt dich von deinem Politologiedozenten, mit dem du befreundet bist, zu einem Ausflug zu viert einladen. Mit zwei dir unbekannten alleinerziehenden Müttern. Kommst die Treppe hoch, und als die Tür aufgeht und du zur Begrüßung lächeln willst, trifft dein Blick niemanden. Bis du ihn senkst und ungefähr auf Kniehöhe ein Zweijähriger mit nackten Füßen und nacktem Oberkörper steht, also eigentlich komplett nackt, bis auf die weiße Windel, und dich unter seinem schief geschnittenen Pony so ernst anguckt, dass du dir das Grinsen über den schief geschnittenen Pony verkneifst und ihn anlächelst und ihm in die Altbauwohnung folgst, teilsaniert, der Flur mit OSB-Platten ausgelegt, die Wände streifig orange gestrichen, aber bevor du wesentlich mehr aufnehmen kannst, tritt dir diese Person entgegen, die dir vage bekannt vorkommt.

»Wir kennen uns aus der DB, oder?«

Die DB ist die Deutsche Bücherei, in der ich seit Wochen fast meine Bücher fallen lasse, wenn ich dich an einem der Tische im Lesesaal entdecke, was ich nie getan hätte, hätte nicht Kate dich zum schönsten Mann in der ganzen DB erklärt, während ich noch davon überzeugt war, dass der allerschönste Mann in der Deutschen Bücherei doch dieser rotblonde Medizinstudent war, weswegen ich also abgewinkt habe, nein, eher nicht. Bis ich, weil Kate ja unbedingt vertrauenswürdig ist, genauer hingucke. Und beim dritten Hingucken anfange, feuchte Hände zu kriegen. So funktioniert das bei mir. Man muss mir sagen, in wen ich mich verlieben soll, dann tue ich das.

»Aus der DB? Ja, kann sein …«

Behaupte ich. Und dann sitzen wir auf der Rückbank des Politologiedozenten-Autos, und ich singe »Tief im Wald, da haust der Räuber Hotzenplotz«, weil ich Karl erzählt habe, dass wir einen Ausflug in den Wald machen, und dann fällt mir nicht mehr ein, wie der Zauberer aus *Räuber Hotzenplotz* heißt.

»Petrosilius Zwackelmann«, kommt es, ohne zu zögern, von der anderen Seite des grauen Kindersitzmonsters. Wachtmeister Dimpfelmoser und Fee Amaryllis weißt du natürlich auch, und später stehen wir mit zurückgelegten Köpfen vor den Mauern von Schloss Rochlitz und essen auf Bierbänken Bratwürste, die der missmutige Gastwirt für uns grillt, und klettern bei den Wermsdorfer Teichen im Geäst eines Baums über dem Wasser herum, und später stellen wir fest, dass man an Tankstellen keine Windeln kaufen kann, aber der Wein ist eh wichtiger, und Karl erkläre ich, dass er jetzt groß genug ist, ohne Windeln zu schlafen, bevor ich ihn auf seinem niedrigen Bettpodest zudecke und in unsere mit Kokosmatten ausgelegte Gastroinsolvenzküche zurückgehe, in der Nina sitzt. Und der Politologiedozent. Und du. Wir trinken Wein und rauchen, und ich kann gar nicht aufhören, dir beim Zigarettendrehen zuzugucken, und dann gehst du runter zu deinem roten Golf und holst eine Manfred-Krug-Kassette aus dem Kassettendeck, und dann singt Manne Krug, was eigentlich nicht mehr gesungen werden muss: »Im wunderschönen Monat Mai, als alle Knospen sprangen, da ist nicht nur in Heines Herz die Liebe aufgegangen.«

Totale Sonnenfinsternis (1999)

Lützowstraße, 4 Zi., mit Nina, Luc und Karl

»Was ist los, warum guckst du so grimmig?«

Karls Kita ist in einem dieser flachen DDR-Plattenbauten mit Strukturfassade untergebracht, ich zerre ihn am ersten Treppenaufgang vorbei, in den Kindergarten wechselt er erst nächstes Jahr, die Kita ist am zweiten Aufgang, schon auf den Stufen ziehe ich an seinem Reißverschluss und fange an, ihn aus den Jackenärmeln zu schälen. Die Garderobenhaken hängen alle schon voller Anoraks und Brottaschen, und unter der Bank stehen ordentlich aufgereiht lauter abgewetzte kleine Sandalen. Als ich vor der niedrigen Bank auf dem Boden knie und ihm die Schnürsenkel aufmache, verfinstert sich sein Gesicht. Er könnte das bestimmt schon selbst können, aber die Geduld, ihm das beizubringen, habe ich nicht. Und die Zeit, ihn das probieren zu lassen, auch nicht.

Er presst die vorgeschobenen Schneidezähne in die Unterlippe. Das macht er immer. Und später hat er dann schiefe Zähne und braucht eine Zahnspange. Aber erklär das mal einem Zweijährigen.

»Kein Obst.«

Er zeigt auf die Glasschale, die auf dem Kühlschrank steht. In die Glasschale legen wir morgens, wenn wir die Kinder abliefern, unser mitgebrachtes Obst, einen Apfel, eine Orange, eine Banane, seltener Kiwis oder Mangos. Das Obst schneiden die Erzieherinnen im Lauf des Tages, und nachmittags beim Vesper kommt es auf den Tisch, damit alle Kinder Vitamine kriegen. Wenn ein Kind Geburtstag hat, bringt es einen Geburtstagskuchen oder Kekse oder irgendwas anderes mit. Dann hängen die Erzieherinnen am Tag vorher einen Zettel auf, dass wir kein Obst mitbringen sollen.

Wenn schon fast alle Haken mit Jacken besetzt sind und die Obstschüssel leer ist, heißt das, dass ich den Apfel wieder mitnehmen kann. Und dass heute ein Kindergeburtstag ansteht. Und dass ich den Zettel mal wieder nicht gelesen habe.

Warum habe ich ein Kind, das in Obstschalen lesen kann? Warum habe ich ein Kind, das in unvorhergesehenen Situationen die Schneidezähne in die Unterlippe schlägt, selbst wenn die unvorhergesehene Situation Kuchen und Kindergeburtstag bedeutet? »Hey, komm schon, so einen Geburtstag stehst du doch durch, und morgen ist Sonnenfinsternis, da stellen wir uns in den Schatten und gucken durch eine Glasscherbe, die wir vorher mit Ruß schwarz machen, ganz vorsichtig in den Himmel, und dann geht für ein paar Minuten die Sonne weg, und danach fahren wir an die Ostsee.«

Die Wunde unter dem gummiartigen durchsichtigen Pflaster an meinem rechten Unterschenkel pocht. Ins Wasser kann ich damit nicht und ausgerechnet dieses Wochenende hab ich probenfrei, und wir wollen nach Usedom.

»Hier, drück das an dein Kinn.«

Als hätte mir jemand mit dem Hammer auf den Kopf gehauen, hast du mir später erzählt, hab ich auf der Fahrbahn gestanden und abwechselnd auf dein weißes Feinrippunterhemd gestarrt, das du dir vom Kopf gerissen hast, und auf mein Fahrrad, das vor mir auf dem Asphalt lag. Eben saß ich da noch drauf. Wir waren im Kino, *Buena Vista Social Club*, haben danach noch was getrunken und sind dann die Pfaffendorfer Straße hochgeradelt, nebeneinander, sind ja um die Uhrzeit kaum noch Autos unterwegs. Auf der Höhe vom Nordplatz bist du ganz dicht an mich rangefahren und wolltest mich küssen. Und dann lagen wir plötzlich auf der Straße, ich unter meinem Fahrrad, du auf mir und meinem Fahrrad und dein Fahrrad auf dir und mir und meinem Fahrrad. Ich hab mir dein weißes Feinrippunterhemd unters blutende Kinn gepresst, und du hast mit nacktem Oberkörper unsere Fahrräder nach Hause geschoben. Als wir dann am Küchentisch saßen und einen Schnaps auf den Schreck gekippt haben, hab ich die Beine lang gemacht. Und dabei auf meinen Unterschenkel geguckt. Auf das Fleisch an meiner Wade, das da eigentlich hingehört. Du hast Nina geweckt, um ihr Auto zu borgen, und bist extra noch mal runter zu den Fahrrädern, um zu gucken, ob das fehlende Stück Fleisch vielleicht noch in der Fahrradpedale hängt, die es herausgerissen hat. Ich hab solange die Schnapsflasche leer gemacht, und zum Glück haben sie mich in der Notaufnahme nicht pusten lassen, sondern nur mein Kinn zusammengeflickt und ein gummiartiges Pflaster über das Loch in meiner Wade geklebt, das Keime abhalten soll und nicht nass werden darf.

Drei Tage später stehst du mit Karl auf dem Arm unter dem Baum im Hinterhof vom Volkshaus, und wir unterbrechen unsere Sommertheaterprobe und halten uns unbelichtete, schwarze Diafilme vor die Augen, die der Theaterfotograf mitgebracht hat, viel besser als der Quatsch mit den geschwärzten Scherben, sagt er, und erklärt, was die Sonne, selbst verdeckt, noch für einen Schaden anrichten kann. Weil sie die Stelle des scharfen Sehens auf der Netzhaut verbrennt und da ein schwarzer Fleck entsteht. Das weiß man, weil man die Augenschäden von Kampfpiloten untersucht hat, die der Gegner bewusst aus der Sonne heraus angegriffen hat, damit sie direkt ins grelle Sonnenlicht blinzeln mussten. Auf gar keinen Fall soll man versuchen, die Sonnenfinsternis zu fotografieren. Ich halte trotzdem mit der EXA drauf und löse aus, ohne hinzugucken. So was kann ich mir doch nicht entgehen lassen. Und dann steigen wir in dein Auto und schnallen Karl in dem Kindersitzmonster mit Dreipunktgurt fest und fahren nach Usedom.

»Na, den Seeigel könnt ich Ihnen noch anbieten, aber der ist wahrscheinlich ein bisschen staubig.«

Auf dem Campingplatz ist kein Bungalow mehr frei, und ein Zelt haben wir nicht dabei, aber als der Platzwart sich lange genug am Kopf gekratzt hat, fällt ihm der uralte Wohnwagen ein, der seit der Wende leer steht und eigentlich nicht mehr genutzt wird, den schließt er uns dann auf. Am nächsten Tag darf ich mit meinem halb durchsichtigen Gummipflaster zwar nicht in die Ostsee, aber wenigstens hab ich die EXA dabei und einen frischen Film eingelegt, auf dem bisher nur ein Schwarz-Weiß-Bild einer Sonnenfinsternis drauf ist, das wahrscheinlich nichts geworden ist, und so fotografiere ich, wie du in deiner karierten Badehose im Schneidersitz Karl gegenüber im Sand sitzt, du liest ihm Schlagzeilen aus der

Bild-Zeitung vor, die ausgebreitet zwischen euch im Sand liegt, und zwischendrin lässt du ihn an deinem Eis lecken, als seins in den Sand gefallen ist. Abends klettert Karl verklebt und versandet die Metallstufen zum Seeigel hoch, wir sitzen noch ein bisschen im Abend herum und kommen uns vor wie eine glückliche Kleinfamilie auf einem Campingplatz, bevor wir uns ausziehen und auf der ausgezogenen Sitzbank aneinanderkuscheln.

We have all the time in the world, singen die Fun Lovin Criminals, als wir dein Auto wieder in Leipzig geparkt haben und unter den ausrangierten String-Bücherregalen deiner Eltern auf deiner Matratze liegen, *We have all the time in the world*, singen die Fun Lovin Criminals in deiner WG in der Erich-Zeigner-Allee, und du legst kurz deine Kippe in den Aschenbecher neben der Matratze und drückst irgendwo auf den grauen Plastikfuß, aus dem milchige Glasfaserfäden herausragen, und dann fangen sie an zu leuchten, die Glasfasern, erst rot, dann grün, dann lila und blau, fließend wechseln sie die Farbe, im ausgeschalteten Zustand ist das Ding furchtbar hässlich, im eingeschalteten Zustand ist es furchtbar kitschig, aber was soll's, *We have all the time in the world*, singen die Fun Lovin Criminals neben einer Matratze, auf der zwei liegen, von denen eine längst weiß, dass sie einen, der die schönsten und lustigsten und liebevollsten Antworten auf die kompliziertesten Fragen hat und selbst ihre Rosenstolz-Begeisterung nur gemäßigt peinlich findet, dass sie einen Besseren für die Ewigkeit nicht finden wird. Und nicht suchen will.

Weil Karl das winzige halbe Zimmer bekommen hat, hat Nina mir dafür das große fünfeckige Erkerzimmer überlassen. Die Dielen habe ich weiß lackiert. Das passt gut zur Wand. Die Wand habe ich olivgrün gestrichen und die Farbe diesmal nur ein ganz klein bisschen verdünnt. Nicht ganz so gut zur Wandfarbe passt das Gründerzeitsofa mit dem zerschlissenen Samtbezug, das ich ziemlich billig ersteigert habe, weil auf der Sitzfläche schon das Innenleben aus einem fetten Riss im Samtbezug quillt, das Innenleben ist aus Stroh. Dass der flaschengrüne Samtbezug nicht wirklich zum Olivgrün an der Wand passt, sieht man auf den Fotos, die ich mit meiner EXA 1b mache, aber nicht, weil ich nur schwarz-weiß fotografiere. Wenn wir nackt auf dem grünen Samtsofa liegen, bohren sich die Sprungfedern demjenigen in den Rücken, der unten liegt, und mein Knie drückt in die rundgepolsterte Armlehne. Mein abgewinkelter Unterschenkel, von dem ich das inzwischen geleeartige Pflaster abgezogen habe, weil die Wunde drunter nicht abtrocknet, ragt nach oben wie ein Stundenzeiger.

Zum Schlafen klettern wir dann doch in mein Hochbett. Als ich aufwache, liegst du nicht neben mir. Ich höre dich im Bad mit dir selber sprechen. Dämmere weg. Wache wieder auf. Mondlicht fällt auf die weiß gestrichenen Dielen und die hellen Halme, die aus dem Riss im Sofabezug quellen. Du liegst immer noch nicht neben mir. Ich höre dich immer noch im Bad sprechen. Du sprichst nicht mit dir selbst. Du sprichst mit mir. Du stöhnst. Du liegst auf den Badfliesen. Zusammengekrümmt. »Mir tut der Bauch so weh. Ich weiß nicht, wo das herkommt. Das tut so weh.«

Trudna sam (2000)

Za Vrelje, Bungalow, mit Karl

Trudna sam, trudna sam, trudna sam, wiederhole ich mantraartig, um nicht zu vergessen, was ich dem Arzt gleich sagen muss, bevor ich ihm das hellblaue Heft vorlege, in dem auf Deutsch Informationen über das stehen, was auf Kroatisch »trudna sam« bedeutet.

»Bevor ich Bischof Dyba ein Kind gebäre, wandere ich lieber aus«, habe ich verkündet, als ich im Mai meinen Mutterpass in der Hand halte. Ich bin für einen Master-Studiengang mit Karl nach Fulda gezogen, während Gewebeproben dessen, was bis auf Größe eines Tennisballs in dir heranwachsen konnte, bevor es in deinem Bauchraum aufgeplatzt ist, von einem Labor zum nächsten geschickt werden. Du hast jetzt eine lange Reißverschlussnarbe quer über dem Bauch und der herausgeschnittene Tennisball einen sehr hässlichen Namen, aber ein Kind wollen wir trotzdem und leben sowieso, und so hast du den Job, den dir dein alter Freund Yoff bei seinem Start-up angeboten hat, angenommen und bist nach Düsseldorf gezogen. Zum Winter wollen wir uns eine Wohnung suchen, meine Masterthesis kann ich auch in Düsseldorf schreiben und zu den Prüfungen dann eben nach Fulda fahren. Und dann stirbt der erzkonservative Fuldaer Bischof ohnehin im Juli.

Fulda, wo mein schwuler Onkel Piet in unserer schwarz gestrichenen Küche sitzt und erzählt, wie er in den 80ern nackt und mit Pfauenfedern geschmückt in irgendwelchen Schwulenbars auf den Tischen getanzt hat, bevor er den Korb mit meiner schmutzigen Wäsche in sein Auto packt und mitnimmt, um sie ein paar Tage später gewaschen und getrocknet wieder abzuliefern. Unsere schwarz gestrichene Küche, in der Anastasia und Karl nackt zu irgendwelcher Kassettenmusik tanzen und dabei aus Strohhalmen Trinkpäckchen leer trinken, wo im Flur eine Schaukel hängt, in der Karl gewaltig vor- und zurückschwingt und dabei »bis zur Unendlichkeit und noch viel weiter« ruft, ein Zitat von Captain Buzz Lightyear aus *Toy Story*, der bei Karl »Käpt'n Wer seid ihr?« heißt. Mein Studiengang heißt *Intercultural Communication and European Studies*, und wir sind der erste Jahrgang, weswegen wir uns den Namen Guinea Pigs, Versuchskarnickel, gegeben haben. Wir bemühen uns, die Institutionen und Organe der EU, die in meiner Kindheit noch EG hieß, zu durchschauen, die Beitrittsdaten der 15 Mitgliedsstaaten zu wissen, Merkmale osteuropäischer Transformationsgesellschaften zu erfassen, und lassen uns von einer niederländischen Trainerin für Intercultural Communication mit der Nase darauf stoßen, wie fest wir in der Beurteilung von Verhaltensweisen, die von unseren abweichen, in kulturell bedingten Prägungen verhaftet sind. Im August 2000 ist ein dreimonatiges Auslandspraktikum vorgesehen, viele zieht es nach Brüssel oder Straßburg, zu den Institutionen der EU, einige zur UN.

Wenn ich im August 2000 von meinem Arbeitsplatz aufblicke, gucke ich auf Agaven, einen kleinen Jungen, der einen orangefarbenen Wäschekorb durch die Gegend schleppt und das Meer. Ich kann mit den nackten Zehen wackeln, denn ich trage keine Schuhe. Der blaue Himmel hinter dem kleinen strohblonden Jungen mit dem schief geschnittenen Pony und dem geschulterten orangefarbenen Wäschekorb wirkt wie eine Panoramatapete. Rechts hinter dem Jungen ragt ein Blumenkübel mit einer trockenheitsresistenten mediterranen Topfpflanze ins Bild, die Rosmarinbüsche vor dem Haus mit den Einschusslöchern sind so gewaltig, dass ich ein paar Tage gebraucht habe, um sie als Rosmarinbüsche zu identifizieren, und auf dem Weg zur Bushaltestelle kann ich reife Feigen von den Bäumen pflücken. Doch, ich habe es gut erwischt, und ich frage mich, wo in Brüssel, Dublin oder Straßburg es wohl möglich gewesen wäre, ein dreimonatiges Praktikum zu absolvieren, in dem ein Dreijähriger nackt in einem zum Planschbecken umfunktionierten Wäschekorb sitzen kann, während ich Kroatisch zu lernen versuche und Texte für die Geschäftsführerin des Europski dom Dubrovnik schreibe. Wo ich wohl jeden Morgen splitterfasernackt auf der Terrasse unter der Freiluftdusche duschen und meinen noch kaum sichtbaren Bauch in die Mittelmeerkulisse halten könnte. Mlini, wo Adrijana mich im verlassenen Haus eines Onkels untergebracht hat, liegt etwas oberhalb der Küstenstraße in Richtung Montenegro, nach Dubrovnik sind es 20 Minuten mit dem Bus, und ungefähr tausend Meter oberhalb meiner Unterkunft brennen regelmäßig die Bergkuppen. Morgens muss ich eine dicke Schicht weißer Ascheflocken vom Terrassentisch und von den Stühlen wischen, bevor Karl und ich frühstücken können.

Die erste Woche verbringe ich alleine in dem geräumigen Flachbau am Steilhang mit Blick übers Meer, den meine neue Chefin, die Geschäftsführerin des Europski dom Dubrovnik, mir vermietet. Es ist Sommer in Dubrovnik und wenig los im Europahaus. Einen Großteil der Arbeit erledigt Adrijana von zu Hause aus, mittags kocht ihr Mann für uns, dazwischen schreibe ich ein paar Mails. Als Karl nach einer Woche nachkommt, hat er Läuse auf dem Kopf und einen Läusekamm im Handgepäck, »wir haben ihm gesagt, dass das Sandkörner sind, damit er sich nicht ekelt«, wird mir mitgeteilt, und ich frage mich, seit wann Sandkörner krabbeln können und ob das nicht viel gruseliger ist. Dafür weiß ich dann aber auch, dass Läuseshampoo *šampon za uši* heißt und dass ich vielleicht besser mit der Wahrheit umgehen kann, aber du viel liebevoller und geduldiger das Läuseshampoo und die Tränen aus den Augen eines zornigen kleinen Jungen entfernen kannst, der auf deinem Schoß sitzt. Ein paar Stunden später sitzen wir am Kiesstrand, und Karl darf dir mit Filzstift Gesichter auf den nackten Rücken malen, dann gehen wir in einer der Gaststätten gegrillten Tintenfisch essen, und ich kann schon fließend Blitva dazu bestellen, Blitva ist Mangold, was anderes darf zu Tintenfisch offenbar nicht serviert werden, Salzkartoffeln und Blitva, Blitva und Salzkartoffeln, dabei gibt es an den Marktständen Zucchini, Auberginen, Tomaten, aber auf den Speisekarten: nur Blitva. Du isst Karl den Blitva vom Teller und gibst ihm dafür Münzen, damit er sich ein Eis holen kann, und auf dem steilen Pfad zurück zum Haus hoch jonglierst du mit Orangen, später hängt ihr in den orangefarbenen Plastikstühlen auf der Terrasse. Du bist der Brontosaurus und Karl der Velociraptor, und ich beobachte euch vom Gasherd aus, während ich darauf warte, dass die Espressokanne zu gurgeln anfängt, und wünschte, das bliebe jetzt so.

Leider musst du ein paar Tage später zurück nach Deutschland. Adrijana passt auf Karl auf, während ich im Wartezimmer einer kroatischen Frauenarztpraxis sitze und merke, dass ich auffalle, und das ausnahmsweise mal nicht wegen meiner Frisur. »Trudna sam«, wiederhole ich innerlich, während mein Blick nervös über die Beine der Frauen um mich herum gleitet, Beine, die ich nicht sehen kann, weil sie unter langen, weiten Rockschichten verborgen sind. Ich weiß ja, dass Mitteleuropäer oft ein merkwürdiges Frauenbild mit dem, was sie für den Balkan halten, verknüpfen, und die Bilder von bosnischen Flüchtlingsfrauen mit Kopftüchern haben das Ihre dazu beigetragen, dieses bescheuerte Bild zu verfestigen, aber ich bin ja hier, ich weiß ja, dass dieses Bild nicht der Realität entspricht. Es muss also einen anderen Grund haben, dass ausnahmslos alle Frauen, die mit mir hier im Wartezimmer sitzen, lange Röcke tragen.

Dann werde ich ins Untersuchungszimmer gebeten und sage meinen Satz auf. Der Blick des kroatischen Frauenarztes bleibt irritiert an meiner Hose hängen, als er mich zum Behandlungsstuhl bittet. Weil es nämlich keinen Vorhang gibt, um sich dahinter auszuziehen. *Trudna sam*, ich bin schwanger, das weiß jetzt auch der Arzt, und ich weiß, warum die Frauen alle Röcke anhaben, wenn sie zum Frauenarzt gehen. Da kann man nämlich die Unterhose drunter ausziehen, ohne gleich nackt dazustehen.

Krokodilchen oder was nicht im Untersuchungsheft steht (2001)

Brachtstraße, Maisonette, mit Karl, Tillie und dir

»Krokodilchen«, hat Karl gesagt, als wir ihn gefragt haben, wie denn sein Geschwisterchen heißen sollte. Karl, der vorhin, als ich unter der Heftigkeit der ersten Wehen in die Knie gegangen bin, seine gelbe Kuscheltierente vor mir auf den Boden geworfen hat, »die musst du mal wieder waschen«. Als ich mich mit dem fiebrigen Infekt, den ich seit drei Tagen mit mir herumschleppe, in die Badewanne gelegt hatte, um rauszukriegen, ob das, was in meinem Unterleib zieht, echte Wehen sind oder falsche. Falsche Wehen, so heißt es, hören in der heißen Badewanne auf. Sie haben nicht aufgehört, und so krieche ich gegen halb vier Uhr morgens auf allen vieren auf dem Teppichboden herum, auf den Karl seine gelbe Stoffente plumpsen lässt.

Schon wieder eine rote Ampel. Während der Fahrt übertönt das Motorgeräusch mein Stöhnen. Aber an der Ampel wird es für Yoff zunehmend unerträglicher, dass ich hörbar Schmerzen habe. Er dreht die Lautstärke hoch. Yoff ist an und für sich ziemlich souverän darin, mit Schmerz umzugehen. Mit dem eigenen allerdings. Yoff ist Yogi und wendet so ziemlich alle buddhistischen Prinzipien an, von denen ich je gehört habe. Yoff praktiziert yogische Atemübungen, Pranayamas, Yoff chanted, kennt seinen Dosha-Typ (Pitta) und kocht ayurvedisch. Ich liebe sein Rote-Linsen-Dal mit Spinat. Wenn Yoff von seinen Ashram-Aufenthalten berichtet, faszinieren mich die Radikalität und Konsequenz, mit der er sich seiner Suche und Bedürftigkeit aussetzt. Aber Yoffs Erzählungen führen mir auch meine eigene Bedürftigkeit vor Augen, und die Vorstellung, mich öffentlich dazu zu bekennen, lässt reflexartig meine Abwehr hochfahren. Wenn Yoff erzählt, wie er sich in Bonding-Workshops auf und unter andere Körper legt, was das Gewicht und die Schwere fremder Körper in ihm auslösen, steigt Unbehagen in mir auf, weil es mich an die gefühlte Notwendigkeit erinnert, mit der ich Karls

Körper umschlinge, wenn ich ihn beruhigen will, ihn mit einer Intensität und Konsequenz festhalte, die etwas Gewalttätiges hat.

Ich krümme mich unter der nächsten Wehe auf dem Beifahrersitz. Yoffs Hand wandert an den Lautstärkeregler, noch lauter dröhnt das nächste Hare Krishna über die beleuchtete Kreuzung und durch die dunkle Düsseldorfer Nacht. Yoff kocht nicht nur ayurvedisch, Yoff meditiert auch jeden Morgen gegen halb fünf, weswegen er angeboten hat, dass ich ihn zu jeder Tages- und Nachtzeit anrufen kann, wenn er mich fahren soll. Und Yoff hat eine Kassette mit Hare-Krishna-Gesängen im Auto. Ich fühle mich kurz wie in einem Doris-Dörrie-Drehbuch, aber ich habe 39 Grad Fieber, und das Kind in mir will nicht mehr warten, bis wir im Krankenhaus ankommen, ich kann keine Rücksicht mehr auf Yoff nehmen und darauf, dass er meinen Schmerz so schwer aushalten kann, und dann kommt die nächste Wehe und die nächste Ampel und Hare Krishna wird lauter, und ich denke nicht mehr an Doris Dörrie.

Koschmieder, Tillie, Geburtstag 24. Januar 7:02 Uhr, steht unter dem kreisförmigen Gesicht auf dem gelben Kinderuntersuchungsheft, das mit der Geburt angelegt wird. *Mutter hatte am 22./23.01. einen fieberhaften grippalen Infekt*, steht auf der ersten Seite unter Sonstige Bemerkungen und *Grünes Fruchtwasser*. Was nicht im Untersuchungsheft steht, ist, dass ich in Kaiserswerth entbinde, weil du dort wegen einer Rezidiv-OP mit inkompletter Resektion auf der Onkologie-Station liegst und mit deiner gestreiften H&M-Pyjamahose im Rollstuhl auf der Geburtsstation auf mich wartest, als Yoff und ich angesichts meines fortgeschrittenen Entbindungszustands an der Rezeption vorbei gewunken werden, wo die Empfangsschwester mir hinterherruft, »die Formalien kann Ihr Mann ja später ausfüllen«, und ich darauf verzichte, ihr zu erklären, dass Yoff nicht mein Mann ist, dass mein Mann der ist, der mit seiner gestreiften Pyjamahose im Rollstuhl auf der Geburtsstation schon auf mich wartet, und von den Schwestern auf der Entbindungsstation in Kaiserswerth steht da auch nichts, die kaum fassen können, dass da eine Spontanentbindung auf Station kommt, weil nach Kaiserswerth sonst die mit den Wunschkaiserschnitten kommen, die mit den Guccitäschchen und den Kindermädchen im Schlepptau, die ihre Geburten fest terminiert haben, damit sie in ihr Leben passen, so erzählen die Schwestern im Kreißsaal, aber wahrscheinlich ist es nicht nur die Spontangeburt, die außergewöhnlich ist, sondern auch der 29-jährige Vater in gestreiften Pyjamahosen, der im Rollstuhl zur Geburt gefahren kommt, und die Anzahl der Leukozyten im Blut der im Vierfüßlerstand Gebärenden.

Was nicht im Untersuchungsheft steht, sind die Luftschlangen, mit denen die Pfleger dein Stationszimmer in der Onkologie geschmückt haben, während wir unten auf der Entbindungsstation Tillie bekommen, und der Sekt, mit dem sie mit dir in Plastikbechern auf dein Kind anstoßen, und die Besuchszeiten auf der Geburtenstation, wenn die anderen Mütter, die mit mir auf dem Zimmer liegen, Besuch kriegen und die Parfümschwaden zu uns rüberwehen und der Besuch der anderen angezogen auf dem Bettrand sitzt oder mit einem Blumenstrauß am Bettende steht, während du in deinen gestreiften Pyjamahosen und einer dicken Strickjacke, weil du immer frierst, neben mir im Bett liegst, bevor du wieder nach oben auf deine Station rollst. Was nicht im Untersuchungsheft steht, zumindest nicht in Tillies, ist die postoperative Chemotherapie mit zwei Zyklen Ifosfamid/Adriamycin, die der inkompletten Resektion deines Tumor-Rezidivs im Februar und März folgt, und das lokoregionäre Rezidiv mit folgender Rezidiv-OP an der Uniklinik Düsseldorf im Mai, gefolgt von einer Lysodrentherapie mit konsekutiver NNR-Insuffizienz ab Juni. Nicht in Tillies Untersuchungsheft steht, dass Mitotantabletten, der Arzneistoff, in dem der Wirkstoff Lysodren steckt, in der Humanmedizin zur symptomatischen Behandlung des fortgeschrittenen, nicht operablen, metastasierenden oder rezidivierenden Nebennierenrindenkarzinoms zugelassen und wegen der Seltenheit der Krankheit als »Arzneimittel für seltene Leiden« (»Orphan-Arzneimittel«) ausgewiesen sind. Dass es sich beim darin enthaltenen Wirkstoff um ein Nebenprodukt von DDT handelt, das die Amerikaner seit Anfang der 1940er-Jahre erst als Kontakt- und Fraßgift gegen Insekten, später im Rahmen der »Operation Ranch Hand« in Vietnam eingesetzt haben, um

Ernten zu zerstören und Wälder zu entlauben, damit man durch die entlaubten Bäume die Vietcong besser aus der Luft abschießen kann. Er hat dann als *Agent Orange* traurige Berühmtheit erlangt, der Wirkstoff, als bekannt geworden ist, dass er zur Schädigung an Embryonen im Mutterleib, zu Nervenschäden, Nierentumoren und anderen Krebserkrankungen führt. Und nicht nur den Wald entlaubt. Ein Orphan-Arzneimittel, in der Tat.

Was nicht in Tillies Untersuchungsheft, aber im Beipackzettel der Mitotantabletten steht: »Die Dosierung wird in der Regel von Ihrem Arzt langsam erhöht und auf eine für Sie passende Erhaltungsdosis eingestellt.« Wir lernen, dass »passende Erhaltungsdosis« bedeutet, die Dosis so lange zu steigern, bis die Nebenwirkungen nicht mehr aushaltbar werden. Schwindel, Übelkeit, Kotzen, Durchfall. Solange du daran nicht stirbst, sind das die Nebenwirkungen des Medikaments, das dafür sorgen soll, dass du an etwas anderem nicht stirbst. Zumindest nicht so schnell.

»Krokodilchen«, hat Karl gesagt, als wir ihn gefragt haben, wie seine Schwester heißen soll, wenn sie erst mal aus meinem Bauch raus und auf der Welt ist. Und damit gibt es doch etwas, das neben Tillies Geburtsdatum, Namen und Geburtszeitpunkt auf dem Untersuchungsheft steht. *Krokodilchen*, hat die freundliche Hebamme mit Bleistift in Anführungszeichen und Klammern hinter ihren Vornamen gesetzt.

Onkel Otto die Beine abschneiden (2001)

Brachtstraße, Maisonette, mit Karl, Tillie und dir

Knapp acht Monate nachdem die Luftschlangen auf Stationszimmer 17 der Onkologie Kaiserswerth abgehängt wurden, steht in Düsseldorf-Bilk eine Frau am Bügelbrett und starrt auf einen Fernsehsprecher, hinter dem ein Flugzeug in einen Wolkenkratzer fliegt, während hinter ihr im Türrahmen zwei Fünfjährige mit Laserschwertern fuchteln und auf einem Schaffell ein Baby nach den bunten Ringen über seinem Kopf zu greifen versucht. Vier Wochen später wird vor einem Standesamt Kürbissuppe verteilt.

Vor dem Klinikfahrstuhl hab ich dich gefragt. Im Mai. Als du auf einer fahrbaren Liege auf dem Weg in den OP warst, um dein lokoregionäres Rezidiv herausschneiden zu lassen. In Tillies ersten Lebensmonaten warst du dauernd im Krankenhaus und ich habe zwischen Windeln und Stillen und entzündeten Brustwarzen viel Zeit damit verbracht, zu warten und zu hoffen und Angst zu haben. Im September vor zwei Jahren, als ich dich auf dem Badfußboden gefunden und in die Notaufnahme vom St. Georg begleitet habe, war ich diejenige, die Auskunft geben konnte, wie du heißt, wo du wohnst, Geburtstag, Versicherung, was passiert ist. Nur *mir* hat das Klinikpersonal dann keine Auskunft mehr gegeben, als am nächsten Tag deine Eltern in Leipzig angekommen sind. Ich war ja keine Angehörige. Wie lange es noch Auskunft zu geben gibt, wissen wir nicht. Aber ich weiß, dass ich nicht deine letzte Freundin gewesen sein will. Sondern deine Frau. Und weil wir dem Tod, der zwar drei Buchstaben hat, aber noch kein Gesicht, ins Gesicht rotzen wollen, soll in unseren Ringen nicht nur das Datum stehen. *Ewigkeit wagen*, lassen wir in unsere Ringe gravieren und stellen uns in unserem Wohnzimmer vor die streifig gestrichene weinrote Wand und drücken unserer Nachbarin die Polaroidkamera in die Hand.

Auf dem Polaroid sind wir beide kurzärmelig, du im weißen Feinrippunterhemd, ich in einem halbdurchsichtigen hellrosa Teilchen, von dem ich die Ärmel abgeschnitten habe. Mit leicht zusammengekniffenen Lippen guckst du vor der streifig gestrichenen Wand in die Polaroidkamera. Ich hab eine metallicrote Christbaumgirlande um den Hals geschlungen und versuche mich an einem lasziven Blick, die Hand in einem Berg schwarzer Locken auf meinem Kopf, deutlich erkennbar eine Perücke. Wir sehen aus wie auf einem Fahndungsfoto. Das Bild ist eins von sieben oder acht Polaroids, die wir als Hochzeitseinladung verschickt haben.

Am Abend vor dem Standesamttermin knete ich grüne Lebensmittelfarbe in Marzipan und verziere unsere selbst gebackene Hochzeitstorte mit grünen Schnecken und Blüten, während Papa Rotwein trinkt und seine Lieblingsanekdote von den Männern, die alle Seefahrer sind, und den Frauen, die Inseln sind, die erobert werden wollen, so umzubauen versucht, dass er sie morgen in seiner Rede verwenden kann. Ich rolle einen dicken grünen Marzipanstrang mit dem Handballen zu einem dünnen grünen Marzipanstrang und frage mich, wie er mich in eine zu erobernde Insel verwandeln will. Papas leichter Silberblick ruht liebevoll auf Bea, die Tillie auf dem Schoß hat, und zu der die Kinder Oma sagen. Ich drehe meinen grünen Marzipanstrang zu einem Schneckenhaus. Mama habe ich kein Polaroid geschickt. Zu Mama habe ich den Kontakt abgebrochen. Nicht weil sie mir einen gerichtlichen Mahnbescheid hat zukommen lassen. Sondern weil sie meinen fassungslosen Anruf, was das denn sollte, mit der Frage abgewehrt hat, ob wir nicht zusammen Ostern feiern wollen.

Am nächsten Morgen richtet Elsa, die aus Rotterdam angereist ist, mir vor dem Kleiderschrank den Kragen an meinem Tweedjackett, und dann fahren wir mit der Straßenbahn zum Standesamt. Vor dem Trauungszimmer sitzen deine Opas mit ihren silbernen Haaren und Gehstock auf einer Bank, und Karl sitzt mit einem roten Kunstlederflicken auf dem Knie während der Zeremonie auf meinem Oberschenkel, und vor dem Standesamt verteilen Kalle und Sandy Kürbissuppe und Sekt aus ihrem blauen VW-Bus mit den aufgemalten Sternen. Abends haben wir drei Tische in Les Halles reserviert und als Hochzeitsessen Königsberger Klopse mit Kapernsoße bestellt, weil einer von deinen Opas nicht mehr so gut schlucken kann. Alle versuchen sich zu freuen, aber du bist wirklich sehr schmal und brauchst auf dem Weg zum Standesamt in der Straßenbahn einen Sitzplatz.

Jetzt sitze ich. Auf der obersten Treppenstufe. Und neben mir Onkel Otto, der die Beine baumeln lässt. Onkel Otto hat feuerrote verfilzte Haare, die wild von seinem Kopf abstehen. Onkel Otto ist ein Stoffclown mit einer roten Schleife um den Hals. Über seinem fest gepolsterten Oberkörper spannt ein Jackett, das mit bunten Buchstaben bedruckt ist. Wenn man den großen roten Knopf durchs Knopfloch schiebt und das Jackett aufklappt, kommt darunter eine geblümte Weste mit Reißverschluss zum Vorschein, unter der Weste zwei grüne Hemdträger, die man runterklappen kann bis zu dem roten Plastikgürtel, der sich um den dicken Bauch spannt. Sein Oberkörper endet in einer platten Sitzfläche, wie ein geköpftes Ei, seine dünnen Beine sind ganz vorne an der Bauchunterseite angenäht, sodass sie runterbaumeln, wenn man ihn auf eine Kante setzt. Freunde von Mama und Papa aus Amerika haben ihn zu meiner Geburt geschickt. Von den Stofftieren, die ich als Kind hatte, ist keines mehr übrig, selbst mein heiß geliebter Snoopy hat nach Mamas und Papas Scheidung nur den ersten oder zweiten Umzug überstanden. Warum ausgerechnet Onkel Otto immer noch hier ist, weiß ich nicht. Ich verbinde keine besondere Erinnerung mit ihm.

Ich sollte mich jetzt wirklich aufraffen, runter, Jacke anziehen, Tillie einpacken, Karl aus dem Kinderladen holen. Auf der außerordentlichen Mitgliederversammlung, die wir gestern Abend auf den niedrigen Bodenkissen im Gruppenraum abgehalten haben, haben die ersten Eltern mit Austritt gedroht.

»Also wenn du die Schlüssel einkassierst, sind wir weg. Wir sind doch nicht umsonst Kinderladeneltern! Der Schlüssel ist für mich Ausdruck meiner Freiheit.«

Als ich im April zugesagt habe, einen Vorstandsposten im Kinderladen zu übernehmen, war nicht abzusehen, dass die Leiterin kurz darauf kündigen würde. Und zwei der Erzieherinnen so einen

Stress miteinander haben würden, dass sie Supervision brauchen. Und die Eltern, die alle einen Schlüssel zur Einrichtung haben, die Bringzeiten an ihre persönlichen Bedürfnisse anpassen. Doro und Christa beschweren sich, dass der pädagogische Alltag in totale Unruhe ausartet, wenn alle paar Minuten nach Beginn der Morgenrunde noch ein Elternteil reingestürzt kommt. Doro beschwert sich über Christa. Christa beschwert sich über Doro. Die Eltern beschweren sich, warum es so lange dauert, eine neue Leiterin zu finden, und den Mann, der sich vorstellt, wollen sie nicht, weil er ein Mann ist. Auf der außerordentlichen Mitgliederversammlung gestern haben wir angekündigt, die Schlüssel einzukassieren, wenn das mit den Bringzeiten nicht klappt.

Beim Rausgehen fragt Silke, wie es dir geht. Schwärmt Juliane, wie schön es immer ist, dir zuzugucken, wie du mit Karl rumalberst. Betont Andreas, wie sehr er bewundert, wie du mit allem umgehst, und was für ein freundlicher Mensch du bist.

Ich bin die, die die Schlüssel einkassieren will.

Das Geländer, das im Dachgeschoss um die Treppenöffnung im Fußboden herumführt, ist ziemlich wacklig. Wir haben Karl verboten, darauf zu klettern. Auf der einen Seite hinter dem Geländer steht das weiße Gitterbett, in dem schon Karl geschlafen hat, auf der anderen Seite ist gerade genug Platz, um aufrecht zu dem Raum zu kommen, der an den Fahrstuhlschacht angrenzt. Wir haben den Estrich blau gestrichen und unser Bettpodest daraufgestellt. Gestern hast du lange an die Tür vom Wickelzimmer geklopft, und deine Stimme war ganz klein und jämmerlich. »Tinchen, mach doch bitte auf und komm hoch zu mir ins Bett.« Ich lag auf dem Teppichboden und habe geheult. Am Wochenende musst du schon wieder ins Krankenhaus, und eigentlich bist *du* derjenige, der *mich* braucht. Stattdessen verlange ich dir viel zu viel ab. Will getröstet werden. Will mich dir nicht zumuten. Will, dass du mich dir selber zumutest. Will von dir gebeten werden, zu dir hochzukommen. Will nicht diejenige sein, die dich zwingt, das zu tun. Bin diejenige, die dich zwingt, das zu tun.

Irgendwann habe ich die Tür aufgemacht. Sind wir hochgegangen und ich habe mich von hinten an dich angeschmiegt. Haben wir so getan, als würden wir das schaffen.

Und jetzt bist du arbeiten, und ich muss das Protokoll der Vorstandssitzung schreiben, aber eigentlich auch Karl abholen, aber eigentlich auch einkaufen, und neben mir sitzt Onkel Otto und guckt unter seinen verfilzten feuerroten Haaren die Treppe runter, und ich habe eine Schere in der Hand und die Filzstreifen, die aus seinen abgeschnittenen Beinen quellen, sind bunt.

Frühling in Leipzig (2002)

Friedrich-Ebert-Straße, 4 1/2 Zi., mit Karl, Tillie und dir

Tillie ist 14 Monate alt und trägt mit Vorliebe ein lila Cordhütchen zu ihrem Frotteeschlafanzug, als wir im März 2002 in Düsseldorf-Bilk unsere Kisten und Möbel in den engen Blechfahrstuhl, in den nichts passt, was höher als 1,80 und breiter als 1 Meter ist, packen, die sperrigen Möbel durch das schmale Treppenhaus runtertragen und unten an der Straße in den 7,5-Tonner laden, darunter auch die schwarze Sau, der irrsinnig schwere ehemalige Schlachtblock, seit Jahren unsere Küchenarbeitsplatte, beim Umzug über die schwarze Sau zu fluchen ist schon fast ein Ritual, dabei ist sie nicht mal so schwer wie eine Waschmaschine.

Karl, dessen Lieblingsdino ein Velociraptor ist, ist fünf, als wir 24 Stunden später in der Friedrich-Ebert-Straße 122 herumstehen wie in einem Wimmelbuch mit aufgeklappter Hausfront, auf der Laderampe eines 7,5-Tonners, im Treppenhaus mit dem geschwungenen Jugendstilgeländer, in der teilsanierten Altbauwohnung im dritten Stock, mit einer Lampe im Arm, auf halber Treppe über die schwarze Sau fluchend, Steph oben an den zwei Campingkochplatten, die sie mitgebracht haben, um den Riesentopf mit Chili con Carne, den sie für alle gekocht haben, aufzuwärmen, Calle, der nicht nur den Lkw aus Düsseldorf hierhergefahren hat, sondern schon das Ladegerät für den Akkuschrauber einstöpselt, um in den kommenden Tagen ein Schlafpodest für uns zu konstruieren, sämtliche Regale aufzuhängen und in Karls Zimmer ein Hochbett mit Kletterbalken und Schaukel zu bauen. Später male ich noch ein Piratenschiff an die Wand und wir schneiden von Karl gemalte Piraten aus und kleben sie an Deck.

Und dann sind sie alle weg. Haben ihre Campingplatten eingepackt, den leeren Chilitopf und den leeren Lkw und dich mitgenommen, weil dein Arbeitsvertrag in Düsseldorf bis Ende März geht, sind zurück in ihren Wohnungen, bei ihrer Arbeit. Liegen nebeneinander im Bett, Nina mit Jan, Steph mit Schorsch, Monkey mit Irene, Kate mit Peter. Und ich liege auf dem neuen Podest aus Nut-und-Feder-Brettern, Karl auf seinem Hochbett und Tillie in ihrem weiß lackierten Jugendstilgitterbett in dem winzigen quadratischen Zimmer am Ende des Flurs. Und du bist mit Calle im Lkw zurück nach Düsseldorf gefahren, zusammen mit deinen erstmals im März 2002 nachgewiesenen multiplen Leber- und Lungenfiliae, wie der Befund am Tag vor unserem Umzug ergeben hat. Zwei Tage nach dem Umzug fährst du deine multiplen Leber- und Lungenfiliae noch einmal nach Düsseldorf, weil du deinem Arbeitgeber noch zehn Arbeitstage schuldest.

Ich habe noch keine Frauenärztin in Leipzig, aber das Eitingon-Krankenhaus ist nur eine Querstraße von uns um die Ecke und hat eine gynäkologische Ambulanz. Im Zimmer der untersuchenden Ärztin ist eine bogenförmige Deckenschiene angebracht, von der ein bodenlanger Kunststoffvorhang runterhängt, hinter dem man sich ausziehen kann. Die Ärztin ist älter, kurz vor dem Ruhestand, vermute ich, und auch wenn ich nicht mitzähle, fühlt es sich während der Untersuchung an, als hätte sie nicht nur zwei oder drei Finger in mir versenkt, sondern mir die ganze Hand in den Unterleib geschoben. Hinterher weiß ich nicht mehr, ob mir die Erinnerung einen Streich spielt oder ob sie mir den Befund wirklich von ihrem Schreibtisch aus zugerufen hat, während ich mich hinter dem grauen Kunststoffvorhang wieder anziehe. Die ganze Situation ist surreal, 200 Meter die Straße runter stapeln sich unausgepackte Umzugskisten, Karl und Tillie rutschen wahrscheinlich gerade dem Betonelefanten auf dem Rosentalspielplatz den Betonrüssel runter, und du gibst in Düsseldorf den loyalen Angestellten. Dabei ist eigentlich alles ganz anders. Eigentlich sind wir endlich zurück in Leipzig, es ist Frühling und die Sonne scheint und in einer Woche trete ich meinen Job bei copy hall an, und du kannst mit Tillie zu Hause bleiben, und alles könnte gut sein, Manfred Krug könnte aus dem Gebüsch gesprungen kommen und vom Frühling und all seinen Knospen singen, aus Umzugskisten können Schätze zum Vorschein kommen, ja, alles könnte gut sein, aber da sind multiple Leber- und Lungenfiliae, und so abstrakt und unfassbar die klingen, so abstrakt und unfassbar fühlen sich diese Tage an. Also weiß ich, als ich dich anrufe und dir den Besuch bei der Gynäkologin schildere, nicht mehr, wie weit die Ärztin von mir entfernt war und ob wir Blickkontakt hatten oder ein Plastikvorhang uns voneinander getrennt hat, als sie mir mitteilt, was ihre Hand in meinem Unterleib erspürt hat: »Sie sind im dritten Monat schwanger. Wussten Sie das nicht?« Zwei Tage später bist du zurück aus Düsseldorf. Wir liegen auf dem Holzpodest, das die ganze Breite unseres schmalen Schlafzimmers einnimmt, und beweinen das Kind, das nicht zu kriegen wir uns entschieden haben, damit ich nicht in sechs Monaten ein durch die Chemiekonzentration in deinen Zellen möglicherweise schwerstgeschädigtes Kind zur Welt bringe, das seinen Vater vielleicht nicht mehr kennenlernen wird.

Es ist halb zwölf, in einer halben Stunde werde ich 30. Karl, Tillie, Yoff, du, ihr schlaft schon, und ich sitze in der mit Schachbrettlinoleum ausgelegten Küche, seit einem halben Jahr verheiratet, zwei Kinder, ein Schwangerschaftsabbruch vor zwei Wochen, seit über zwei Jahren kein Kontakt mit Mama, zusammen mit einem schwer kranken Mann, den ich unendlich liebe, der im Moment kein Stück er selbst ist, physisch wie psychisch am Ende. Ich würde mich so gerne mal wieder uneingeschränkt freuen, feiern, schön machen, flirten, albern sein, für die Welt interessieren. Draußen riecht es nach Frühling, nach Leipzig, so, wie es nur in Leipzig im Frühling riecht, und ich merke ununterbrochen, wie sehr ich hier hingehöre, wie alles Nichtrationale in mir sich dieser Stadt entgegenwirft, und gleichzeitig sind die Umstände so denkbar ungünstig wie traurig. Tillies Geburt zu einem Zeitpunkt, als du deine ersten Chemos hattest, im Krankenhaus lagst, Tumorgewebe aus dir entfernt und das Lachen immer weniger wurde. Die Hochzeit noch unter dem Druck der Angst, die Rückkehr nach Leipzig zeitgleich mit dem erneuten Befund, die Aussage, dass eine Operation nicht möglich ist, im letzten Jahr ist es schon fast zur verlässlichen Regel geworden, dass all die wirklich herausragenden Begebenheiten getrübt und eingeschränkt sind. Und es hört nicht auf, in meinen 30. Geburtstag gehe ich mit der Möglichkeit, dass vielleicht doch operiert wird, und der merkwürdigen Erfahrung, dass sich alle daran klammern wie an die lebensrettende Planke nach einem Schiffbruch. Alle hoffen auf die unwahrscheinliche Rettung, das Wunder, den Deus ex Machina. Dass endlich der Druck, die Sorge, das Nichtwissen-wie-damit-Umgehen aufhören, sich auflösen in Hoffnung, Rettung, Wohlgefallen.

Und ich möchte einfach nur ein wenig lachen mit dem Mann, den ich liebe. Dass er ein wenig wach ist, ein wenig Kraft hat, mit mir zu feiern, ihn anzuhimmeln und von ihm angehimmelt zu werden, ein wenig Entspannung. Bitte.

Intimität (2002)

Friedrich-Ebert-Straße, 4 1/2 Zi., mit Karl, Tillie
und dir

Im Sommer ist Tillie in der Krippe eingewöhnt, ich versuche jeden Tag zwischen 9 und 17 Uhr für das Start-up, bei dem ich arbeite, Verlagen das kopiergeschützte Lizenzmodell für Online-Ausdrucke zu erklären, und das Nebennierenrindenkarzinom ist zu einem Fulltimejob mutiert. Das *pall.* im Befundbericht steht für palliativ, und palliativ ist eine medizinische Behandlung, »die nicht auf die Heilung der Erkrankung abzielt, sondern darauf, die Symptome zu lindern oder sonstige nachteilige Folgen zu reduzieren, um die Lebensqualität zu verbessern«. Palliativ ist, wenn auf Heilung keine Hoffnung mehr besteht. Die Onko am St. Georg hat einen großen Balkon. Wenn das Wetter schön ist, sitzen wir draußen. Manchmal schickst du mich oder eins der Kinder zum Klinikkiosk, Eis am Stiel kaufen, für alle, auch für das Stationspersonal.

An den Rückspiegel des alten Opel Astra Caravan, den wir uns zugelegt haben, haben wir einen Fuchsschwanz gehängt, damit klar ist, dass wir den ironisch meinen, den Opel Astra Caravan. Abgesehen davon, dass wir ihn ironisch meinen, ist er ein Kombi und hat einen großen Kofferraum und ermöglicht uns, zwischen unserer Wohnung, dem Klinikum St. Georg und dem Cospudener See zu pendeln. Es ist Sommer, und wir haben zwei kleine Kinder und einen riesigen Sonnenschirm, unter dem Tillie, Cordhütchen, Karl und Velociraptor Platz finden, wenn wir nicht auf dem Krankenhausbalkon mit dem Stationspersonal Eis essen. Unter dem gelben Riesensonnenschirm liegen wir im Sand, möglichst dicht am Wasser, damit wir uns die Fußsohlen nicht verbrennen und ich die Kinder und *Kühner Wackel*, der ein aufblasbares Riesenkrokodil ist, vom Handtuch aus im Blick habe. Es ist heiß in diesem Juni, aber es fühlt sich merkwürdig an, halb nackt unter einem gelben Riesensonnenschirm zu liegen und meine nackte Haut auf dem heißen Sand und die heiße Sonne auf meinem nackten Rücken zu spüren, während du zwei Wochen vor deinem 30. Geburtstag mit rechtsthorakalen Schmerzen und Fieber im St. Georg auf Station liegst. Strand, Sonne, Hitze und halb nackte oder nackte Körper um mich herum, das war schon immer ein Setting, auf das mein Körper reagiert hat. Nass und mit glitzernden Tropfen auf der Haut aus dem Wasser kommen, aufs Handtuch fallen und spüren, wie die Sonne die Wassertropfen trocknet und der feste Sandboden unter dem Handtuch sich gegen meinen Unterleib drückt. Oder vielleicht bin auch ich es, die den Unterleib gegen den Sandboden drückt. Was wahrscheinlicher ist, denn ich bin bedürftiger als der Sandboden. Weil ich ja nicht nur Sonne und Sand spüre, sondern vor allem spüre, dass ich einen Körper habe, dass mein Körper ja nicht aufgehört hat, sich wie ein Körper anzufühlen, nur weil in deinem Körper etwas tobt, das ihn von innen zerstört und macht, dass wir neben hunderttausend anderen Dingen natürlich auch keinen Sex mehr haben.

Ja. In unsere Geschichte gehört auch der Sex. Weil wir jung sind und Menschen, die jung und zusammen sind und sich lieben, einander anfassen und miteinander schlafen wollen. Also wir zumindest, wir wollten das. Und nur weil das nicht mehr geht, heißt das ja nicht, dass die Erinnerung daran und die Sehnsucht danach sich plötzlich dem Befundbericht unterordnen.

Was so irrsinnig schade ist, denn wir sind noch lange nicht an dem Punkt, an dem unsere körperlichen Begegnungen Routine geworden wären, jeder Handgriff erwartbar, jede Vorliebe bekannt, der Ablauf vorhersehbar. Und was noch viel elender ist, ist die Tatsache, dass wir diesen Punkt nicht nur noch lange nicht erreicht haben, sondern dass du derjenige bist, mit dem ich ihn hätte erreichen können. Erreichen wollen. Was komisch klingt, wenn man nicht weiß, wie verklemmt ich bin. Wie wenig Zugang und Vertrauen ich zu meinem eigenen Körper und meiner Lust habe. Wie wenig Erfahrung und Vertrauen in die Möglichkeit, Dinge auszusprechen, humorvoll und angstfrei mit Scham und Angst und Peinlichkeit umzugehen, sich voranzutasten und an Punkte zu kommen, an denen irgendwas nicht geht. Keinen Spaß macht. Sich blöd anfühlt. Das dann auch zu sagen. Einander anzugucken und es auszuhalten, wenn irgendwas sich komisch anfühlt, abgebrochen werden muss oder Abwehr auslöst. Ja, das wollte ich mit dir. Das große Abenteuer des Aushaltens. Des Einander-Aushaltens. Des Sich-selbst-Aushaltens

Und dass das Schicksal, an das keiner von uns beiden glaubt, ausgerechnet zwei wie uns aufeinander losgelassen hat, sich aneinander die Scham und die Beklemmung abzugewöhnen, daran halte ich mich fest. Ich erinnere mich an die Erleichterung, als es das erste Mal ans Wie-zum-Teufel-werden-wir-jetzt-nackt-Machen ging. Wie du an dem Häkchen meines BH-Verschlusses rumgepfriemelt hast, bis ich mir mit den Händen hinter den Rücken gegriffen und den Verschluss selber aufgemacht habe. Die nicht gestellte und nicht beantwortete Frage, wo genau man mit dem Sich-Fallenlassen und dem Sich- und Einander-Ausziehen anfängt. Ob und wie es von da weitergeht. Ob man einfach liegen bleibt, wo man angefangen hat, und wenn nicht, wo dann, zumal wenn man, wie ich, ein Hochbett hat, wie also, möglichst ohne sprechen zu müssen, an den Punkt oder Ort kommen, an dem endlich alle Beteiligten angemessen ausgezogen, angemessen erregt und angemessen am selben Ort sind. Und es dann noch zu schaffen, weiterzumachen. All diese Gedanken, all diese wirklich komplizierten Sachverhalte, die gab es natürlich auch, als ich dich das erste Mal irgendwo ins magische Dreieck zwischen meinen grün gestrichenen Wänden, dem weiß lackierten Fußboden und dem unbequemen Samtsofa mit der Spiralfederung gelotst hatte, mit nackten Oberkörpern zwar, aber doch eingeschränkt bewegungsfähig, weil uns die Hosen noch halb ausgezogen an den Knöcheln hingen und nichts daran peinlich war und wir gelacht und weitergemacht haben und irgendwann nackt waren und im Bett lagen und uns gegenseitig ineinander untergebracht haben auf eine Art und Weise, die sich gut anfühlte und das Vertrauen wachsen ließ, damit und miteinander weitermachen und weiter gehen zu wollen. Und natürlich waren wir beim ersten Mal betrunken. Aber wir waren es nicht mehr beim Aufwachen.

Und ja, da war Angst, aber keine Erstarrung, ja, da war Scham, aber keine Abwehr, ja, da war Peinlichkeit, aber da waren auch Vertrauen und Lachen. Da war keine Vorstellung, wie etwas zu sein hat oder sich anfühlen müsste. Da war, wie es war und wie es sich angefühlt hat. Eine Art von Intimität, die über das hinausgeht, was unter körperlicher Intimität verstanden wird. Intimität, die, so definiert es das Fremdwörterlexikon,»dem Rand am fernsten« steht. Meinem Rand am fernsten bist du gekommen, was eine lustige Vorstellung ist, wenn man bedenkt, dass die meisten Menschen bei Intimität nicht an größtmögliche Entfernung denken, sondern an größtmögliche Nähe. Nur dass es bei mir eben tatsächlich der Rand ist, an den ich Menschen heranziehe. Mein innerer Beckenrand, an dem ich sitze und hoffe, ins Wasser gezogen zu werden. Du hast uns beide vom Rand entfernt. Mit dir bin ich mittendrin.

Zu gern würde ich lustige, zärtliche, alberne und auch peinliche Episoden aus unserem Sexleben erzählen. Aber das ist nicht der Punkt, um den es hier geht. Denn der Sex hat ab einem bestimmten Moment ja schlichtweg nicht mehr stattgefunden. Die Lust war weg. Also deine. Die Hormone, die dafür zuständig sind, haben ihren Dienst verweigert, ausgesprochen lustvoll war unser Umfeld ja ohnehin nicht mehr. Einmal im Monat kriegst du eine Dosis Hormone, offiziell, weil irgendein Organ die braucht, und die wirken eben auch libidostimulierend, insofern gibt's diese kleinen libidinösen Höhepunkte einmal im Monat. Aber unabhängig von allem Verständnis für die Umstände, die fucking Krankheit und die lustkillende Situation, in der wir stecken, bleibt ja die gottverdammt zynische Ungerechtigkeit, dass ich selber gesund und jung bin und sexuelle und erotische Bedürfnisse habe. Und natürlich ist es unangenehm und schambehaftet, das zuzugeben. Natürlich komme ich mir illoyal vor. Als würde mein Körper mich betrügen. Als müsste der aus Loyalität und Liebe sämtliche Bedürfnisse einstellen oder zumindest an unserer Situation ausrichten. Als müsste alles einschlafen, veröden, versiegen. Ist aber nicht so. Ich bin so gierig, so sehnsüchtig, mein Körper will so viel. Was soll ich denn damit machen?

Ich könnte erzählen, wie ich dem nachgegeben habe. Ich kann aber nur erzählen, wie ich dem nicht nachgegeben habe. Es sei denn, alleine unter der Bettdecke zu masturbieren gilt als nachgeben. Es sei denn, es zählt als nachgeben, an einem verregneten Sommerabend mit Brit auf der Verandatreppe zu sitzen und Wein auf meine Verzweiflung zu schütten und dann die Treppe runter auf den Rasen zu rennen und betrunken im strömenden Regen zu tanzen.

Flüssige Inseln (2002)

Friedrich-Ebert-Straße, 4 1/2 Zi., mit Karl, Tillie und dir

»Verdammt noch mal, musst du ausgerechnet jetzt Susonne durch den Flur schieben?«Susonne mit den kurzen, leicht gewellten Nylonhaaren ist Tillies Lieblingspuppe, sie stammt vom Speicher ihrer Großeltern, und vermutlich hast schon du mit Susonne gespielt, denn sie sieht sehr abgeliebt aus. Tillie ist anderthalb und guckt mich erstaunt an. Natürlich muss sie Susonne jetzt in ihrem roten Holzkinderwagen durch den Flur schieben, sonst würde sie es ja nicht tun. Und ich stehe da mit einer vollen Mineralwasserkiste und einem Einkaufsbeutel am Arm und komme nicht zwischen dem Kühlschrank, der neuerdings im Flur steht, und meiner anderthalbjährigen Tochter vorbei, die mit ihrem roten Kinderwagen den Flokati wie ein Schneepflug vor sich herschiebt, weil die Holzräder nicht über die Fransen rollen.

Wer sich vor dem Ertrinken retten will, versucht, ein rettendes Ufer anzuschwimmen. Eine rettende Insel zu erreichen. Bei uns ist es im Winter 2002 umgekehrt. Das Überleben ist an Flüssigkeiten gekoppelt.

In dem Kühlschrank, der seit ein paar Wochen wie eine Insel zwischen Küchentür und Badezimmertür steht und den Durchgang für Puppenwagen und Getränkekisten einengt, lagern durchsichtige Kunststoffbeutel mit Flüssignahrung. Du kannst noch essen, aber die Kalorienaufnahme reicht nicht mehr aus. Du wirst zu schnell weniger. Ich bin entnervt, wie lange das dauert, wenn ich den Abendbrottisch gedeckt und die Kinder gerufen habe und du nicht gleich kommst, weil es eine Weile dauert, bis du den Beutel mit der hochkonzentrierten Nährstofflösung im fahrbaren Gestell aufgehängt und an dich angeschlossen hast. Ich bin nicht genervt, dass du so lange brauchst. Ich bin genervt, dass der nächste Schritt eingetreten ist. Dass flüssiger Pudding aus dem Tetrapak nicht mehr reicht. Der kleine weiße Kühlschrank im Flur ist eine Insel, die wir täglich anschwimmen.

Stable disease klingt nach Stabilität und das soll es auch. In der Krebsmedizin wird mit *stable disease* ein Behandlungserfolg beschrieben, der das Fortschreiten der Krankheit über eine längere Zeit aufhalten kann. Irgendwann in diesem *Stable-disease*-Dezember fährt Schorsch mich mit seinem Transporter nach Bramsche, um eine Couchgarnitur abzuholen, die ich bei eBay ersteigert habe, ein Sofa und zwei Sessel auf Rollen, brauner Cordbezug. Weihnachten werden wir eine echte Couchgarnitur haben, und auch danach wirst du ausgestreckt auf dem Cordsofa liegen und Biathlon gucken können. Und *Ally McBeal*. Und *Kochduell*. Und die erste Staffel von *24* mit Kiefer Sutherland.

Am Vorabend wollten wir Skat spielen. Schorsch und ich haben bei uns Bier getrunken, und du bist losgefahren, um Ava abzuholen. Ihr seid ewig nicht zurückgekommen. Und als ihr zurückgekommen seid, war deine Brille weg. Ihr musstet auf dem Rückweg in der August-Bebel-Straße anhalten, weil dir kotzübel war. Auf dem Parkstreifen hast du dich im Dunkeln in der Kälte zwischen den Büschen zusammengekrümmt. Dein Gesicht hatte eine Farbe, die mir Angst gemacht hat, glänzend vom Schweiß, aber eiskalt. Du hast dich nur ins Bett gelegt. Du wolltest nicht ins Krankenhaus. Deine Brille hat dann Kate, die in der Nähe wohnt, auf dem Boden vor dem Gebüsch auf dem Parkstreifen gefunden.

Der Wasserstrahl schwemmt die bunten Inseln von meiner Farbpalette, Rot und Pink und Orange vereinigen sich auf der Waschbeckenkeramik zu einem sonnenuntergangfarbenen Strom, bevor sie im Ausguss verschwinden. Ich habe jedem Bild eine eigene Farbwelt zugewiesen und heute habe ich Susonnes Puppenwagen gemalt. Es ist Donnerstagabend, Kunstkurs für Tumorpatienten, ein Angebot der psychosozialen Beratungsstelle der Uniklinik. »Was soll ich da?«, hast du gefragt, »ich seh bei der Chemo auf Station schon genug Krebspatienten. Nee, da lieg ich lieber auf meinem schönen Sofa und guck *Kochduell*. Aber geh du doch dahin.« Also bin ich neben Marianne, der Künstlerin, die den Kurs leitet, die einzige Nichtpatientin. Jeden Donnerstag warten wir neben kunstlichttauglichen Grünpflanzen unter Neonlicht, bis Marianne uns den Raum aufschließt, in dem wir an zusammengeschobenen Sprelacarttischen unser Material ausbreiten, wie früher im Kunstunterricht. Ich habe Polaroidfotos dabei, das Ikea-Schuhregal, das im Flur an der Wand hängt, Susonne in ihrem roten Holzkinderwagen, unsere Wohnungstür mit dem Jugendstilgitter vor dem Guckfenster, vom Treppenhaus aus fotografiert. Jeden Donnerstag male ich eins der Polaroids ab, hinterher will ich die laminieren und spiralbinden, ein Bilderbuch soll es werden, ein Bilderbuch mit Gegenständen, die sich im Alltag bewegen. Oder bewegt werden müssen. Füße, Puppenwagen, Getränkekisten, dein Rollstuhl. Oder Orte, über die sich Füße und Getränkekisten und Rollstühle bewegen. Wie das Treppenhaus.

Silvester feiern wir. Was sind wir mit Anfang 20 quer durch Deutschland gegurkt, zurück nach Wiesloch oder Idar-Oberstein, sieben, acht, neun Stunden Fahrt, nur um für eine Nacht mit Leuten von früher zu feiern, und spätestens am übernächsten Tag verkatert wieder zurück. Macht schon seit Jahren kaum noch jemand. Müssen ja alle am nächsten Tag arbeiten oder sich um Kinder kümmern oder fit sein. Zu unserer Silvesterparty sind alle gekommen. Auch von sehr weit weg.

Im Wohnzimmer wird getanzt, und deine Discokugel dreht sich und wirft mit bunten Flecken um sich. Im Flur steht die Bank mit dem Schaffell. Wer von der Küche ins Wohnzimmer oder vom Wohnzimmer aufs Klo oder vom Klo in die Küche will, muss an der Bank vorbei. Auf der Bank mit dem Schaffell sitzt Papa mit einem Weinglas in der Hand, wie Treibgut bleiben sie an seiner Bank hängen. Er belatschert Yoff mit der Seefahrer-Anekdote von unserer Hochzeit. Jemand macht ein Foto von Papas Hand mit dem Rotweinglas vor der Kühlschranktür. Yoff schwärmt von Jala Neti, einem yogischen Reinigungskriya, und von seiner Nasenspülkanne, mit der er sich das Wasser zum einen Nasenloch rein und zum anderen wieder rauslaufen lässt.

Papa lässt sich von Nina das Glas vollmachen und erkundigt sich nach ihrem Vater. Der hat jetzt eine Zusatzausbildung zum Heilpraktiker gemacht, erzählt sie. Ich lehne am Türrahmen und gucke auf Papas Haarkranz und Nina, die mit einer Zigarette in der Hand gestikuliert. Vom Wendeglücksritter und Motelbetreiber zum Heilpraktiker, das Land, in das ich den Sozialismus hineinfantasieren wollte, hat ziemlich viele Väter angelockt. Den Mann, den ich noch vor mir sehe, wie er mit seiner getönten Sonnenbrille mit Papas Lehrerkollegium in unserem Garten um den Grill herumsteht, während ich mit seiner Tochter selbst gedrehte rot-blaue Kordeln an der Hausfassade runterbaumeln lasse, haben sie gleich nach der Wende als Stadtkämmerer nach Brandenburg geholt. Und der Mann, der in Wiesloch Bürgermeister war, als wir da hingezogen sind, hat letztes Jahr als Wirtschaftsminister von Brandenburg versucht, in den Vereinigten Arabischen Emiraten Investoren für eine Chipfabrik in Frankfurt (Oder) zu finden. Hier darf er Wirtschaftsminister sein, im Westen ist er aufgeflogen, weil er sich der Stadt Heidelberg mit einem Professorentitel, den er gar nicht hat, als Bürgermeister verkaufen wollte, und in seiner letzten Firma hat man ihm wohl nicht umsonst den Spitznamen »Fürnix« verpasst. Mit seinem Sohn war ich in der Klasse. Einmal hat er uns in den elterlichen Partykeller eingeladen, da gab es eine Bar und Barhocker. Heute verkauft er Energydrinks, die *Wei-Wasser* heißen und selbst mit Wodka gemischt noch so intensiv nach Minze schmecken, dass die Mischung von Testtrinkern *Wodka Odol* genannt wird. Auf den Dosen ist ein Engel abgebildet, der vom Himmel herabsteigt und einem Verwundeten einen Becher reicht. Vielleicht hat sich sein Vater auch so gefühlt, als man ihn in den Osten rief.

Nina ist inzwischen bei dem energetisierten Wasser angekommen, das sie jetzt immer trinkt. Ich erinnere mich, dass ich sie neulich gefragt habe, was der rosafarbene Quarz in ihrer Wasserkaraffe zu suchen hat. Irgendwas reinigen soll der. Das Wasser oder ihre Aura oder ein Energiefeld. Sie hat's mir erklärt. Ich hab's vergessen. Ich muss an unser Gastrogeschirr in der Lützowstraße denken, an die Flugkapitäne, Zeitungsredaktionschefs und Bundeswehroffiziere im Motel ihres Vaters, in dem vor 1990 die Tagebauarbeiter ihre Unterkünfte hatten. An die Frau, die sich auf ihrem Motelbett von ihrem Pudel hat lecken lassen. Die Wurstaufschnittberge auf dem Frühstücksbüfett. Die Pornohefte an der Rezeption. All den Alkohol, der in dieser ausgerasteten Zeit geflossen ist. Jetzt also die große Reinigung, energetisiertes Edelsteinwasser.

Ich verliere die Orientierung. Alles scheint flüssig geworden zu sein. Selbst die Inseln.

Magical Thinking (2003)

Friedrich-Ebert-Straße, 4 1/2 Zi., mit Karl, Tillie und dir

Palliatives Stadium bedeutet, dass man sich vom Gedanken der Heilung verabschiedet. Ab jetzt gelten alle therapeutischen Anstrengungen der Linderung der Symptome und der Verbesserung der Lebensqualität. Zur Linderung der Symptome gibt es zum Beispiel die Wunderpflaster. Die Wunderpflaster heißen *Durogesic* und setzen einen opioidhaltigen Wirkstoff frei, der über die Haut aufgenommen wird. Am dritten Tag lässt ihre Wirkung nach, und nach einem Tag Pause werden die nächsten Pflaster geklebt.

Immerhin bringt das palliative Stadium auch mit sich, dass bestimmte Vorsichtsmaßnahmen, die eben noch überlebenswichtig schienen, ab jetzt vernachlässigbar sind. Sich nicht zu weit von der Klinik zu entfernen, zum Beispiel. Weswegen wir im April 2003 nach Portugal fliegen, in die Nähe des Cabo de São Vicente, dem südwestlichsten Punkt, den Europa zu bieten hat, näher an Amerika kommen wir zusammen in diesem Leben nicht mehr ran. Der Cabo de São Vicente ist ein beliebtes Ausflugziel, deswegen hat er einen großen Parkplatz, auf dem die Leute aussteigen und Fotos vom westlichsten Zipfel von Europa machen, deswegen steht da auch ein Büdchen, an dem die letzte Bratwurst vor Amerika angeboten wird. Ich parke das Auto so, dass du vom Beifahrersitz aus durch die offene Seitentür aufs Meer gucken kannst, und hole uns eine Bratwurst. Danach bist du so angestrengt, dass du dich hinlegen musst in unserer kleinen Pension in Lagos mit den blauen Azulejo-Kacheln im Treppenaufgang, den ich, mein Buch in der Hand, hinabsteige zum Innenhof mit dem kleinen Brunnen, in dem eine Schildkröte wohnt. Manchmal trage ich mein Buch auch allein durch die kleinen Gassen, während du im Zimmer liegst und dich ausruhen musst, dann gehe ich auf den großen Platz und setze mich in ein Straßencafé in die Sonne und bestelle einen Galão und lese weiter in *Das blaue Kleid* von Doris

Dörrie. Aber lange lasse ich euch nie allein, die Schildkröte im Innenhof und dich.

Einmal gehe ich an den Strand und sammle Steine. *Du wirst gesund*, lege ich aus Steinen in den Sand und ich fotografiere mein Werk. Lagos liegt an der Algarve, und die Algarve liegt am Atlantik. Es gibt Gezeiten. Ich lege mich auf den Bauch ganz nah an die Brandung. Manchmal strecken die Wellen nur ganz harmlos ihre flachen Zungen ein bisschen näher nach meinen Füßen aus, manchmal kommen sie schäumend angewälzt. Es gibt nichts, um ihr Verhalten zu beeinflussen, nichts, was sie aufhalten oder umlenken könnte, und irgendwie ist es erleichternd, ausnahmsweise mal nicht darüber nachdenken zu müssen, was ich tun könnte, um den Lauf der Dinge zu beeinflussen. Einfach liegen bleiben und mich verschlingen lassen. Warten, bis das Wasser über mir zusammenschlägt und mich wegschäumt. Dass es mich packt, auf den Rücken dreht und über mich drüber rollt. Dass wenigstens das Meer mit mir schläft.

Am Vorabend zum Jahrestag der Nelkenrevolution soll es ein Feuerwerk auf dem Marktplatz geben. Wir sitzen an einem kleinen runden Tisch in einer der schmalen Gassen und winken ab, als man uns die Weinkarte anbietet. Wir trinken Cola. Später gehen wir die Schritte, die du gehen kannst, und setzen uns auf eine Bank. Auf dem Marktplatz spielen sie *Grândola, Vila Morena*, das Lied, mit dem ein katholischer Rundfunksender in der Nacht vom 24. auf den 25. April 1974 das vereinbarte Zeichen zum Beginn des Aufstands gegen die Diktatur eingeleitet hat. Ich kenne das Lied von der Schallplatte mit den Arbeiterkampf- und Befreiungsliedern, die Papa immer gehört hat.

Am nächsten Tag liegst du auf der Rückbank unseres Mietautos, weil du nicht aufrecht sitzen kannst, und ich fahre uns nach Faro, wo ich uns für die letzten beiden Tage in einem Hotel mit Pool auf der Dachterrasse eingemietet habe. Die Saison ist noch nicht wirklich eröffnet, aber ich darf den Pool nutzen. Das Wasser sieht aus wie hellblaue Gelatine, und am Beckenrand stehen blaue Kunststofffliegen, auf denen niemand liegt.

Wenn ich in Faro vor einem Hotelwaschbecken stehe und nacheinander drei quadratische weiße Verpackungen mit Durogesic-Aufdruck aufreiße, wird mir klar, wie lange das magische Denken und ich schon zusammengehören. Wie ich als Zehnjährige am Tag vor Muttertag unsere Straße hochgelaufen bin, bis zum Ende, denn wo unsere Straße endet, endet auch unser Dorf, und rechts geht ein Feldweg rein, der zur Blumenwiese führt. Vor der Blumenwiese kommt noch ein Grundstück, hinter der mannshohen Koniferenhecke wohnt Nike, der schwarze Riesenterrier, ich weiß, dass unvermittelt das Gekläffe durch die Koniferen dringen wird, aber ich muss an der Hecke vorbei, denn dahinter liegt die Wiese mit dem Wiesenschaumkraut, das ich zum Muttertag pflücken will, und weil ich weiß, dass Wiesenschaumkraut nicht ausreichen wird, Mamas Gewitterwolken zu vertreiben, pflücke ich auch eine Pusteblume und schicke den weißen Flaumschirmchen meine Wünsche hinterher.

Überall habe ich meine Beschwörungsformeln untergebracht, im Korb mit der nassen Wäsche, die ich aus der Waschmaschinentrommel hole (»Wenn ich die Wäsche schnell und ordentlich und richtig genug aufhänge, schimpft Mama heute nicht«), im Besteckkorb vom Geschirrspüler (»Wenn ich die Gabeln und Messer und Löffel richtig im Besteckkorb einsortiere, wenn ich die Teller in der richtigen Reihenfolge einräume, schimpft Mama heute nicht«) bis zu den Röhrengängen der Krausen Glucke, die auf Zeitungspapier zum Trocknen ausliegen (»Wenn ich jede Kiefernnadel und jede kleine Schnecke aus den Röhrengängen entfernt kriege, schimpft Mama heute nicht«). Nach der Scheidung haben wir dann ja bei Papa gelebt, aber da hatte sich die Selbstbeschwörung längst verselbstständigt. Bis heute stelle ich mich selbst gebastelten Challenges, von denen ich mir ein großzügigeres Schicksal verspreche. Selbst jetzt, da ich weiß, dass der kleine Motherfucker called Nebennierenrindenkarzinom sich einen Teufel um meine persönliche Performance schert, erwische ich mich fast täglich dabei, dem Schicksal einen Deal anzutragen.

Meine aktuelle Challenge sind drei 6 cm × 12 cm große Depotpflaster. Drei Tage lang entlassen sie ihren Wirkstoff über die Hautoberfläche. Drei Tage hintereinander ist deine Haut die Projektionsfläche für meine Hoffnungen. Wie ein Zauberwürfel. Oder ein Lottoschein. Was zählt, ist die richtige Kombination. Wenn ich dir die drei Durogesic-Pflaster in der richtigen Anordnung auf den Rücken klebe, wirken sie nicht nur gegen die Schmerzen, sondern irgendwie auch darüber hinaus. Heilsam. Heilend. Gesund machend. Wunder bewirkend. Leben ermöglichend. Unsere Option auf *vielleicht doch happily ever after*, abhängig von meiner Fähigkeit, drei handflächengroße Pflaster in der richtigen Reihenfolge und im richtigen Abstand zueinander auf den Rücken eines Mannes zu kleben, der keine 60 Kilo mehr wiegt. Unsere Tages- und Wochenplanung richtet sich nach diesen Pflastern. Auswärtsaktivitäten legen wir grundsätzlich nur auf Tag eins nach dem Pflasterkleben, Tag zwei ist auch noch o. k., um einfach nur zu sein, ab Tag drei lässt dann die Wirkung nach. Ab dann fiebern wir auf den nächsten Tag eins hin. Pusteblumen reichen schon lange nicht mehr.

An meinem Geburtstag bist du zu schwach, um mit mir essen zu gehen, und das Schlucken fällt dir zunehmend schwerer. Ich fahre mit dir im Fahrstuhl auf die Dachterrasse und rücke dir einen Liegestuhl an den Pool. Ein paar Straßen vom Hotel entfernt finde ich einen kleinen Lebensmittelmarkt. Holländischen *Vla* im Tetrapak gibt es hier nicht, aber im Kühlregal stehen durchsichtige Kunststoffbecher mit gekühlter *Gelatina*, und so gibt es dieses Foto von dir, wie du an meinem Geburtstag im geringelten Hemd auf einem blauen Liegestuhl auf der Dachterrasse am Pool sitzt und rote Wackelpuddingwürfel aus einem durchsichtigen Kunststoffbecher löffelst.

Der Tod ist kein verdammter Yogi-Prozess (2003)

Friedrich-Ebert-Straße, 4 1/2 Zi., mit Karl, Tillie und dir

»Haben Sie einen Eimer?«
Ich hatte gedacht, dass sie dich mitnehmen. Es ist nachts um zwei, und ich habe den Bereitschaftsdienst angerufen. Sonst kommst du meistens durch die Nacht, und wir fahren erst morgens in die Praxis. Heute hast du mich aufgeweckt. »Tinchen, ich kann nicht mehr. Mein Bauch. Du musst jemanden kommen lassen.« Das sagst du sonst nicht. Du willst nicht ins Krankenhaus, und wenn man jemand rufen muss und der findet etwas, muss er dich einweisen. Tagsüber fahren wir nach Delitzsch zu deiner Ärztin in die Praxis. Die gibt dir was und schickt uns wieder nach Hause. Aber wenn ich jetzt jemanden kommen lasse, besteht die Gefahr, dass du mitgenommen wirst.

Der Bereitschaftsarzt hat mir die Hand geschüttelt und seinen Koffer abgestellt und sich vor unser Bettpodest gekniet, auf dem du liegst. Nebennierenrindenkarzinom, hast du gesagt, und die Decke zurückgeschlagen. »Aszites«, hat er gesagt und gefragt, ob wir einen Eimer haben. Aszites ist die übermäßige Ansammlung von Wundflüssigkeit in der Bauchhöhle. Das hast du schon lange. Sie macht, dass dein Bauch furchtbar aufgebläht aussieht. »Wir müssen den Druck rausnehmen, damit Ihr Mann nicht mehr so starke Schmerzen hat.« Ich bringe ihm einen Eimer. Er holt einen Schlauch aus seinem Notfallkoffer und stellt den Eimer vor die Bettkante. »Das klingt vielleicht makaber, aber bei Tieren mit Koliken wird das nicht anders gemacht.« Ich verlasse unser Schlafzimmer. Auch unser Schlafpodest ist keine sichere Insel mehr.

Ich habe die Hand schon an der Türklinke, da spüre ich Dr. Garcias Blick im Rücken und drehe mich noch einmal um. Jedes Mal, wenn ich sie angucke, frage ich mich, ob sie, wenn sie morgens in den Spiegel guckt, auch immer an Theo Waigel denken muss. Ich finde ihre Augenbrauen gar nicht schlimm, aber ich glaube, beim eigenen Anblick immer an Theo Waigel denken zu müssen, würde mich dazu bringen, etwas mit diesen Augenbrauen zu machen. Und dass ihr wahrscheinlich auch lieber wäre, dass man bei ihrem Anblick an Sophia Loren oder Gina Lollobrigida denkt. Aber vielleicht denkt eine Onkologin so gar nicht. Ich denke ja auch nicht permanent darüber nach, ob ich aussehe wie Romy Schneider. »Ihr Mann bagatellisiert, das wissen Sie, oder?«, ruft Dr. Elena Garcia mich zurück in die Realität, und die findet in Delitzsch statt und nicht am Filmset. Ich zwinge mich, ihrem Blick standzuhalten und nicht zu ihren Augenbrauen auszuweichen. Sie meint es gut mit uns, rufe ich mir in Erinnerung, als ich unter ihrem strengen Blick ein bisschen in mich zusammenfallen will, das ist keine Prüfung, diese kleine kräftige Frau im weißen Kittel, die jetzt einen Schritt auf mich zumacht und ungefähr in Zeile 8 des Befundberichts ins Drehbuch geschrieben worden ist, hat sich in den letzten Monaten schon so häufig als rettender Engel erwiesen, diese Frau will mir nichts Schlechtes.

»Panik und Bagatellisierung, jeder reagiert anders auf Bedrohungssituationen, die einen verfallen in wilden Aktionismus, recherchieren alles, was sie finden können und avancieren innerhalb weniger Wochen zu Oberärzten, legen eine medizinische Heilpflanzenplantage an oder graben irgendeine bislang unbekannte fernöstliche Alternativbehandlung aus. Das sind die anstrengenden Kandidaten, auch wenn ich ihre Motive angesichts ihrer Diagnose natürlich ein Stück weit nachvollziehen kann.« Sie legt eine Pause ein und fixiert mich, ihr Blick legt sich straff um mich, wie eine fest gewickelte elastische Binde, ein bisschen fühle ich mich gehalten von diesem Blick. »Und dann gibt es Menschen wie Ihren Mann.« Mein Mann. Richtig. Die Zuckerkrümel zwischen meinen Zähnen und der Nussgeschmack in meinem Mund passen nicht zum Geruch dieses kleinen Raumes, nicht zu dieser resoluten Person mit dem Kugelschreiber in der Brusttasche ihres weißen Kittels, nicht zu den eingeschweißten Einweginstrumenten in den Regalfächern hinter ihr. Ich will zusammensacken. Mich neben die Nussschnecke in meinem Bauch kauern und meinen Organen die Verantwortung dafür überlassen, was als Nächstes mit mir passiert. Aber sie lässt mich nicht ausweichen. Straff bleibt ihr Blick um mich gewickelt und zwingt mich, aufrecht an der Tür stehen zu bleiben und ihr zuzuhören, was sie mir über solche wie meinen Mann zu erzählen hat.

»Ihr Mann bagatellisiert, das wissen Sie, oder?« Ich stehe hier nicht mit Nussgeschmack im Mund um elf Uhr morgens in einer Delitzscher Arztpraxis, um etwas über die Persönlichkeitsmerkmale meines Mannes herauszufinden. Ich befinde mich nicht in einer Frauenzeitschrift auf der Seite mit der Auflösung, auf der ich nachlesen kann, was die Menge der überwiegend angekreuzten Buchstaben über meine Stressresistenz aussagt. Ich muss denken. Mich konzentrieren. Fahre mit der Zunge durch den Mundraum. Vor einer halben Stunde saß ich noch sicher und geborgen auf der kunstledergepolsterten Bank einer Bäckerei, es hat nach Kaffee gerochen, und die Menschen haben sich über das ungewöhnlich warme Spätsommerwetter ausgetauscht, während sie sich Brötchen in knisternde Papiertüten haben packen lassen und die Wespen um den Pflaumenkuchen in der Auslage geschwirrt sind. Ich habe noch ein bisschen Zeit geschunden, mit den Fingerkuppen Blätterteigschüppchen von meinem Teller getippt und über die Wespen nachgedacht, die bei uns auf dem Balkon klitzekleine Stücke aus dem Schinkenaufschnitt sägen und damit davonfliegen, und ob es bei den Wespen wohl wie bei den Menschen ist, dass es die einen lieber süß mögen und die anderen lieber salzig. Aber der Ablauf einer Dreiviertelstunde lässt sich nur endlich lange hinauszögern, und so ziehe ich widerstrebend gegen fünf vor elf die gläserne Bäckereitür hinter mir zu und überquere in der ungewöhnlich warmen Spätsommersonne den Delitzscher Marktplatz, um meinen Mann und sein neues Durogesic-Rezept bei Frau Dr. Garcia abzuholen und mit ihm wieder zurück nach Leipzig zu fahren, auf dem Heimweg zu besprechen, was Yoff, der gerade zu Besuch ist, heute Abend kochen soll, und, sobald er sich zum Mittagsschlaf hingelegt hat, die Kinder aus dem Kindergarten abzuholen.

»Haben Sie gehört, was ich gesagt habe?« Aber selbstverständlich habe ich das. Nur weil ich mich mal eben eine halbe Stunde zurückgespult und in Geborgenheit zwischen Brötchentüten, Wespen und Nussschnecke gerettet habe, heißt das doch nicht, dass ich nicht mitgeschnitten hätte, dass Frau Dr. Garcia mir etwas sagen will. »Ich weiß ja nicht, wie Sie miteinander darüber sprechen. Aber so, wie ich Ihren Mann hier erlebe, habe ich den Eindruck gewonnen, dass er sich und Ihnen gerne etwas vormachen würde. Und ich möchte ihm da auch nicht in die Parade fahren, aber ich denke, dass ich Ihnen eine realistische Einschätzung schuldig bin: Er hat nicht mehr viel Zeit.«

Wir fahren die Strecke schon lange, ohne dass du dich anschnallst. Die Wundflüssigkeit, die sich in deinem Körperinnern sammelt, bläht den Bauch auf. Da einen Anschnallgurt drüber zu spannen, schmerzt zu sehr. Trotzdem denke ich jedes Mal, hoffentlich kommt da jetzt keiner bei einem Überholmanöver auf unserer Fahrbahnseite auf uns zugerast. Wobei es dann vermutlich auch keinen Unterschied mehr macht, ob wir angeschnallt sind oder nicht.

»Normalerweise halte ich nichts von Zeitangaben, das ist höchst spekulativ und schürt zusätzliche Ängste«, hat sie auf meine Frage, ob sie das präzisieren kann mit dem *nicht mehr viel Zeit,* geantwortet, »Aber in Ihrem Fall ist es mir ein dringendes Anliegen, Ihnen das klarzumachen. Denn es kann sein, dass Sie noch zwei, drei Monate haben. Sie müssen sich aber auch darauf einstellen, dass ich Sie jetzt nach Hause schicke und Sie in ein paar Tagen wieder bei mir in der Klinik auftauchen und Ihren Mann danach nicht wieder mitnehmen.«

Wir sprechen auf der Heimfahrt nicht mehr darüber, was Yoff zum Abendessen kochen soll, dessen weißes Nasenspülkännchen seit dem Wochenende auf der Waschbeckenablage im Bad steht. Jeden Morgen höre ich durch die geschlossene Badtür, wie er sich damit Wasser durch die Nebenhöhlen zieht. Tagsüber geht er einkaufen, nachmittags versucht er, Karl beizubringen, seine Schnürsenkel selber zu binden, und abends kocht er ayurvedisch. Wenn ich unterwegs bin, sitzt er an deinem Bett, hält deine Hand und bewundert, wie du immer weniger wirst. Deine hervortretenden Wangen- und Schläfenknochen, über denen sich die immer fahler werdende Haut spannt, die Adern auf deinen mageren Händen, deine einfallenden Wangen. Ein Yogi, sagt Yoff, stirbt bewusst, und der Tod ist ein Prozess unter seiner bewussten Kontrolle. Er erzählt vom Karma und von verschiedenen Körperhüllen und über irgendeine Öffnung, deren spirituellen Namen ich vergessen habe, über die die gesammelte Energie den Körper verlässt. Was zerfällt, ist lediglich der physische Körper. Ein Yogi, Yoffs Stimme klingt ehrfürchtig, als er das sagt, stirbt nicht unbeabsichtigt. Wenn seine Arbeit getan, seine Mission erfüllt ist, wird er bewusst seinen Körper aufgeben. Ich weiß nicht, warum ich mir das anhöre, aber morgen fährt er ja wieder.

Abends stehen wir nebeneinander in der Küche, Yoff breitet Frischhaltefolie über die Auflaufform mit dem übrig gebliebenen Linsencurry, und ich räume die Teller in den Geschirrspüler. »Weißt du«, er tritt dicht hinter meinen Rücken und legt die Arme um mich, »als ich vorhin auf seinem Bett saß, hab ich mir vorgestellt, wie schön es gewesen wäre, wenn er in dem Moment hätte gehen können.«

Als ich am nächsten Morgen mit der Zahnbürste im Mund vor dem Badspiegel stehe, bin ich froh, dass Yoffs Nasenspülkännchen nicht mehr da steht. Ich hätte es aus dem Fenster geworfen.

Die palliative Bestrahlung findet im Kellergeschoss des St. Georg statt. Normalerweise wirst du von einem Pfleger hingefahren und auch wieder abgeholt. Außer wenn ich da bin, dann hole ich dich ab. Der Rollstuhl auf dem grauen Steinfußboden unter der künstlichen Beleuchtung im tageslichtfreien Radiatio-Keller, dein schmaler Rücken, deine viel zu helle Haut, die Brillenbügel an deinem kahlen Kopf.

Deine viel zu helle Haut unter der gehäkelten Patchworkdecke, weil du auch im hochgeheizten Zimmer immer frierst, das Zimmer, in dem auch nachts durchgehend der Fernseher läuft, weil du die Stille nicht ertragen kannst, Loriot ist 80 geworden, überall laufen

Loriot-Sondersendungen und alte Sketche mit Evelyn Hamann, der Fernseher ist so alt, dass er nur die Öffentlich-Rechtlichen empfängt, und die haben nachts Sendepause, und in der werden endlose Schienenfahrten gezeigt, und irgendwie passt das zu der ungewissen Fahrt, auf der wir uns schon lange befinden.

Du hast jeden Raum mit Sonne geflutet (2003)

Leipziger Südfriedhof, Abteilung VII, du und ich und viel zu viele andere

Es ist wie immer, es gibt nicht genug Platz bei dir, nicht für alle Kränze und Sträuße, nicht am Grab für alle, die deinen Eltern und mir kondolieren wollten, nicht jetzt, drei Tage danach, um in Ruhe und ungestört bei dir zu sein. Heute ist Totensonntag und Unmengen fremder Menschen bleiben vor deinem Grab stehen und kommentieren die Blumen und dein Alter. Es ist unglaublich warm. Und sonnig. Du hast gesagt, Tinchen, wenn ich es bis nächstes Jahr schaffe, dann habe ich eine Chance. Im Frühling sterbe ich nicht. Wenn, dann im Herbst, wo ich so friere, wo es zu kalt und zu dunkel für mich ist.

Irgendwo hinter mir weint ein Kind laut. Tillie weint nicht, sie hat dir gestern ein Stück Schokolade ans Grab gelegt. Das käme dir doch entgegen, dass sich partout kein Pathos einstellen will. Ich sollte froh sein, aber es gelingt mir nicht, ich wünsche mir mehr Heulen und Zähneklappern, mehr Wut, Hass und Verzweiflung. Das sind wenigstens lebendige Gefühle. Im Moment is es eher dumpfes Darangewöhnen, Verrichten, Funktionieren. Aber leer. Und Warten, ohne zu wissen, worauf. Denn dass es nachlässt, scheint noch in zu weiter Entfernung, um überhaupt schon darauf zu spekulieren. So anstrengend all diese Menschen, die stehen bleiben, gucken und kommentieren, auch sind, wie wird es erst sein, wenn keiner mehr stehen bleibt, guckt und kommentiert, wenn die Tage hier und da draußen im anderen Leben überhaupt kein Indiz mehr bieten dafür, dass du gehen musstest?

Es fällt mir schwer, hier wie zu Hause, eine Verbindung zu dir herzustellen. Hier scheint der richtige Ort dafür, andererseits gibt es hier keine gemeinsame Erinnerung. Und zu Hause will sie sich nicht herstellen, die Erinnerung. Zu lange ohnehin schon alleine gewesen, zu lange Pflegebett, Infusionsständer, Durogesic und

Treppenangst. Zu weit weg die Hausessen, das Grillen im Garten, gemeinsames Unterwegssein. Ich hoffe, dass mit jedem Rollstuhl, der abgeholt wird, mit jeder Tablettenpackung, die ich wegräume, mit jedem Tag, der dein Sterben weiter entfernt, ein Stück lebendiges Du zu mir zurückkommt. Ich weiß nicht, ob der Handel aufgeht, und ich habe Angst, dass du dich dem, mir, dieser Rechnung entziehst, verweigerst, einmal mehr.

Ich habe Angst, dass alle bei uns zu Hause nach dir suchen, aber finden können sie immer nur die Kinder und mich. Ich habe Angst, nicht zu genügen, wie immer. Auch diese Debatte mochtest du nicht, hast dich geweigert, als meine Legitimation herzuhalten. Ich hab ja schon einiges verstanden. Aber noch nicht genug, als dass ich jetzt unbeschädigt alleine weitermachen könnte. Ich bin so wenig unbeschädigt geblieben wie du.

Ich gehe jetzt. Es scheint keinen richtigen Platz zu geben im Moment. Wieder eine falsche Hoffnung, es könnte hier sein. Hier bist du genauso wenig oder genauso viel wie an anderen Orten. Mein Kopf muss dich erst wiederfinden.

Die Stimme von Christian Brückner, wenn er *Drei Teile Gold* spricht. Und Topase für unsere Liebe im November.

Grauzone

(2004–2014)

Auf Wiedersehen, Papa (2004)

Friedrich-Ebert-Straße, 4 1/2 Zi., mit Karl und Tillie

»Guck mal, da sind Enten, sagt Papa.« Kate sitzt zwischen Linse und Tillie auf dem braunen Cordsofa und liest vor. Linse kniet in Ringelsöckchen neben seiner Mutter, und Tillie hat sich von der anderen Seite an sie gekuschelt, den Daumen im Mund, ein gestreiftes Anglerhütchen über dem schief geschnittenen Bob. Kate hat ihr den Arm um die Schultern gelegt. Das Sofa mit der völlig funktionslosen Blechschnalle um die Armlehne ist das, das ich letztes Jahr kurz vor Weihnachten auf eBay ersteigert habe, weil ich so dringend ein richtiges Wohnzimmer mit einer richtigen Couchgarnitur vor unserem richtigen Weihnachtsbaum in diesem nicht mehr ganz so richtigen Leben haben wollte. Jetzt habe ich die Couchgarnitur selber bei eBay eingestellt. Ich brauche kein richtiges Wohnzimmer mehr und schon gar keine Couch, auf der du nicht mehr liegst. Jetzt brauche ich neue Dinge für ein neues falsches Leben. Praktische Dinge. Einen Wäschesammler für die schmutzige Wäsche, die ich seit unserem Einzug einfach im jeweiligen Zimmer auf den Boden werfe. Oder unters Waschbecken im Bad. Und einen großen Topf, damit ich auch mal Spaghetti oder Pustenudeln mit Tomatensoße an einem Kindergeburtstag machen kann und nicht immer nur Pizza mit zu dickem Boden und zu viel Tomatensoße und zu viel Mais.

»Guck mal, da sind Enten, sagt Papa«, liest Kate. Das Cover des Buches, aus dem sie vorliest, zeigt eine Frau von hinten, rechts und links ein Kind, eins davon hat sie an der Hand, einem davon hat sie den Arm auf die Schulter gelegt, wir sehen die drei von hinten, sie stehen vor einem Wald, den Blick zum Himmel gerichtet, an dem von rechts oben eine Sternschnuppe in ihr Blickfeld fällt. Die Kinder haben grüne Gummistiefel an und die Frau einen blauen Mantel. Mich macht schon dieses Cover aggressiv.

»Die Enten haben Küken, die sind niedlich, was?« Du hättest so was nie gesagt, *guck mal, die sind niedlich.* »Tom pflückt eine gelbe

Blume«, liest Kate weiter, und dann muss Papa Tom natürlich auch noch über den Kopf streichen und sich die Blume ins Knopfloch stecken und Tom sagen, dass er Papa lieb findet. Ich weiß nicht, ob es an meiner generellen Aversion gegen die Sprache vieler Kinderbücher liegt oder ob ich gerade ein bisschen angespannt und hyperempfindlich bin wegen Kindergeburtstag und so, wegen Kindergeburtstag zwei Monate nach dem Tod des Vaters des Kindes, das heute drei Jahre alt wird. Und prompt wird Kates Stimme beim Vorlesen lauter, als sie Simon, Toms Bruder, imitiert, der sich nämlich nicht von niedlichen Entenkindern und gelben Blumen einlullen lässt. »Blöder Papa!«, ruft Simon. Simon ist sauer, weil Papa krank ist. »Blödes Buch«, will ich rufen und dass Kate aufhört, Tillie und Linse daraus vorzulesen. Aber das bin ja dann wieder nur ich. Denn ich kann sehen, dass es alle drei genießen. Tillie, dass da jemand neben ihr auf dem Sofa sitzt, an den sie sich kuscheln kann, jemand, der den Arm um sie legt und in ruhiger, zuverlässiger Stimme vorliest und nicht plötzlich in Tränen ausbricht oder aufspringt oder sich überhaupt nie mit ihr und einem Buch aufs Sofa setzt. Linse, weil er auf einem Kindergeburtstag mit seiner Mama und einem Lolli im Mund auf dem Sofa sitzt und seine Mama mit verstellter Stimme ein Kind in einem Kinderbuch »Blöder Papa!« rufen lässt. Und Kate, weil das für sie etwas ist, was sie für Tillie und für mich tun kann. Hier sein an diesem Kindergeburtstag, Tillie etwas vorlesen und ein bisschen Kindernormalität eben. Sicher vermisst Kate dich auch. Aber sie kann heute Abend ihre Jacke anziehen und die Wohnungstür hinter sich zuziehen und die Traurigkeit hinter sich lassen und falls sie selber doch auch sehr traurig ist, sich an den Küchentisch setzen und Peter von diesem Nachmittag erzählen, dann nimmt er sie vielleicht in den Arm oder ihre Hand.

»Es macht nichts, dass du krank bist«, liest Kate gerade, »aber du darfst nicht totgehen. Das will ich nicht!, sagt Simon. Er fühlt sich plötzlich, als wenn er weinen muss.« Bestimmt fällt es Kate auch nicht leicht, solche Stellen vorzulesen. Auch wenn sie das Buch genau deswegen ausgesucht hat. Weil es sich auf kindgerechte Art mit dem Thema Tod, Trauern, Verlust eines Elternteils auseinandersetzt. Ob man das so fragt, in der Buchhandlung? Entschuldigen Sie, ich habe diese Freundin, deren Mann ist gerade an Krebs gestorben, ganz jung, ja, die hat zwei kleine Kinder, haben Sie da vielleicht etwas, das sich kindgerecht mit Tod und Trauern und Verlust eines Elternteils auseinandersetzt?« Und dann bekommt man *Auf Wiedersehen, Papa* vorgeschlagen, das Buch mit dem Wald, dem Himmel und der Sternschnuppe.

Im Grunde kommen Tillie und Karl da noch ganz gut mit weg. Ich bekomme Bücher wie *P. S. Ich liebe Dich* von Cecilia Ahern geschenkt. Zum Glück weiß ich nicht mehr, von wem, und bestimmt war es lieb gemeint. In *P. S. Ich liebe Dich* verzweifelt Holly nach dem Hirntumortod ihres Mannes und kann kaum noch aufstehen. Bis sie erfährt, dass ihr Mann ihr vor seinem Tod noch zehn Briefe geschrieben hat, für die Zeit, wenn er nicht mehr da ist, um sie durch das erste Jahr zu bringen: »Meine liebste Holly, ich weiß nicht, wo und wann Du diesen Brief lesen wirst, ich hoffe nur, dass es Dir gut geht, dass Du gesund und glücklich bist. Du hast mir mal gesagt, dass Du alleine nicht weiterleben kannst. Du kannst, Holly. Du bist stark und tapfer und Du wirst das durchstehen.« Und dann darf sie jeden Monat einen neuen Brief aufmachen, und jeder endet mit »P. S. Ich liebe Dich«, und am Ende ist Holly wieder lebensfähig. Menschen haben eine merkwürdige Vorstellung von tröstlicher Literatur. Aber vielleicht sind Menschen auch einfach nur hilflos im Angesicht des Todes und der Trauer. So ganz anders als ich. Ich bin ja wie Holly. Stark und tapfer und werde das durchstehen. Denn so ist die Rollenverteilung. Wer jemanden an Krebs verliert, den er geliebt hat, ist automatisch stark und tapfer und überlebensfähig.

Ich nehme das Blech mit der dick belegten Pizza, das Nina mir durch die Küchentür entgegenstreckt, bahne mir den Weg durch Luftschlangen und bunte Luftballons ins Wohnzimmer und bin froh, dass dick belegte Pizza das Ende dieses Nachmittags einläutet und gleich Daniela und Brit ihre Kinder einsammeln werden, während Kate noch ein bisschen die Verwüstung mit mir beseitigen und dann auch froh sein wird, Linse ins Bett bringen und nicht bleiben zu müssen. Irgendwann werden Tillie und Karl in der Wanne sitzen und das Bad unter Wasser setzen und Frau Pimperle spielen, während Nina und ich am Küchentisch sitzen. Nina und ich und die Flasche Wein, die sie natürlich mitgebracht hat, zusätzlich zum Geburtstagssekt, den wir schon den ganzen Nachmittag über trinken, zusätzlich zu den zwei Flaschen Chardonnay im Kühlschrank, die ich dort hineingelegt habe. Eine neue Küchenlampe brauche ich auch, denke ich. Eine schöne. Abends lässt sich das ganze Elend ja gut im Kerzenschein wegtrinken. Aber morgens, wenn es beim Aufstehen noch dunkel ist, brauche ich eine Küchenlampe, die nicht nur Licht macht, sondern schönes Licht auf den hässlichen Morgen wirft.

Mantenga la Limpieza de la Playa (2004)

Caleta de Fuste, Bungalow, mit Karl und Tillie

Von meinem Tisch in der kleinen Bar auf dem Felsabsatz habe ich das kleine rot-rosa geringelte Hemdchen und die Basecap im Blick, die unten am Strand auf einem Felsen herumklettern. Die Bucht ist winzig und ziemlich menschenleer, es ist Februar, und was ich den ganzen Tag über mache, ist, uns von einem Ort am Meer zum nächsten zu bewegen und den Kindern an den verschiedenen Orten Eis, Limonade und bunte Lutscher zu kaufen.

Letzte Woche sind mir beim Joggen noch fast die Tränen gefroren. Wenn ich es gar nicht mehr aushalte, gehe ich laufen. Oder wenn ich gar nicht mehr auszuhalten bin. Ich kann nicht wirklich erkennen, ob das Eiskristalle sind an meinen Wimpern, aber es müssen welche sein, denn wenn ich nach oben gucke, schieben sich weiß glänzende Schatten in mein Sichtfeld.

An dem Abend nach der Beerdigung haben wir uns alle bei Nina getroffen. Ich bin durch die Räume gestolpert, von einem Grüppchen zum nächsten, und habe alle traktiert. Was du ihnen bedeutet hast. Was das mit ihnen macht. Wie sie dich erinnern wollen. Alle waren überfordert. Nur Theo, ein Studienfreund von früher, hat es versucht, betrunken und mit glühenden Augen, hat mit der Hand, in der er eine Zigarette gehalten hat, große Kreise beschrieben und von Intensität gesprochen und von deinem Leuchten und der Besonderheit eurer Freundschaft. Bei Theo waren wir letzten Sommer mal auf einer Party, vorher hattest du ihn nie erwähnt, und er hat in unserem Leben nicht stattgefunden.

In der Woche nach der Beerdigung hat Theo Milch für uns eingekauft und auf Tillie und Karl aufgepasst, damit ich laufen gehen kann, und an einem Abend ist er zusammen mit dem Hasen, einem anderen Freund, vorbeigekommen, sie haben ein Sixpack dabei, und wir spielen Skat. Das Sixpack ist nach den ersten beiden Runden alle, aber ich hab noch Wodka im Eisfach, und als Theo später sein Gras auspackt, ist es mir egal, dass ich eigentlich nicht kiffe, ich will raus, ich will weg, will den Schmerz nicht mehr spüren, und dann spüre ich ihn nicht mehr und auch sonst nichts, und als ich wieder etwas spüre, ist es zu spät und an dem Tag, an dem ich davon spreche, sitze ich vor einer Waldgaststätte und gucke an Theos Gesicht vorbei auf die Schaukeln, auf denen Tillie und Karl sitzen und mir lachend ihre Zungen rausstrecken, die rot sind von den Lollis, die sie lutschen.

Ich bin alleine zur Diakonie in die Ritterstraße gegangen, um mir den Beratungsschein abzuholen. Ich bin alleine in die Tagesklinik am Ring gegangen. Ich kann keine Eiskristallschatten über die Realität legen. Aber ich kann es bunt machen. Ich kann unter dem quietschrosafarbenen Logo in die l'tur-Filiale in der Nikolaistraße marschieren und zehn Tage All-inclusive-Urlaub in einer Bungalowsiedlung in Caleta de Fuste auf Fuerteventura buchen. Nein, keine zwei Erwachsenen. Eine Erwachsene und zwei Kinder.

Ich winke den Kindern auf dem Felsen zu, zahle meinen Kaffee und nehme ihre Anoraks von den Stühlen. Wo der Strand endet und in den geschotterten Parkplatz übergeht, steckt ein aus Zweigen gebogenes Herz in einem Steinhaufen, daneben ein Blechschild. *Mantenga la limpieza de la playa. Llevese su basura.* »Sorge dafür, dass der Strand sauber bleibt. Nimm deinen Abfall wieder mit«, übersetze ich für die Kinder.

Elastigirl geht die Puste aus (2004)

Friedrich-Ebert-Straße, 4 1/2 Zi., mit Karl und Tillie

Ich lege das leberwurstverschmierte Messer neben das gebutterte Toastbrot, um mir Zucker in den Kaffee zu löffeln, ohne das Telefon vom Ohr zu nehmen, das ich in der anderen Hand halte. Es ist kurz nach sieben und Karl schon mit seinem Pulk und dem heute zuständigen Vater unterwegs zur Schule. Wir wechseln uns ab, Schorsch, Jan, Leos Papa und ich, und dienstags, wenn ich dran bin, komme ich aus dem Antreiben gar nicht mehr raus, damit Karl, Tillie und ich bis halb sieben, wenn Sam und Rich und Leo unten vor der Haustür stehen, angezogen sind und Zähne geputzt und Mützen auf dem Kopf und Schuhe an den Füßen und Porridge gegessen und Schulranzen gepackt und Pausenbrot geschmiert haben und Tillie auf dem Fahrradsitz angeschnallt und der Verschluss von Tillies Helm unter ihrem Kinn festgezurrt ist, ohne ihr dabei die Haut einzuklemmen. Aber heute ist Mittwoch, heute ist einer der Väter dran und Karl schon mit den anderen losgezogen und ich habe mir gerade den zweiten Kaffee eingegossen und noch meine Schlafanzughose an. Also eigentlich deine Schlafanzughose. Deine H&M-Männerpyjamahose. In meinem Kopf sitzt ein dicker fetter Kater. Gestern Nacht musste ich mich betrinken.

»Wir müssen bald mal wieder zusammen kochen.« Kochen. Mach ich kaum noch. Also klar, ich bereite noch Mahlzeiten zu. Karl und Tillie müssen ja essen. Aber das Kochen hat sich verändert. Nicht sichtbar und schon gar nicht dramatisch, nicht so, dass der Basmatireis zu schreien anfinge, sobald ich die Körner in die heiße Butter rieseln lasse. Oder die Reiskörner aufhören würden zu duften. Ich weiß nicht, woran das liegt. Dass das immer seltener wird. Können sie meine Traurigkeit nicht mehr ertragen oder wie ich damit umgehe? Aber vielleicht bilde ich mir das auch einfach nur ein. Vielleicht liegt es daran, dass eben immer alle bei uns rumgehangen haben, als du noch da warst. Und jetzt eben nicht mehr.

Wenn ich meine Einkäufe auf dem Küchentisch ausbreite, frage ich mich, wie die Dinge in die Einkaufstüte gekommen sind. Die Avocado, der Feldsalat, die Tiefkühlgarnelen. Dinge, die geschnitten, gewaschen, geschält, aufgetaut werden müssen, bevor sie gegessen werden können. Manchmal versuche ich mich zu disziplinieren. Diszipliniert *nicht* mehr zu kochen. Diszipliniert Bihunsuppe aus der Büchse zu kaufen, mit Aufreißlasche. Damit ich den Dosenöffner nicht suchen muss. Oder fertige Nudelgerichte, drei Portionen Cucina-Spaghetti von Aldi aus der Pappverpackung, mit Tomatenmark im Alubeutel und Würzmischung, verzehrfertig in fünfzehn Minuten. Oder Tütensuppen. Die mag ich sogar richtig gern. Eigentlich eher Suppe an sich als Fertigsuppen. Aber Suppe an sich gibt es auch nur noch selten. Immer wenn wir Gulaschsuppe kochen wollten, mussten wir ja einen großen Topf ausleihen. Gestern habe ich so einen gekauft, bei Ikea, einen Zehn-Liter-Topf, weil wir ja jetzt umziehen und in der neuen Wohnung vielleicht endlich wieder zusammen kochen. Als ich die Schutzfolie und den Aufkleber mit dem Preiscode mit dem Fingernagel vom Topfboden kratzen wollte, ging der natürlich nicht richtig ab, und dann musste ich wegen der Papierfetzchen und Kleberückstände heulen. Hab den Topf in die Spüle gestellt und Karl und Tillie in die Badewanne gesetzt. Wein war keiner da, nur noch Wodka, und weil ich den nicht pur trinken wollte, hab ich ihn mit naturtrübem Apfelsaft gemischt. Gestern Abend hat das noch geschmeckt.

In der Waschmaschine ist nasse Bettwäsche, seit gestern Nachmittag schon, wenn ich die nicht endlich aufhänge, fängt sie an zu stinken. Und zum Copyshop muss ich heute Vormittag auch noch, deine Zivildienstbescheinigung kopieren, für den Witwenrentenantrag, Zivildienst wird angerechnet, bei *Online Relations* in Düsseldorf warst du knapp über ein volles Jahr, damit komme ich nicht auf die erforderlichen zwei versicherungspflichtig beschäftigten Jahre. Überall dein Name. Auf deinem Führerschein, der Immatrikulationsbescheinigung, der Patientenverfügung, deinen Gehaltsunterlagen, den Überweisungsscheinen, deinem Magisterzeugnis, deinem Abiturzeugnis, auf den Rezepten, den Beileidsbekundungen, den Anschreiben der Rentenkasse, überall dein Name, nirgends du, und eine neue Rentennummer habe ich auch, sie setzt sich zusammen aus deinem Geburtsdatum, denn so ist das, wenn einem Rente zusteht für den Tod eines anderen, man erbt auch seine Lebensdaten.

Bis ich das Telefonat mit dem Umzugstransporterverleih beendet und die Wäsche aufgehängt und Tillies verschmierte Brotbüchse ausgewaschen und eine Kopfschmerztablette gefunden habe, liege ich so knapp in der Zeit, dass ich Tillie auf den Arm nehme. Bis sie alleine die Treppe runter wäre, dauert es ewig, sie muss bis acht in der Krippe sein, heute Mittag krieg ich die Schlüssel für die neue Wohnung, bis dahin will ich mit dem Papierkram durch sein, ich hab schon fast die Tür hinter mir zugezogen, da fällt mir Tillies Fahrradhelm ein. Als ich ihn vom Garderobenhaken reiße, segelt prompt ein Mantel zu Boden, was soll's, ich bin Elastigirl, wir sind die *Incredibles*, wir können auf runtergefallene Mäntel keine Rücksicht nehmen, wir müssen bis acht in der Krippe sein.

Ich spüre den Adrenalinstoß. Das alte Heldinnengefühl. Fight or Flight. Alles stehen und liegen lassen. Now it matters. Wann bin ich schon mal unentbehrlich, seit die andern nicht mehr zum Kochen kommen, keiner mehr als Letzter spät und betrunken nach Hause wankt. Passieren ja genügend andere Dinge. Die einen kriegen ein Kind. Das wollten sie so. Darüber reden sie schon lange. Jetzt hat es geklappt. Die anderen kriegen kein Kind. Darüber reden sie schon lange nicht. Aber alle wissen es. Und trauen sich deswegen nicht, ihnen zu erzählen, dass es bei den anderen geklappt hat. Sie erfahren es trotzdem, und manchmal ist Schweigen geschwätziger als das geschwätzigste Reden. Erschöpft und müde und gestresst sind eh alle. Weil sie ein Kind haben. Weil sie ein Kind kriegen. Weil sie kein Kind kriegen. Weil sie so viel arbeiten. Weil sie nicht genug arbeiten. Weil sie so wichtig sind. Weil sie nicht wichtig genug sind. Weil wir uns alle viel zu selten sehen. Weil wir genau wissen, dass es nicht stimmt, dass wir das nur glauben wollen, wenn wir uns einreden, dass das nur vorübergehend ist. Dass das nie passieren wird. Dass nur gerade eine schwierige Zeit ist. Aber bald wieder. Wenn erst mal. Dann. Sie wollen glauben, was sie sagen. So wie das mit dem Kochen.

Schon wegen dieser Treppe mit dem schön geschnitzten Jugendstilgeländer müssen wir ausziehen. Daran denkt doch keiner, dass selbst ein Treppengeländer eine dreimal am Tag zum Heulen bringen kann. Das Kind, das ich gerne gekriegt hätte, wäre jetzt drei oder vier Monate alt. Es gibt diese Legende über Krokodile. Wenn ein Krokodilmännchen stirbt, trägt das Krokodilweibchen angeblich seinen Samen in ihrem Leib mit sich herum, und wenn sie das nächste Mal Geschlechtsverkehr hat und davon schwanger wird, dann, weil das neue Männchen das Sperma des toten Männchens aktiviert oder in Position geschubst hat, jedenfalls ist das Krokodilbaby, mit dem sie dann schwanger ist, die Hinterlassenschaft des toten Krokodilmännchens.

Mama don't take my Kodachrome away (2004)

Käthe-Kollwitz-Straße, 6 Zi. + 2 Wintergärten,
mit Karl, Tillie, Oleg und Micha

Auf dem Foto stützt sich eine Frau mit verfilzter schwarzer Locken-
mähne in einer Küche auf einen Besen. Die Frau trägt eine Schürze,
und die Wände der Küche sind schwarz, pink, orange und lilafarben
gestrichen. Die Frau scheint nachzudenken. Vielleicht wundert sie
sich, warum sie in einer Küche mit verschiedenfarbig gestrichenen
Wänden steht. Wenn man den Holzperlenvorhang im Türdurch-
gang beiseiteschiebt, sieht man an der gegenüberliegenden Wand
ein großformatig ausgedrucktes Schwarz-Weiß-Foto, auf dem ein
schöner junger Mann abgebildet ist. In der Küche riecht es nach
Lagerfeuer und Qualm. Das weiß ich, weil die Küche mit den bunt
gestrichenen Wänden meine Küche ist und der schöne Mann auf
dem Foto mein Mann ist und die Frau unter der schwarzen Perücke ich bin. Ich setze diese Perücke jedes Jahr an Karls und Tillies
Geburtstag auf und werde zu Fata Morgana, einer Mischung aus
Gundel Gaukeley, Mary Poppins und Hexe. Wann das angefangen
hat und warum ich das tue, kann ich gar nicht sagen. Wahrscheinlich, damit Karl und Tillie wenigstens an ihrem Geburtstag mal
eine andere Mutter haben als im Rest des Jahres. Abends nehme
ich die Perücke ab und hänge Fata Morgana zurück in den Schrank.
Das braucht sie dann auch nach so einem 24-Stunden-Einsatz. Auf
dem Foto sind Karls Gäste schon abgeholt. Auf dem Foto ist der
Quark längst vom Fußboden gewischt, die Tellerscherben sind zu-
sammengekehrt.

Man könnte alles für normal halten. Eine Küche, in der eine
Frau mit Perücke auf dem Kopf sitzt. Eine Kehrschaufel mit zer-
fetzten Luftschlangen und Pizzakrümeln. Ein geöffnetes Fenster.
Ein Glas Wein nach einem Kindergeburtstag. Na gut, das vierte
Glas Wein nach einem Kindergeburtstag. Nichts außer der Farb-
gestaltung der Wände zeugt vom Zustand, in dem die Frau sich

befindet, die sich das Glas noch mal vollgießt und mit einer Zigarette ans offene Fenster setzt, die gerade den achten Geburtstag ihres Sohnes und fünf Tage zuvor den ersten Todestag ihres Mannes begangen hat.

Nichts zeugt vom Zustand der Frau, die gerade erst vor sechs Monaten auf Knien über die schwarz-weißen Felder auf dem Küchenfußboden gerutscht ist. Wie die letzte verbliebene Schachfigur. Die in die Knie gegangene Königin. Mit dem Teppichmesser hab ich Stücke aus dem Schachbrettmuster-PVC geschnitten, das ich im Baumarkt geholt habe. Ich hatte die Lücken vergessen. Die Lücken, die zum Vorschein gekommen sind, als die schweren Möbel rausgetragen worden sind, der massive Rollladenaktenschrank, in dem das Geschirr stand, die schwarze Sau, der Herd. Ich hatte vergessen, wie überhastet der Einzug stattgefunden hat, wie überhastet der schwarz-weiß gemusterte PVC in der Küche verlegt werden musste, nachdem ich zunächst den darunter liegenden, ursprünglichen PVC mit ungeeignetem Lack gestrichen hatte, der die PVC-Oberfläche angelöst hat und klebrig geblieben ist. Wir haben die Möbel trotzdem draufgestellt und gehofft, dass er noch durchtrocknen würde. Als auch nach zwei Wochen die Stühle bei jedem Hochheben noch am Boden kleben geblieben sind, haben wir notgedrungen das Schachbrettmuster-PVC drüber gelegt, aber weil die Küchenzeile schon stand und der Geschirrschrank selbst ohne Geschirr irrsinnig schwer ist, haben wir da einfach mit dem Teppichmesser außenrum geschnitten, und jetzt, wo Küchenzeile und Geschirrschrank weggetragen sind, kommt der Untergrund zum Vorschein, den ich vor fast zwei Jahren mit der falschen Farbe gestrichen habe, als da noch Hoffnung war, dass die Farbe rechtzeitig trocknen würde und du gesund werden würdest.

Die neue Wohnung liegt im Hochparterre und hat einen Wintergarten und einen Kamin. Alle Zimmer sind Durchgangszimmer, das Bad liegt hinter der Küche, aber dafür hat es eine Eckbadewanne, und unter den Teppichen, die in den Zimmern verlegt waren, sind schöne alte Dielen zum Vorschein gekommen. An einem Wochenende waren alle zum Subbotnik hier und haben Plastikpaneele und Uralt-pvc und Tapeten abgeschabt und rausgerissen und in den Container geschmissen, den die Wohnungsverwaltung in die Einfahrt gestellt hat, und zum Umzug war auch Kalle wieder da und hat im neuen Kinderzimmer Karls altes Hochbett zu zwei Hochbetten umgebaut, so hoch, dass Karls Schreibtisch darunter passt und er aufrecht unterm Bett stehen kann, Tillies Hälfte so niedrig, dass ich ihr ins Gesicht gucken kann, wenn ich abends vor ihrem Bett stehe und wir Gute-Nacht-Lieder singen, *Guten Abend, gute Nacht, Weißt du, wie viel Sternlein stehen, You are my sunshine, my only sunshine.*

Wenn die Kinder in die Küche oder ins Bad wollen, müssen sie durch mein Zimmer, das mit dem Kamin, ich habe es grün gestrichen und aus Balken ein Bett an die Wand montiert, das wir auch als Liegewiese nutzen. Die Küchenwände habe ich unterschiedlich gestrichen, eine Wand schwarz und eine pink und eine lila und eine gelb, alle haben ein bisschen komisch geguckt, aber zumindest sitzen sie jetzt wieder häufiger in meiner Küche, in der du immer noch fehlst, aber nicht mehr so sichtbar, weil du ja nie hier gewesen bist. Über dem Küchentisch hängt einer von diesen Ikea-Lichterkränzen mit ganz vielen kleinen led-Leuchten und aus dem Küchenfenster guckt man direkt in den Garten. Immer montags ist Karls bester Freund aus dem alten Haus bei uns, wenn Brit ihn abends abholen kommt, hat sie seine Schwester dabei und dann lohnt es sich, den großen Topf rauszuholen und für alle zu kochen. Danach sitze ich mit Brit auf der Verandatreppe und wir rauchen eine und trinken ein Glas Wein, bis Brit ihre Kinder ins Bett bringen muss und ich alleine sitzen bleibe und weiter Wein trinke und mit den Fotos rede, die ich auf din ao drucken und auf Pappe aufziehen lassen und an die Wände gehängt habe, du über eine Bild-Zeitung gebeugt mit Karl am Strand von Usedom, du mit einem Becher mit rotem Wackelpudding am Pool auf der Dachterrasse in Portugal, du, lebendig, auf Fotos an einer Wand in Räumen, die du nie betreten hast.

Ein halbes Jahr später sitzen wir am Hauptbahnhof Westseite auf einer Bank am Busparkplatz und warten auf den Bus, der uns nach Rügen bringt, uns und all die anderen Koffer und Rucksäcke und Kuscheltiere und Mütter und Kinder, die von der AOK eine Mutter-Kind-Kur bewilligt bekommen haben. Dass wir die brauchen, haben die anderen schon vorhergesehen. Ich brauchte dafür erst eine Portion Quark an meiner lilafarbenen Küchenwand.

Ganz still ist es geworden zwischen der schwarzen, der sonnengelben, der pinken und der lila Wand und Karl und Tillie sind vor ihren Tellern erstarrt wie beim Stoppessen. Dabei sollte es so schön sein. Wir haben blaue Steingutteller, ich habe Kartoffeln mit Quark gemacht und alle drei mögen wir es, die heiße Pellkartoffel mit der Gabel aufzudrücken und zuzugucken, wie die Butter in der heißen Kartoffel schmilzt und an den Rändern runterfließt. Überhaupt sieht weißer Quark mit grünen Kräutern drin und Kartoffeln auf einem blauen Teller sehr schön aus, aber das nützt ja nichts, wenn außer dem blauen Teller und dem, was drauf ist, nichts schön ist. Ich bin aufgesprungen. An Tillies und Karls geweiteten Augen und daran, wie sie sich erstarrt auf ihrem Stuhl in die Lehne pressen, kann ich sehen, wie sehr sie sich vor mir fürchten. Das macht mich noch wütender. Meine Kinder sollen keine Angst vor mir haben. Ich tue doch alles. Ich fliege mit ihnen auf die Kanaren und kaufe ihnen bunte Limonade. Ich finde für uns eine neue Wohnung, in der wir die Wände bunt streichen. Ich sorge dafür, dass wir jeden Tag etwas zu essen auf dem Tisch haben. Dass sie morgens in die Schule und in den Kindergarten kommen und zumindest Schuhe und Socken und eine Jacke anhaben, wenn auch nicht immer jeder Zettel unterschrieben ist. Ich singe Gute-Nacht-Lieder.

»Was – soll – ich – denn – noch – tun? – Ich mühe mich den ganzen Tag ab, um es uns schön zu machen, und dann zieht ihr so eine Fresse. Passt euch wohl nicht, was? Ich hätt's ja auch lieber lustiger, es tut mir ja leid, dass ihr jetzt mit mir vorliebnehmen müsst, ich hab mir das ja nicht ausgesucht!«

Karl ist aufgesprungen, hat den Lappen von der Spüle geholt und sich auf den Boden gekauert.

»Lass das!«

Steingut bricht anders als Porzellan. Es gibt weniger Scherben. Zwei blaue Tellerhälften liegen auf dem Boden zwischen zerdrückten Kartoffelstücken, geschmolzener Butter, überall Quarklachen, ich habe den Teller so heftig auf den Boden geschleudert, dass selbst die lilafarbene Wand Quarkspritzer abbekommen hat.

Dass ich überfordert bin, soll ich in den Antrag schreiben, hat meine Hausärztin gesagt. Und dass mein Mann gestorben ist und ich zwei kleine Kinder habe. Dass ich mich gerade selbstständig gemacht habe. Hab ich alles in den Antrag geschrieben, und jetzt haben wir ein Familienzimmer im Haus Amadeo. Tillie geht tagsüber in die Marienkäfergruppe, und Karl hat so eine Art Unterrichtsersatz. Wir haben alle einen Ohrwurm, weil Tillie immer das Lied von der Sonnenkäferfamilie singt, das sie bei den Marienkäfern gelernt hat, und ich bin gleich an einem der ersten Tage krank geworden. Als die Hausleiterin einen Zimmerbesuch gemacht hat, habe ich angefangen zu schluchzen und konnte nicht mehr aufhören, und dann hat sie gefragt, was ich brauche und was mir helfen würde, und ich habe gesagt, spazieren gehen und dass niemand was von mir will. Sie hat mich aus allen Gruppen rausgenommen, und jetzt laufe ich tagsüber, wenn die Kinder in der Betreuung sind, durch den Wald und am Strand entlang und nach Altenkirchen und Breege und Schaabe und sogar bis nach Dranske und starre aufs Meer und versuche, für mich zu klären, was ich nicht in den Antrag geschrieben habe. Dass ich zwar frisch verwitwet und alleinerziehend und überfordert bin, aber trotzdem was fehlt in meinem Antrag. Micha fehlt da nämlich.

Micha, der in den beiden Wochen vor unserem Einzug jeden Tag nach der Arbeit hier aufgetaucht ist und mit mir Tapete von den Wänden gekratzt hat. Micha, der nach dem Renovieren mit mir an den Kulkwitzer See gefahren ist und einen Grill dabeihatte und halbierte Aprikosen und Pfeffer und Salz in Tupperdosen, der mit Karl und Tillie Drachen steigen lässt und Tillie ein Vergrößerungsglas schenkt. Micha, der in den 80ern im Lindenauer Hafen Loren die Schienen runtergeschubst hat und mit dessen Eltern ich nackt am Kulki liege, wo sie Mitglied im Segelklub sind. Micha, der morgens die frisch gerösteten Toasts in der Hand schwenkt, bis sie abkühlen, damit die Butter nicht drauf schmilzt. Micha, der gerade mit einem Begleitbrief seiner Eltern und vakuumverpackten Klamotten im 35-Liter-Rucksack den Jakobsweg nach Santiago de Compostela wandert, während wir in Mutter-Kind-Kur sind.

»Du hast den Farbfilm vergessen, mein Michael, nun glaubt uns kein Mensch, wie schön's hier wa-ha-ha-ha-har«, singe ich Karl und Tillie vor, als wir am Wochenende zur Wittower Fähre wandern, und dann klingelt mein Handy und Tillie setzt sich am Wegrand ins Gestrüpp und singt über drei Ländergrenzen und 2.700 Kilometer hinweg in mein Telefon: »Erst kommt der Sonnenkäferpapa, dann kommt die Sonnenkäfermama, und hintendrein, ganz klitzeklein, die Sonnenkäfer-Kinderlein.« Ich will dieses Lied hassen, seinen Kitsch und dass wir keine Sonnenkäferfamilie mehr sind, und dann streckt Tillie mir das Handy entgegen, »der Micha will mal mit dir sprechen«, und dann sagt mir der Micha, dass ihm klar geworden ist, dass seine Suche schon zu Ende war, bevor er die Reise angetreten hat, und dass er seinen Pilgerweg jetzt abbricht und zu uns kommt. Und das tut er dann auch.

Micha, der wieder einen Farbfilm in mein Leben eingelegt hat. Micha, dessentwegen ich die Schwarz-Weiß-Fotos abhänge und auf den Zwischenboden räume. Micha, mit dem ich an einem Samstagmorgen im darauffolgenden Juli fluchend feuchte weiße Placken vom Flurboden klaube, die sich in der Nacht von den Wänden gelöst haben.

Die Wohnung hat inzwischen die doppelte Fläche. Als die Nachbarin ausgezogen ist und ich schwanger war, haben wir die Wohnungen durch einen Durchbruch verbunden, Sauerkrautplatten aus den Zwischendecken entfernt, Wände aufgemauert, Türöffnungen in Wände gestemmt, flächendeckend verklebtes Linoleum mit Heißluftbläser und Spachtel vom darunter liegenden Eichenparkett entfernt, einen Badewannensockel gegossen, das Bad gefliest und die neue Küche hellgelb gestrichen. Vor zwei Wochen haben wir dann das Parkett geschliffen und geölt und in derselben Nacht ist meine Fruchtblase geplatzt und wir sind ins Geburtshaus gefahren.

Der Flur war die letzte Streichaktion, morgen kommen Papa und Bea aus Heidelberg, um ihr neues Enkelkind zu besichtigen. Wir waschen die weiße Farbe aus den Farbrollern und legen uns schlafen. Während draußen ein Sommersturm durch die Bäume peitscht und Äste brechen, löst sich im Flur der Altputz unter der feuchten Dispersionsfarbe, und morgens ist das Eichenparkett übersät von weißen Farbplacken. Der Garten bietet ein Bild der Verwüstung, überall umgeknickte Bäume und abgebrochene Äste. Begeistert zerren Tillie und Karl riesige Äste, dreimal so lang wie sie selber, durch den Garten, bis Karl beim Klettern in einer Astgabel stecken bleibt und wir ihn herauszerren müssen, bevor wir ein paar Stunden später mit Papa und Bea auf der Veranda auf ihr neues Enkelkind anstoßen. Als wir sie durch die Wohnung führen, glänzen die Flurwände zwar noch feucht, aber im zweiten Anlauf haftet die Farbe. Sie bewundern den hellen Teppich, der in der ehemaligen Küche, die jetzt ein Kinderzimmer ist, auf dem Boden liegt. Dass ich die riesigen Schwarz-Weiß-Fotos abgehängt habe, fällt ihnen nicht auf. Oder sie sagen nur nichts dazu.

Fast Forward (2005–2012)

Käthe-Kollwitz-Straße, 6 Zi. + 2 Wintergärten,
mit Karl, Tillie, Oleg und Micha

Im Dezember 2005 wütet ein Tsunami in Südostasien und die Dresdner Hilfsorganisation, für die ich als Fundraiserin arbeite, ist als regionale Hilfsorganisation vor Ort. Auf einer Pressekonferenz mit dem Dresdner Oberbürgermeister sitze ich mit auf dem Podium, während Micha den brüllenden Oleg außerhalb der Veranstaltung durch die Wandelgänge trägt. Der Raum hat Glaswände, wir hören Oleg schreien und ich hoffe, dass niemand die Milchflecken sieht, die sich auf dem Blusenstoff unter meinem Blazer bilden. 2006 verbringen wir ein paar Tage auf Hiddensee, wo Michas Eltern ein Ferienhaus gemietet haben, Karl spielt Fußball in der Kindermannschaft vom *Motor Gohlis-Nord,* ich ersteigere bei der Benefizaktion eines Kinder- und Jugendtheaters eine weiß gescheckte Pappmascheekuh. An Karls zehntem Geburtstag bringt jedes Kind einen Lieblingsgegenstand mit, wir produzieren eine Radioshow und fünf Jungs sitzen in einem Baum und grölen ihren selbst ausgedachten Brause-Song. 2007 stirbt mein Vater, im März fahren wir zum zweiten Mal zur Mutter-Kind-Kur nach Rügen, diesmal ohne Karl, Tillie macht dort ihr Seepferdchen, und im Dezember besuche ich die Sanjam Knjige, die kroatische Buchmesse, in Pula.

2008 sind Karls Haare auf dem Foto, das die Kieferorthopädin macht, um die Behandlungserfolge festzuhalten, schulterlang, auf einem anderen Foto hat Tillie eine Zahnlücke und Oleg ihr gestreiftes Sommerkleid an, das Jugendamt schreibt mich an, weil jemand anonym Meldung gemacht hat, dass ich nicht in der Lage bin, mich angemessen um meine Kinder zu kümmern, auf den Fotos von Tillies Schullandheim haben 80 Prozent aller Mädchen einen rosa Anorak an, und am Nikolaustag verteile ich in der Umkleidekabine eines Dresdner Kaufhauses Make-up in Frank Schöbels Gesicht, weil er ungeschminkt nicht vor das Kamerateam treten will, das sich zur Charity-Auktion meiner Hilfsorganisation auf dem Striezelmarkt angemeldet hat.

2010 fliegt Micha nach Südamerika und dreht einen Imagefilm für ein SOS-Kinderdorf, ich kaufe Inliner für Tillie, und wir falten Wäsche und sammeln Ahornnasen aus dem Kies an der Grillstelle. Angelika von oben nimmt Tillie mit ins Schwimmbad, und Oleg und ich gehen Flaschen zerdeppern, dann gucken Oleg und Tillie *Toy Story* und wir grillen Merguez-Würstchen, und die Kinder baden, und ich schleife und öle den Boden im Esszimmer und gucke mit Karl die Jesus-Dokumentation von Spiegel-TV. Micha kommt zurück aus Südamerika und wir fahren ein Wochenende zum Wandern in die Rhön. Meine Freundin Michaela aus Iowa kommt zu Besuch, wir betrinken uns im Wintergarten und malen mit bunten Textmarkern ein Organigramm mit den Namen von Menschen, die uns verbinden, und Menschen, die uns etwas bedeuten, und Menschen, die wir lieben. Silvester verbringen wir in der Datsche von Michas Eltern in Brandenburg. Es ist so kalt, dass wir jeden Tag ein neues Loch ins Eis hacken müssen, um Wasser aus dem See zu holen.

»Warte, Tillie, du musst das Brötchen erst abkühlen lassen, bevor du die Butter draufschmierst ...«

Ich schüttle das Streichholz aus, mit dem ich die zweite Adventskerze angezündet habe. Tillie hat eins der Aufbackbrötchen, die wir gerade aus dem Backofen geholt haben, aufgeschnitten. Micha mag nicht, wenn die Butter auf dem Brötchen schmilzt. Tillie füllt Orangensaft in ein Glas und Kaffee in eine Tasse, dann beschmiert sie die abgekühlten Brötchenhälften mit Butter und Kirschmarmelade, stellt den Teller und die Kaffeetasse und das Saftglas auf das runde Holztablett und trabt los durch die riesige Wohnung, um Micha sein Frühstück zu bringen. Er frühstückt nicht mehr mit uns zusammen.

Der betrunkene Bär (2014)

Käthe-Kollwitz-Straße, 6 Zi. + 2 Wintergärten, mit Karl, Tillie und Oleg

Das Fell sieht weich aus. Ich würde es gerne anfassen. Aber das Bärenkostüm, zu dem das weiche Fell gehört, verlässt die Wohnung. Der Schwanz ist mit einer Sicherheitsnadel befestigt. Vorhin hat das Kind, das jetzt im Bärenfellkostüm zum Schulfasching unterwegs ist, noch auf einem Küchenhocker vor der Heizung gesessen und mich angeschwiegen. Einmal mehr haben wir die vertraute Seite im immer gleichen Drehbuch aufgeschlagen. Die Seite, in der nur ich Text habe. *Warum hast du nicht, warum kannst du nicht, warum bist du nicht?* Meine Sätze enden mit Fragezeichen. Aber sie interessieren sich nicht für die Antwort. Sie verlangen nach einer Rechtfertigung.

Ich fühle mich überfordert und unzulänglich. Aber das sage ich nicht. Ich schreie meine Kinder an, weil sie ihre Bedürfnisse nicht artikulieren können. Entsprechend lautet die Antwort, die ich kriege: »Is nicht so wichtig.«

Eine Stimme in mir schreit, doch, natürlich ist das wichtig, tritt doch endlich für dich ein. Ich will doch wissen, wie es dir geht. *Meine* Mama hat mich das nicht gefragt, als ich ein Kind war. Siehst du denn nicht, dass ich versuche, es besser zu machen? Ich sehe nur mich, fühle mich ungerecht behandelt. Schon wieder. Spüre, wie die Wut in mir aufsteigt, sich in mir ausbreitet. Wie ich nur auf das entscheidende Signal warte, um auszurasten. Irgendein Signal. Schweigen reicht aus. Mich angucken reicht aus. Mich nicht angucken reicht aus. »Ist nicht so wichtig« reicht aus.

Dabei hätte ich nur hinzugucken brauchen. Dem Blick standhalten. Aber das hab ich nicht geschafft. Weil ich mich dann so sehr selber erkannt hätte in dem Kind mir gegenüber. Und in seiner Angst. Ich hätte den Albtraum erkannt, dem es ausgesetzt ist, und dieser Albtraum kommt ohne Verfolgungsjagden aus, ohne Monster, ohne nach Füßen greifenden Händen. Es ist ein Traum, in dem es keine Hände gibt, zu denen man »stopp« zu sagen lernen kann. Dieser Traum kennt nur Zurückweichen und Angst vor dem Menschen, den man liebt. Vor der eigenen Mutter, die doch der Mensch sein sollte, bei dem man sich geborgen fühlt. Und trotzdem verwandelt sie sich vor deinen Augen in ein Wesen, vor dem du Angst hast, das du nicht mehr erkennst und zu dem kein Zugang möglich ist. Wie in *Coraline*, wo die echte Mutter in die Gewalt einer bösartigen anderen Mutter gerät, die sich für sie ausgibt. Eine Gestalt, die sich über dir aufbäumt und Worte auf dich abschießt, die keinen Sinn ergeben, die gehässig sind, ungerecht und wehtun. Wehtun wollen.

Am schmerzlichsten ist, es kommen zu sehen. Wie diese andere Mama von der eigentlichen Besitz ergreift, mit ihrer Stimme furchtbare Dinge sagt, mit ihren Händen zu fest zupackt, aus ihren Augen Hass und Wut schleudert. Und dann stehst du da und hast keinen Zauberspruch, kein richtiges Wort, um die richtige Mama aus der falschen zu befreien. Es kommen sehen und nicht stoppen können. Nicht mit dem mächtigsten aller Worte. Mama. Mama ist deine Angst.

Ich will eine andere Mutter sein. Will nicht in aufgerissenen Augen mein Spiegelbild sehen, meinen schreienden Mund, die steinernen Augen, die drohenden Arme.

Und dann trabt ein Bärenfellkostüm an mir vorbei durch die Wohnungstür, und die Sicherheitsnadel, mit der der Schwanz befestigt ist, bringt mich fast zum Weinen.

Ich denke an den kleinen Velociraptor aus Hartgummi. An Geburtstagsfeiern, an denen wir Radioshows produziert und kleine Filme gedreht und den Brause-Song gegrölt haben. An schützende Dächer aus Händen, unter denen wir Karl hindurchgeschickt haben. An in stinkendem Frittierfett ausgebackene Donuts. An hart gekochte Eier und Kartoffelsalat und Fahrradausflüge. An bunte Lollis auf Fuerteventura. An Gute-Nacht-Lieder, in denen ich »morgen früh, wenn Gott will« durch »morgen früh, wenn du willst« ersetzt habe. *Tief im Wald, da wohnt der Räuber Hotzenplotz. My bonnie is over the ocean. You are my sunshine, my only sunshine.* Wie ich mich daran festhalte, dass ich doch gesungen habe.

Später torkelt ein sehr betrunkener Bär durchs Treppenhaus. Ansprechbar ist er zu diesem Zeitpunkt nicht mehr. Ich kann ihm nur noch einen Eimer hinstellen. Ein Schwanz lässt sich mit einer Sicherheitsnadel befestigen. Aber dann kommt doch alles hoch, was sich nicht ertränken lässt.

Ich habe immer vermieden, mich den Gefühlen meiner Kinder auszusetzen. Habe mich entzogen und gute Gründe dafür gefunden. Bin erschöpft genug davon, dafür zu sorgen, dass ich die Miete für 220 Quadratmeter zahlen und morgens Müsli und Kakao auf den Tisch stellen kann, und ausreichend Pappbecher zu besorgen und Klopapiernachschub auf dem Klo zu stationieren, wenn Olegs Klasse nach dem Laternenumzug zum Abschlussfeuer in unseren Garten kommt, und dann bin ich dankbar, wenn um zehn das letzte Kind im Bett und der letzte Teller im Geschirrspüler und die Waschmaschine ausgeräumt ist und ich noch zwei oder drei Glas Rotwein im Wintergarten trinken kann, um runterzukommen, statt über die Angst von Kindern nachzudenken oder gar zu sprechen.

»Warum hat denn niemand was gemerkt?«, fragt Karl mich Jahre später, als wir über die Zeit reden, in der er sich im Kindergarten und in der Grundschule unter dem Tisch versteckt und alle, die sich im genähert haben, anfaucht. Eine Zeit, in der er ein Dinosaurier werden musste. Ein Kind, das mit sechs Jahren einem geliebten Menschen beim Sterben zusehen musste. Dessen Mutter und Vater nie zusammengelebt haben. Der Vertrauenspersonen hat kommen, aber vor allem gehen sehen. Und für dessen Schmerz und Leid sich nur ein einziges Etikett hat finden lassen: verhaltensauffällig. »Warum hat denn niemand was gemerkt?«, fragt Karl fast 20 Jahre später, als er endlich die Verantwortung für sein Leid nicht mehr bei sich sucht. Als er anfängt, sich mit Erfahrungen zu befassen, die machen, dass ein Kind das Vertrauen verliert.

»Weil ich das für das Leben gehalten habe. Weil ich nicht gemerkt habe, wie zerstörerisch das ist. Das war ja unser Leben.«

II.

My Fair Lady

Kindheit

(1982–1986)

Hausführung (1982)

Ich habe mir aus roter Wolle eine Kordel gedreht. Dazu muss man drei lange rote Wollfäden abschneiden, die Enden zusammenknoten und den Knoten in die Türklinke einhängen. Mit den drei auf der anderen Seite verknoteten Fäden bin ich so lange rückwärtsgegangen, bis die Schnüre gespannt waren, fast bis zum Fenster. Und dann hab ich angefangen zu drehen. Das ist gar nicht so einfach, weil man nach jeder Drehung das gezwirbelte Ende mit dem Daumen und Zeigefinger von der linken Hand festhalten muss, um mit der rechten Hand nachzufassen, und wenn einem dabei die schon gezwirbelten Fäden aus der Hand rutschen, muss man wieder von vorne anfangen. Und wenn ich die Schnüre zu tief halte, rutschen sie am anderen Ende von der Türklinke. Aber der richtig schwierige Teil kommt dann, wenn alle drei Schnüre bis zur Türklinke durchgezwirbelt sind. Dann muss man es nämlich schaffen, das eine Ende so weit vom Körper wegzuhalten, dass man mit der anderen Hand in die Mitte des Strangs greifen kann, und das Ende, das man zwischen den Fingern hat, zurück zur Türklinke zu führen. Daran hab ich natürlich nicht gedacht, als ich die Fäden so lang gemacht habe, und ich muss ganz schön die Arme ausstrecken, damit alles straff bleibt. Ich bringe die beiden Stränge an der Türklinke zusammen, lasse die Mitte, die jetzt das neue Ende ist, los und gucke zu, wie sich die beiden zusammengeführten Stränge von alleine zu einer Kordel verdrehen. Dann muss man nur noch das eine Ende von der Klinke streifen und mit dem anderen Ende verknoten.

An meiner selbst gekordelten Kordel hängt meine rote Zahnspangenbüchse.

Ich habe einen eigenen Hausschlüssel, weil Mama und Papa oft länger Unterricht haben als ich und dann niemand zu Hause ist, um mir aufzumachen. Am Anfang hatte ich den Schlüssel an einem Stück Paketschnur um den Hals hängen, später habe ich eine Gliederkette gekriegt. Aber zwei Schnüre um den Hals sind mir zu viel, und weil ich die Spangenbüchse immer dabeihaben muss, hab ich den Schlüssel nicht mehr um den Hals hängen, sondern in der

Reißverschlusstasche von meinem Schulranzen. Manchmal merke ich erst vor der Haustür, dass ich ihn vergessen habe. Dann gehe ich die Treppe wieder runter und an der Einfahrt und den Koniferen vorbei, die verhindern sollen, dass wir auf der roten Terrasse sitzen wie auf dem Präsentierteller, sagt Mama immer. Am Ende der Hecke ist eine Lücke, damit man mit dem Unkrauteimer oder der Schubkarre nicht einmal ums ganze Haus rum muss. Papa hat letztes Jahr extra Trittsteine in den Rasen eingelassen, damit man den Rasen nicht zertrampelt. Die rote Terrasse grenzt an Mamas und Papas Schlafzimmer an. Wenn ich Glück habe, steht das Fenster zum Lüften auf Kippe. Der Schlitz ist gerade breit genug, dass ich von außen mit der Hand an den Fenstergriff komme und ihn umlegen kann. Dann lässt sich das Fenster aufstoßen, und ich kann die bodenlangen Gardinen wegschieben. Die sind ein bisschen durchsichtig, weil sie so ein durchbrochenes Stäbchenmuster haben. Wenn sie es zum Schlafen ganz dunkel haben wollen, gibt es vor den Gardinen noch rote Vorhänge, die man zuziehen kann. Zweimal im Jahr nimmt Tante Beck die Gardinen und die Vorhänge zum Waschen ab, aber sie riechen trotzdem nach Zigarette, wenn ich übers Fensterbrett reinklettere.

Mamas und Papas Schlafzimmer ist mit rotem Teppichboden aus kleinen festen Schlingen ausgelegt. Sie sind zu kurz und fest, als dass man sich darin verfangen würde, aber in meinem Zimmer hab ich auch so einen Teppich, nur in Gelb, und wenn man mit einem eingerissenen Zehennagel auf dem rumkriecht, kann es schon passieren, dass der eingerissene Nagel in einer dieser rauen Schleifen hängen bleibt. Ganz ungefährlich ist er also doch nicht. Aber wenigstens ist das nicht so ein heller, empfindlicher Boden, dass man sofort sehen würde, wenn ich da mit den Sraßenschuhen drüber bin.

Ich mache das nicht gerne, durch Mamas und Papas Schlafzimmer zu Hause einsteigen. Aber zumindest ist es tagsüber gelüftet.

Wenn das Fenster nicht auf Kippe steht, setze ich mich auf die oberste Waschbetontreppe und hoffe, dass bald jemand kommt. Meistens muss ich da schon ziemlich doll Pipi, aber bei Frau Brück nebenan zu klingeln, traue ich mich nicht. Der Treppenaufgang ist nicht verkleidet, in dem Verschlag, der dadrunter ist, war früher Maschendraht, und da hat unser Hase gewohnt, aber der ist immer über den Maschendrahtzaun abgehauen, und als Papa den bis ganz oben hochgezogen hat, hat er sich ein Loch drunter durchgebuddelt. Jetzt ist der Maschendraht weg, und wenn ich es gar nicht mehr aushalte, gehe ich unter dem Treppenaufgang in die Hocke und lasse die Strumpfhose runter und gucke zu, wie mein Pipi die trockene Böschung runterläuft.

Sonntags, wenn ich ganz normal durch die Tür in Mamas und Papas Schlafzimmer gehe, ist auf Mamas Seite nur noch die zurückgeschlagene Bettdecke und der volle Aschenbecher auf dem Nachttisch zu sehen. Das Ehebett steht mit dem Kopfende an der Wand, die Lampen auf den niedrigen weißen Nachttischen sehen mit ihrem roten Fuß und dem weißen Schirm aus wie Pilze. Wenn man im Bett liegt, guckt man auf den weißen Schiebetürenschrank an der Wand gegenüber. Auf der einen Seite sind Mamas Sachen, auf der anderen Papas. In dem Fach, in dem bei Papa die Socken und die Krawatten und die Unterwäsche sind, stehen bei Mama ihre Schmuckkästchen. Da liegt auch die Kette mit den roten Glassteinchen, die an einer Nylonschnur aufgefädelt sind, wenn man sich die umhängt, sieht man die Schnur fast nicht, das sieht aus, als würden die roten Steinchen von alleine halten. Ich weiß das, weil ich oft die sauberen Klamotten einräume. Aber auch, weil Elsa und ich manchmal, wenn Mama und Papa abends irgendwo eingeladen sind, Verkleiden mit ihren Sachen spielen. Dann machen wir alle Lampen an, die Pilzlampen auf den Nachttischen und die Deckenlampe aus den vielen Perlmuttscheiben. Richtig hell wird es trotzdem nie hier, mit dem roten Teppich und den roten Vorhängen ist es in Mamas und Papas Schlafzimmer eher wie in einer Höhle.

Wenn Papa die Decke auf seiner Betthälfte zurückschlägt, damit ich drunterklettern kann, kommt da ein miefiger Schwall hervor. Zigaretten, Rotwein und Schlaf machen Mundgeruch. Und Körpergeruch. Geschlossene Fenster halten den Geruch im Raum. Eine rote, verqualmte Raubtierhöhle.

Trotzdem gehe ich sonntagmorgens in diese Höhle. Da ist Toben dran. Sonntagmorgens toben wir mit Papa. Aufs Ehebett springen und toben. Er bringt mir die Beinschere bei. Oder besser, er zeigt mir, wie die Beinschere geht, denn er ist der erwachsene Mann und wiegt 70 oder 80 Kilo, und ich bin das zehnjährige Mädchen und ziemlich dünn. Ich klemme zwischen seinen Oberschenkeln, die er zusammenpresst. Er hat weiße Feinrippunterhosen an oder karierte Schlafanzughosen. Die Beinschere ist dazu da, mit Angreifern oder Feinden fertigzuwerden. Sie ist also nicht angenehm. Aber sie ist Teil des Tobeprogramms. So wie der Ameisengriff. Mit beiden Händen den Oberarm des Gegenübers umfassen und beide Hände in entgegengesetzter Richtung drehen und dabei die darunter liegende Haut des Gegners mitnehmen. Das zieht. Aber ich will lernen, mich zu wehren. Und weil es mein Papa ist, der findet, dass ich das können sollte.

Mama findet, dass ich Klavier spielen können sollte. Weil sie Oberstudienrätin ist und die Tochter einer Oberstudienrätin Klavier spielen können sollte. Deswegen gehe ich mittwochs nach der Schule zu Frau Langewellpott zum Klavierunterricht. Mama hat ein gebrauchtes Klavier und einen drehbaren Klavierschemel gekauft, die stehen jetzt oben im Vorraum vor Elsas und meinem Zimmer neben dem Kaufmannsladen. Frau Langewellpott hat mir beigebracht, wie ich die Finger halten und die Tasten antippen muss, und sie findet, dass ich einen guten Anschlag habe und gar nicht so unbegabt bin, aber ich hasse es, zu üben.

Viel lieber spielen Elsa und ich mit unseren Hunden. Wir wünschen uns eigentlich immer nur Hunde, zum Geburtstag, zu Weihnachten und zu Ostern. Papa findet, dass wir doch jetzt mal genug haben müssten, aber Hunde kann man gar nicht genug haben. Elsas größter Hund ist Wum. Wum ist ein weißer Stoffhund mit schwarzer Nase und schwarzen Hängeohren. Der Wum von Wum und Wendelin aus *Der Große Preis*. Als Elsa ihn bekommen hat, war Wum genauso groß wie sie. Das weiß ich, weil das Weihnachten war und es ein Foto davon gibt, wir haben beide Frotteestrampler an, ich liege auf dem Bauch und lutsche an einem geringelten Geschenkbändchen, und Elsa, die schon laufen kann, steht da mit Wum im Arm. Mama hat ein kurzes Kleid an, man sieht ihre Knie, sie sieht sehr jung aus. Damals war Elsa noch nicht meine Schwester. Mein Snoopy ist zwar nicht so groß wie Elsas Wum, aber er ist auch weiß mit schwarzen Ohren und schwarzer Nase und hat ganz weiches Fell. Er sitzt aufrecht auf dem Hintern, als würde er Männchen machen, und ist innen mit Reiskörnern gefüllt. Das weiß ich, weil eine Naht, wo das Bein am Körper festgenäht ist, ein bisschen offen ist und da manchmal die Reiskörner rausfallen. Und einen Wum hab ich auch, aber der ist ganz klein und aus Hartgummi und sitzt auf einem roten Hartgummipolster in meinem Bücherregal. Da lag auch mal eine tote Blindschleiche, die ich auf der Straße gefunden und mitgenommen hatte, weil sie so schön silbern geglänzt hat. Nur die hässliche Zunge, die ihr aus dem Maul hing, die hab ich abgeschnitten. Aber Elsa hat sich so davor geekelt, dass sie nicht mehr in mein Zimmer gekommen ist, also hab ich sie in den Tretmülleimer im Bad geschmissen. Als sie beim Fallenlassen auf dem Mülleimerboden aufgeschlagen ist, hat sie angefangen zu zucken. Sie hat wohl doch noch gelebt.

Elsa und ich sind längst viel größer als Wum, und eigentlich hätten wir auch lieber einen echten Hund, aber zu Ostern haben wir noch mal Spielzeughunde gekriegt, beide genau den gleichen. Wir kriegen oft die gleichen Dinge, zu Weihnachten waren es Zimmertelefone, die sind orange und aus Plastik und haben Tasten, keine Wählscheibe, und man kann damit zwischen unseren Zimmern telefonieren, aber das ist überflüssig, denn unsere Zimmer liegen nebeneinander, und die Türen haben einen Glaseinsatz. Unsere neuen Hunde haben kuschliges weißes Fell, also kein echtes, einen Knipsschalter auf dem Kopf und einen Deckel im Bauch. Damit man drankommt, ist da eine rechteckige Öffnung im Fell. Wenn man den Schalter anknipst, bewegen sich gleichzeitig das rechte Vorder- und das linke Hinterbein nach vorne und dann das linke Vorder- und das rechte Hinterbein. Also immer über Kreuz, wie in echt. Sieht trotzdem komisch aus. Aber echte Hunde haben ja auch kein orangefarbenes Batteriefach im Bauch.

Wir haben oben unser eigenes Badezimmer, wenn wir vergessen, das Dachfenster zuzumachen, regnet es rein. Die Dusche hat einen hellblauen Plastikvorhang, und in den Fugen zwischen den Kacheln laufen manchmal Silberfischchen rum. Sobald wir den Abendbrottisch ab- und den Geschirrspüler eingeräumt haben, werden wir zum Bettfertigmachen hochgeschickt, was so viel heißt wie Zähne putzen, duschen und Schlafanzug anziehen. Wir machen, was nötig, weil kontrollierbar ist. Zum Gute-Nacht-Sagen müssen wir noch mal runter, also ist die Sache mit dem Schlafanzug kontrollierbar. Was wir aber in der Stunde zwischen dem Hochschicken und dem Runterkommen machen, interessiert da unten niemanden, solange alles klingt, wie es soll. Also drehen wir das Wasser in der Dusche an und lassen es laufen. Eine Dreiviertelstunde lang. Und spielen währenddessen. Bestimmt lachen wir auch und machen Geräusche. Ganz bestimmt kommen diese Geräusche nicht aus dem Badezimmer, in dem wir angeblich duschen und Zähne putzen.

Die Treppe, die zu uns hochführt, hat offene Zwischenräume zwischen den Stufen. Das ist ein bisschen blöd, weil manchmal Sachen, die man unten auf die Stufen legt, um sie später mit hochzunehmen, durch die Zwischenräume rutschen, und dann liegen sie unten auf der Kellertreppe, und man muss extra runterrennen, um sie zu holen. Aber die Stufen sind aus Holz, und deswegen sagt Mama zwar immer, dass wir beim Hochrennen nicht so trampeln sollen, aber für Elsa und mich ist es auch gut, weil man rechtzeitig hört, wenn jemand hochkommt.

An Tagen, an denen wir die Haare waschen sollen, waschen wir die Haare oder machen sie mit dem Kamm nass. Die nassen Haare kämme ich mir glatt nach hinten, wie Falco. Der von Amadeus. Wenn ich so runterkomme, schickt mich Mama in Papas und ihr Bad, einen Kamm holen, und kämmt mir die Haare wieder gerade über die Ohren runter und den Pony ins Gesicht. Nasse Haare sehen länger aus als trockene. Mama findet den nassen, ins Gesicht gekämmten Pony zu lang und schneidet ihn kürzer. Sie schneidet ihn nicht gerade, sondern abgerundet, so, dass es keine klaren Kanten gibt, sondern der Pony irgendwie in die Seitenlängen übergeht. Wenn sie an den Ohren vorbeischneidet, habe ich immer Angst, dass sie mir ins Ohrläppchen schneidet, und wenn sie fertig ist, habe ich Angst, in den Spiegel zu gucken, obwohl ich eh schon weiß, was ich da sehen werde. Ein Ei. Also mein Gesicht, das aussieht wie eine eiförmige Öffnung, die man in einen Vorhang aus Haaren hineingeschnitten hat. Ich finde, dass ich schrecklich aussehe. Mama findet, dass ich so aussehen muss als Tochter einer Oberstudienrätin. Aber Mama findet ja auch, dass die Tochter einer Oberstudienrätin Klavier spielen können muss. Mamas Vorstellungen davon, was ich sein sollte, unterscheiden sich ohnehin ziemlich von dem, was ich bin.

Ich bringe ihr nie Blumen mit. Ich denke nie mit. Ich komme nicht von selber auf die Idee, den Müll rauszubringen oder die Wäsche aufzuhängen. Ich bin rücksichtslos. Immer auf Papas Seite. Denke nicht das kleinste bisschen darüber nach, wie es ihr geht. Gönne ihr nicht das kleinste bisschen Spaß. Kämme mir nach dem Duschen die Haare falsch. Kein Wunder, erzähle ich meinem neuen Hund, dass sie mich nur anfasst, um mich in Ordnung zu bringen.

Ich glaube, es soll ein Husky sein. Er ist weiß, und ich habe ein Hundequartett. Am ehesten sieht er aus wie ein Husky. Und blaue Augen hat er auch, es muss also ein Husky sein. Seine Schnauze ist leicht geöffnet, Zähne hat er keine, aber eine kleine rote Filzzunge. Manchmal bellt er, nur dass das Bellen nicht aus dem Maul kommt, sondern aus kleinen roten Löchern am Bauch neben dem Batteriefach. Er ist fest und hart unter dem Fell, und er kann bellen und laufen, er ist also eigentlich viel mehr Hund als mein kleiner weicher Snoopy, aus dem die Reiskörner rausfallen, oder meine anderen Hunde, und ich wollte ihn unbedingt haben. Vielleicht geht es auch gar nicht darum, einen Hund zu kriegen, der möglichst nach einem echten Hund aussieht und auch tut, was ein echter Hund tut. Vielleicht weiß etwas in mir ziemlich genau, dass ich keinen meiner Stoffhunde dafür liebe, dass sie so tun, als wären sie ein Hund. Sondern dafür, dass sie so tun, als würden sie mich lieben. Mein weißer Batteriehusky ist viel zu beschäftigt damit, seine Beine zu sortieren und zu kläffen, als dass er sich damit befassen könnte, so zu tun, als würde er mich lieben.

Es ist aber auch wirklich nicht leicht, mich zu lieben.

Gerade klare Menschen (1984)

»Jetzt lächelt doch mal. Wie sieht das denn aus, wenn ihr so ein Gesicht zieht?« Mama fährt oft nach Neckargemünd und kauft sich in kleinen Boutiquen Kostüme und Hosenanzüge. Mama ist letztes Jahr 40 geworden und trägt gerne beigefarbene Blazer und Bundfaltenhosen. Elsa und ich sind zwölf und würden gerne Jeans und Sweatshirts tragen oder solche Rippenpullis mit V-Ausschnitt, wie sie gerade alle haben. Aber weil Mama ständig neue Klamotten kauft, vererbt sie uns ihre alten, und so müssen Elsa und ich mit unseren eiförmigen Frisuren Mamas hellbeige Blusen und eierschalenfarbenen Bundfaltenhosen anziehen, die unten ziemlich weit sind, die Damenblazer auch. Mama nennt das Modenschau und macht mit der Pocketkamera Fotos davon, und wir müssen mit den Sachen in die Schule gehen. Elsa versteckt die *Fruit-of-the-Loom*-T-Shirts, die sie in Neckargemünd in Geschäften klaut, hinter ihrem Turnzeug im Schrank und packt sie morgens in den Ranzen, um sich vor der Schule noch schnell umzuziehen. Ich traue mich nicht, zu klauen. Aber wenn ich für Papa das *Neckargemünder Ortsgespräch* austragen gehe, lege ich den Zeitungspacken auf dem Fußabtreter ab, sobald ich zur Haustür raus bin, und schnüre die weiten Hosenbeine mit Schnürsenkeln enger, damit es nicht ganz so schlimm aussieht.

Vor manchen Auffahrten werde ich mit jedem Schritt langsamer. Wegen der Hunde. Die sind zwar hinter dem Gartentor oder einer Hecke oder an einer Kette, aber wenn sie aufspringen und losrennen und dabei laut kläffen, mach ich mir dabei trotzdem fast in die Hose. Ich weiß ja, an welchen Häusern die Hunde wohnen. Aber wenn ich zur Hausnummer 38 will, da führt eine lange Auffahrt an einer hohen Hecke vorbei und hinter der Hecke wohnt Nike, ein schwarzer Riesenterrier, und ich weiß immer nur, dass es mich ab irgendeiner Stelle aus der Hecke ankläffen wird und schon das zu wissen, macht, dass meine Handflächen ganz feucht werden. Es gibt auch Hunde, die ich kenne und mag. Phylax zum Beispiel, der Anatolische Hirtenhund von Frau Bielitz, die ein paar Häuser die Straße runter wohnt. Der kommt zwar auch bellend hinter der mit Weinreben bewachsenen Fassade hervorgepest, wenn ich das *NO* in die Zeitungsrolle schieben will, aber dann erkennt er mich und steckt seine Schnauze durch die geschmiedeten Stäbe und lässt sich streicheln. Oder Scheitan, eine Mischung aus Golden Retriever und Labrador, der Hund von meiner besten Freundin Lottchen, die gegenüber wohnt. Der ist zwar stürmisch und springt mich an, wenn ich sie besuche, aber vor dem hab ich keine Angst. Ganz anders als vor Nero, dem schwarzen Neufundländer, der das Haushaltswarengeschäft von Mimis Mutter bewacht. Nero ist ein richtiger Hofhund, der liegt an einer Kette, auch wenn er ganz gutmütig ist, wenn ich mit Mimi im Raum hinter der Ladentheke bin, aber wenn er laut kläffend über den Hof stürmt, wenn man am Hof vorbeigeht, weiß ich nicht, ob er dann wüsste, dass wir eigentlich Freunde sind. Zum Glück gehört die Heidelberger Straße nicht zu meinem Gebiet. Das *Neckargemünder Ortsgespräch* wird von Papas Ortsverein rausgegeben und ich kriege zwei Mark fürs Austragen. Mein Gebiet sind die Gaiberger Straße, der Marktweg, der Verbindungsweg, die Gartenstraße, der Lilien-, Rosen- und Tulpenweg, der Kohlackerweg und am Hang. Da wohnen ziemlich viele von den Jungs, die mit mir zur Schule gehen. Und das ist noch schlimmer als die Hunde.

Wenn man nur an einem Grundstück vorbeigeht, könnte man ja denken, dass ich auf dem Weg zum Flötenunterricht bin oder zum Mädchenturnen. Aber wenn ich am Vorgarten vorbei oder über den Garagenvorplatz zum Briefkasten gehe, ist ja klar, dass ich genau da hinwill. Und wenn mich dann einer von denen sieht, bevor ich am Briefkasten bin und das NO reinstecke, denkt der bestimmt, dass ich was von ihm will. Geht ja den ganzen Tag im Klassenzimmer schon so, mit Zettelchen: »Hallo X., die Y. will was von dir.« Oder noch schlimmer, wenn durchs halbe Klassenzimmer geschrien wird: »Die is sowieso verknallt in dich!« Ich werd da sofort rot, auch wenn es nie um mich geht, aber allein die Vorstellung, jemand könnte vor allen anderen meine Gefühle bloßstellen.

Am schlimmsten sind die Sackgassen oder die mit dem Wende-hammer, so wie der Lilienweg. Wenn man von der Gartenstraße in den Lilienweg einbiegt, kann man nur zu Gudruns Haus oder zu Hans' Haus wollen, mehr Häuser gibt's da nicht. Bei Gudrun ist das nicht so schlimm, die haben keinen Hund, und Gudrun geht mit mir in die Klasse, da hab ich nur vor der Mutter Angst, die ist Mathematikprofessorin und lebt alleine mit Gudrun und ihrer Schwester, aber sie ist eh fast nie da. Im Tulpenweg wohnt die Lehrerin von der Parallelklasse, ihr Sohn geht in meine Klasse. Und vorne an der Ecke Gartenstraße/Kohlackerweg wohnt Ste-fan, der geht auch in meine Klasse. Ich will gar nichts von denen, aber das ändert ja nichts dran, dass die das denken könnten. Mit Hans, der im Lilienweg wohnt, ist das ein bisschen anders. Unsere Eltern sind befreundet und wir spielen miteinander, seit wir klein sind. Früher haben wir ganz oft Heiraten gespielt, dann haben wir uns untenrum ausgezogen, und Hans hat sich in meinem Stock-bett nackt auf mich gelegt, und wir haben Hochzeitsnacht gespielt. Danach haben wir uns wieder angezogen und uns auf die unterste Treppenstufe gesetzt. Manchmal hat Mama uns dann Apfelmus oder so was in Glasschälchen gebracht, das war unser Hochzeits-mahl. Aber das ist schon lange her, denn mein Stockbett hatte ich ja, bevor Elsa zu uns gekommen ist, danach hat sie das obere Bett in ihr Zimmer gekriegt.

Mit Hans spiele ich jetzt andere Sachen. In den Schulpausen lasse ich mich auf den Boden fallen, wenn ich von einer Polizei-kugel getroffen werde. Ich falle als Brigitte Mohnhaupt zu Boden, Hans ist Christian Klar. Wir spielen RAF, und die Guten sind wir, nicht die Polizei. Brigitte Mohnhaupt und Christian Klar sind auf den Fahndungsplakaten, die im Verbindungsweg vor der Postfiliale hängen. Aber ich kenne ihre Namen nicht von den Plakaten. Papa unterrichtet am Wirtschaftsgymnasium, seine Schüler sind schon älter, häufig kommen sie abends vorbei, um mit ihm zu diskutieren. Oder das halbe Lehrerkollegium steht bei uns im Garten unter der Silberpappel und um den Grill herum, und ihre Gesprächsfetzen dringen zusammen mit dem Bratwurstgeruch hoch in den ersten Stock, wo ich am offenen Fenster lehne und die langen Wollkordeln, die ich mit der Tochter eines Kollegen gedreht habe, an der Fensterstrebe festknote. Die Dinge, über die sie sprechen, stehen in irgendeiner Verbindung mit den Plakaten an der Postfiliale und irgendwie auch mit Papas Kollegin am Wirtschaftsgymnasium Wiesloch, deren Mann sie eingesperrt haben. Gestern saß sie mit Papa in seinem Arbeitszimmer, ich sollte solange mit ihren Kindern spielen. Ich kann mich nicht entschließen, Angst vor Menschen zu haben, mit denen mein Papa an der Schule unterrichtet, und vor ihren Kindern, mit denen ich mir Limonadengläser teile, habe ich auch keine Angst. Es klingelt auch nie jemand bei uns und will in meinem Bett schlafen oder mein Taschengeld haben, denn so machen es die Terroristen, hab ich gehört.

Am Wochenende krieche ich durch Spinnweben und feuchtes Unterholz und komme mir vor wie eine Jägerin, wenn an einem Kiefernstamm plötzlich zwischen feuchtem Laub eine Krause Glucke hervorguckt. Mit dem Pilzmesser kappe ich den gelben Pilz, der aussieht wie ein Badeschwamm, dicht über dem Waldboden und klopfe die Kiefernnadeln ab. Papas grüne Cordhosen haben feuchte Flecken an den Knien, wie meine, und als wir zurückkommen, bringen wir die verdreckten Schuhe in den Keller und breiten die Stockschwämmchen und Hallimasche und Hexenröhrlinge und meine Krause Glucke zum Trocknen auf einer Lage Zeitungspapier aus und ich hoffe, dass sich nicht allzu viele Mininacktschnecken in ihrem Röhrengewebe versteckt halten. Der bärtige Mann mit den Cordhosen ist mein Papa, der in diesem Dorf groß geworden ist und der sich so gut mit Pilzen auskennt, dass die Leute mit ihren Körben zu uns kommen und ihm die Pilze zeigen, bei denen sie sich nicht sicher sind, und das würden sie doch nicht tun, wenn er ein Terrorist wäre oder Terroristen gut fände.

Mein Papa, die RAF, die drei Musketiere, Robin Hood, Patroklos und Achilles. Ich lebe in einer Welt, die nicht ist, wie sie sein könnte, und der Weg, daran etwas zu ändern, ist ganz klar der Kampf.

Gerade klare Menschen wär'n ein schönes Ziel, Menschen ohne Rück-grat haben wir schon so viel. Das ist nicht von Papa. Das ist von Bettina Wegner. Papa hat es nur aufgeschrieben. Auf die linke Seite in mein Poesiealbum, da, wo die anderen Tiersticker oder Glanzbilder oder getrocknete Blumen hinkleben. *Geh deinen Weg. Aber schwimm nicht, weil's bequem ist, mit dem Strom. Tu, was du für richtig befindest, aber hüte dich vor denen, die die Wahrheit gepachtet haben.* Das hat Papa auf die rechte Seite geschrieben. Das ist von ihm. Er hat eine schöne Schrift. Und ich will das auch versuchen. Ein gerader, klarer Mensch zu sein. Nicht mit dem Strom zu schwimmen. Zu tun, was ich für richtig befinde. Ich fühle mich besonders, dass er mir das zutraut. Nur, wie ich mich vor denen hüten soll, die die Wahrheit gepachtet haben, hat er leider nicht hingeschrieben.

Zigarettengeld (1985)

Manchmal wird die Frau, die uns die Haare ins Gesicht bürstet und in ihren Damenklamotten in die Schule schickt, auch weich wie das Licht, das durch den Lampenschirm aus Holzfurnier über dem Esstisch fällt, was also abends sein muss, denn sonst würde ja kein Licht durch die Lampe fallen, und dann fällt das weiche Licht auf den Quelle-Katalog und Mama, die nicht größer ist als Elsa und ich, aber viel dünner. Elsas Freundinnen, die schon viel mehr in der Pubertät sind als wir, nennt Mama Maschinen, weil sie selbst einen Körper hat wie ein Mädchen, flach wie eine Hühnerbrust, wie sie immer sagt und dabei auf diese komische Art lacht, die nicht fröhlich klingt.

Ich knie mich auf den Bürgersteig, möglichst nah an den Blumenrabatten, und lege das Päckchen Gauloises aus dem Zigarettenautomat vom Rössel auf den Asphalt. Gucke zu den Fenstern des Mehrfamilienhauses hoch. Zwei stehen auf Kippe, aber vor allen Scheiben sind die Gardinen zugezogen. Selbst wenn da jemand hinter der Gardine steht, sieht er ein Mädchen, das sich hingekniet hat, um sich die Schnürsenkel zu binden. Nicht eines, das sich hinkniet, um hastig mit beiden Händen so viele Margeriten und Astern und Löwenmäulchen und ein paar von den rosafarbenen Blumen, von denen ich den Namen nicht weiß, aus dem Blumenbeet zu reißen. Vor allem die Margeriten sind zäh, bei ein paar kommt ein Stück Wurzel mit, aber die kann ich zu Hause auf der Treppe noch abreißen, wo mich keiner sieht. Ich presse die Hand um die Stängel und lege meinen Anorak so über meinen Unterarm, dass er die abgerissenen Blumen verdeckt, ohne sie zu zerknicken.

»Oh, Blumen.« Papa ist in die Küche gekommen und macht mit der Weinflasche, die er aus dem Kühlschrank genommen hat, eine Geste zu der Vase, in der man die ungleichen und zerfransten Stängel nicht mehr sieht. »Für Mama.« Ich halte ihm das Zigarettenpäckchen entgegen. Er zieht das rote Bändchen ab und will mir die drei in der Zellophanhülle eingeschweißten Groschen in die Handfläche rutschen lassen. Ich schüttle den Kopf.

»Die muss ich Mama zurückgeben. Die hat mir das Zigaretten-geld gegeben.«

»Botenlohn. Haben wir doch gestern Abend noch drüber ge-sprochen. Kannste behalten.«

Drei Groschen, das sind sechs saure Gurken oder sechs Schlümpfe oder sechs weiße Mäuse am Kiosk. Aber als sie das gestern gesagt haben, stand schon die zweite leere Flasche auf der Kellertreppe.

»Wirklich schöne Blumen. Lust auf eine Runde Superhirn?«

Unsere Wohnzimmersessel sehen aus, als hätte man dicke Pols-ter in die Innenseite von Eierschalen gelegt, wenn man einmal drin-sitzt, kommt man nie wieder raus, sagt Großmutter und setzt sich deswegen immer nur mit durchgedrücktem Rücken vorne auf den Rand. Statt Armlehnen haben sie breite Abstellflächen aus Holz, auf die man den Aschenbecher und sein Glas stellen kann, aber man muss sich ganz schön vorbeugen, um an den Couchtisch zu kommen. Ich sitze lieber auf dem Teppich und strecke die Beine unter den niedrigen Couchtisch. Ich schiebe den Strohuntersetzer mit dem Trockenblumengesteck zur Seite und baue das Lochbrett auf. Die Spielstecker sehen aus wie kleine Pilze. Grüne, rote, blaue, orangefarbene, lila und gelbe Pilze. Ich darf anfangen, schirme die bunten Pilze mit meiner aufgestellten Handkante ab, damit Papa nicht sieht, welche Farben ich stecke, dann stülpe ich das kleine braune Visier über meine Auswahl. Ich höre, wie die Tür von Mamas Arbeitszimmer geschlossen wird, und halte kurz die Luft an, viel-leicht will sie nur ins Bad. Papa überlegt kurz, obwohl das für den ersten Versuch gar nicht nötig ist, dann nimmt er einen kleinen grünen Pilz und steckt ihn in das Lochbrett. Als er nach einem wei-ßen greift, geht die Zwischentür, hinter der es zu Mamas Arbeits-zimmer, zum Schlafzimmer, zum Bad und zu uns nach oben geht. Papa hat den weißen Pilz neben den grünen gesteckt und jetzt noch einen braunen und einen orangenen in der Handfläche lie-gen. Mama geht in die Küche. Während ich drei weiße Stecker zu-sammensuche, geht die Kühlschranktür auf und wieder zu und ein Glas wird auf der Arbeitsfläche abgestellt.

»Oooch nö, wer hat denn diese Sauerei im Ausguss veranstaltet?«

Ich hab die ungleichen Stängel über der Spüle gerade geschnitten und ein paar Blättchen abgezupft. Aber eigentlich hab ich die mit der Handkante alle aus dem Becken geholt und in den Mülleimer geschmissen. Ich stecke die drei weißen Stecker neben Papas erste Reihe, »dreimal die Farbe richtig, aber keiner an der richtigen Stelle«. Wenn sie aus der Küche kommt, muss sie die Vase auf dem Esstisch sehen.

»Sag mal, wo sind eigentlich meine Zigaretten, das ist doch jetzt bestimmt schon 'ne Stunde her, seit ich dich geschickt habe?«

Mit dem Glas in der Hand steht sie am Rand des Teppichs. Papa guckt kurz zu ihr hoch und weist auf die offene Packung, die neben seinem Glas liegt.

»Und das Wechselgeld?«

»Aber ihr habt doch gestern gesagt …«

»Na klar, das Frolleinchen legt sich's mal wieder zurecht, wie es ihr passt!« Papa macht eine beschwichtigende Geste.

»Das bestimmst jetzt wohl neuerdings du selbst, ob du mir Geld zurückgibst oder nicht? Das ist immer noch mein sauer verdientes Geld, aber das interessiert dich natürlich nicht.« Die drei Münzen liegen neben dem Karton mit den übrigen bunten Spielsteinen auf dem Couchtisch. Ich greife danach, da legt Papa seine Hand auf meine und schüttelt den Kopf. Sie steht jetzt neben mir am Teppichrand, ich kann ihr Parfüm riechen, drehe mich zu ihr um, ihre Knie, an denen der Rocksaum endet, vor meinem Gesicht. »Und du brauchst ihr jetzt gar nicht beizuspringen, du bist ja eh immer auf ihrer Seite, schon klar. Hauptsache, Mama ist die Böse.« Mit einer verkrampften Handbewegung greift sie nach der Zigarettenpackung und drängt sich zwischen dem Couchtisch und Papa zur Schrankwand durch. Vor der Stereoanlage geht sie in die Knie und zieht eine Schallplatte aus der Hülle. Ihre weiße Feinstrumpfhose schlägt an ihren Fußgelenken Falten, sie hat wahnsinnig dünne Beine. »Muss schön sein, hier einfach so rumsitzen zu können, solange man einen Depp hat, der sich für alles verantwortlich fühlt.«

Die Nadel landet nicht genau am Anfang der Rille, als sie auf der Schallplatte aufsetzt, *den ganzen Tag auf ihrer Fensterbank, lässt ihre Beine baumeln zur Musik*, Mama dreht die Lautstärke hoch und richtet sich auf, die Plattenhülle mit Herbert Grönemeyer mit sehr roten Lippen und Seitenscheitel wie ein Schutzschild vor ihrem Körper, *der Lärm aus ihrem Zimmer macht alle Nachbarn krank.* Ich räume die bunten und die weißen Stecker aus dem Lochbrett zurück in ihre Fächer. Das geht jetzt den Rest des Abends so, immer dieselbe Plattenseite, und damit sie die Platte auch in der Küche noch richtig laut hören kann, ist hier an ein Weiterspielen nicht zu denken. »Ich frag mich ja sowieso, wie du bis zum Abendessen noch die Wäsche aufgehängt haben willst, und ich wette, wenn ich jetzt zu euch hochgehe, ist da auch noch nicht gestaubsaugt.«

Es ist aber auch wirklich nicht einfach, mich zu lieben.

»Kommst du mit, Getränke holen?«

Papa erlöst mich. Getränke Schrödel ist in einer riesigen Halle, in der die Getränketürme bis hoch unters Hallendach ragen und Gabelstapler mit Sprudelkisten und Limonadenkisten und Bierkisten durch die Gänge kurven. Ich darf auf die Getränkekästen auf unserem Wagen klettern, und Papa schiebt mich durch die Gänge, und an der Kasse darf ich mir einen Riegel aussuchen, Banjo oder Raider oder Nuts, und wenn Papa bezahlt hat, kriege ich von der Frau an der Kasse eine Handvoll Nick-Knatterton-Aufkleber, die klebe ich dann an meine Zimmertür.

Der Rollladen (1985)

Großmutter stellt das Bügeleisen auf das Gitter am Bügelbrett und zieht den Stecker. »So. Mach mal das Radio aus, und sag Elsa, sie soll sich fertig machen. Wir fahren jetzt in die Stadt, da sucht ihr euch was Schönes aus.«

Ich finde es ja normal, dass Papa samstagmorgens in seinem Frotteebademantel über dem Schlafanzug barfuß und ohne vorher ins Bad zu gehen zum Frühstück kommt, aber es macht schon einen Unterschied, wenn dann Großmutter schon am Frühstückstisch sitzt, den Rücken unter der cremefarbenen Seidenbluse durchgedrückt, am Kragen die Brosche mit der Gemme, den grauen Wollrock faltenfrei über den Knien glatt gestrichen. Und wenn sie sich zu mir runterbeugt, um mir einen Guten-Morgen-Kuss zu geben, riecht sie nach Wella-Haarspray und nach Kölnisch Wasser, das sie sich hinter die Ohren tupft, und nach Odol. Mit Großmutter kommt immer der gute Geruch. Schon als wir gestern auf dem Parkplatz vor der Garage die Tür zu ihrem vw-Käfer aufgemacht haben, hat der ganze Innenraum nach Brot und Kaffee gerochen. Das macht sie immer, wenn sie uns besuchen kommt, einen Korb mit Lebensmitteln mitbringen, *Ahle Worscht* aus der Fleischerei Sippel, das ist so eine Hartsalami, einen großen Laib Bauernbrot, ihren selbstgebackenen Nusskranz und eine Packung Kaffee, die Bohnen lässt sie im Laden frisch mahlen. Im Handschuhfach hat sie immer eine Blechdose mit Himbeerbonbons. Und wenn Elsa und ich sie in Bad Hersfeld besuchen und sie die Haustür aufschließt, riecht es nach geschmolzener Butter und frisch gebratenen Frikadellen. Die fertig gekochten Kartoffeln hält sie im Topf unter ihrem Federbett warm, während sie uns vom Bahnhof abholt, und auf dem Brettchen neben dem Herd liegt schon die frisch gehackte Petersilie aus ihrem Garten, die sie in die zerlassene Butter streut, und zum Nachtisch gibt es Karamellpudding mit Schokostreuseln, »Kamelpudding mit Mäusedreck«, sagt sie dazu. Nach dem Essen lüftet sie den Bratgeruch aus der Balkontür und mahlt Kaffeebohnen. Überhaupt riecht alles, was mit Großmutter zu tun hat, gut. Sie klopft den Salzstreuer auf den Tisch, um die verstopften Öffnungen freizukriegen, und schüttet sich dann ein bisschen Salz in die Handfläche. »Welcher Vollidiot war das denn?« Papas ausgestreckter Arm zeigt auf den runtergelassenen Rollladen. Aus seinem Bademantel ragen wirklich ganz schön viele gezogene Fädchen. Mama will ihm immer einen neuen kaufen, aber er findet, dass der doch noch gut ist. »Wie oft muss ich eigentlich noch sagen, dass der nicht mehr hochgeht? Seit zwei Wochen ist der jetzt kaputt, das muss doch inzwischen selbst im kleinsten Idiotenhirn angekommen sein!« Großmutter hat den Salzstreuer zurück auf die Tischdecke gestellt und mit den Fingerkuppen ein bisschen Salz aus ihrer Handfläche über ihrem geköpften Ei zerrieben. Dann hat sie den Blick gehoben und sich mit der Serviette die Mundwinkel abgetupft. »Der Vollidiot war ich.« Dabei hat sie ihren Stuhl nach hinten geschoben und ist kopfschüttelnd aufgestanden, aber angeguckt hat sie dabei nicht Papa, sondern Mama.

Elsa und ich haben nach dem Abräumen die Küchentür hinter uns zugemacht und den Geschirrspüler so langsam wie möglich eingeräumt. Als ich wieder rauskomme, um die Tischdecke auszuschütteln, sitzt niemand mehr am Esstisch, aber es riecht nach Zigarettenrauch, und die Terrassentür steht offen. Durch den Türrahmen sehe ich Großmutter auf der Terrasse an der Wäschespinne stehen. Sie nimmt Wäsche ab. An manchen Stellen hängen die Zweige vom Essigbaum so dicht über der Wäschespinne, dass sie den Kopf einziehen muss. Sie faltet jedes einzelne Wäschestück sorgfältig, bevor sie sich bückt und es in den Korb legt. Als sie sich aufrichtet, legt sie die Hände in den Rücken, zwischen Rocksaum und Seidenbluse, so bleibt sie kurz stehen, ihr Blick wandert durch den Garten. Als sie sich wieder zur Wäschespinne dreht, bemerkt sie mich. Sie deutet auf den Essigbaum, zieht die Schultern hoch und macht mit den Händen eine Geste der Verständnislosigkeit. Als sie Mama gestern gefragt hat, warum der so dicht an der Wäschespinne steht, hat Mama ihr erklärt, dass sie keine Lust hat, immer die Wäschespinne im Blick zu haben, wenn sie auf der Terrasse sitzt. Deswegen hat sie sie so weit wie möglich am Terrassen-rand einzementieren lassen. Daran, dass der Essigbaum ja auch wächst, hat sie nicht gedacht. »Man kann's halt nicht nur schön haben im Leben. Aber das wirst du schon auch noch merken«, hat Großmutter gesagt und dabei zu Papa geguckt. Warum Großmutter Papa nicht leiden kann, weiß ich nicht.

Aber solange es uns gibt, hat sie gesagt, kommt sie uns be-suchen. Da schläft sie eben auch in der Höhle des Löwen, wie sie Papas Arbeitszimmer nennt. Das ist oben bei uns, und da steht die Polsterliege, auf der Papa sonst manchmal Mittagsschlaf hält. Auf Papas Schreibtisch steht auch das zweite Telefon. Seit ich weiß, dass Caterina Valente einfach so im Telefonbuch steht und ganz in der Nähe wohnt, in Oberflockenbach, sitze ich abends manch-mal vor dem Telefon in der Abendsonne, die durch das bodentiefe Fenster hinter Papas Schreibtisch fällt, und starre das Telefon an. Und die Nummer von Caterina Valente, die einfach so im Telefon-buch steht. Oberflockenbach ist gleich hinter Heiligkreuzsteinach, und aus Heiligkreuzsteinach kommen ein paar Mädchen aus Elsas Klasse. Aber die Nummer zu wählen trau ich mich dann doch nie.

Caterina Valente ist meine Lieblingsschauspielerin, und mein Lieb-lingslied ist *Tipitipitipso*. Ich würde gerne so gut singen und tanzen können. An der Schule bin ich in der Theater-AG von Frau Hüfner, ich habe sie gefragt, ob wir auch ein eigenes Stück aufführen kön-nen, und als sie Ja gesagt hat, hab ich ein Stück geschrieben, das ist so ein bisschen wie *Hier bin ich – hier bleib ich* mit Caterina Va-lente, eine Verwechslungskomödie mit Tanz, allerdings ohne singen, und ich spiele die Hauptrolle, und Tina, die in der Klasse neben mir sitzt und enge Hosen mit Zebramuster trägt und deren Eltern sie zu Hause Partys feiern lassen, versteckt ihre roten Haare unter einer Baskenmütze und spielt die männliche Hauptrolle. Weil ich in der Rolle auch tanze, habe ich ein Balletttrikot an, und Groß-mutter hat versprochen, mir ein Tutu zu nähen.

»Kommst du mit runter zum Bügeln?«

Ich bin gern mit Großmutter in der Waschküche, wo sich in den Fugen der Fußbodenkacheln die weichen Flusen sammeln, die so leicht sind, dass sie bei jedem Luftzug davonhuschen wie aufgeschreckte Silberfischchen.

Vom Vorraum aus gehen lauter Türen ab, durch eine kommt man in den Durchgang zum Heizungskeller und zur Garage, eine geht zur Waschküche ab und eine zum Hobbyraum. Die Tischtennisplatte und das Dartboard an der Wand benutzen wir eigentlich nie. Als ich kleiner war, haben wir hier Kindergeburtstage gefeiert, und Papa hatte eine weiße Schürze an und eine Kochmütze auf und hat auf dem Campingkocher Cocktailwürstchen für alle warm gemacht, dazu gab's Nudelsalat mit Mais und Fleischwurst und Erbsen und Möhrchen aus der Dose, und hinterher haben wir Polonaise die Kellertreppe hoch gemacht. An der weiß gestrichenen Backsteinwand hängt ein altes Mühlenrad, drunter steht eine mit Bast umwickelte Chiantiflasche mit einer Kerze drin auf einer roten Holzkiste. Früher haben Mama und Papa hier auch Partys gefeiert, aber die kenne ich nur von Fotos. Das einzige Fenster ist winzig und mit Draht vergittert. Alles voller Weberknechte, und wenn der Abfluss an der Treppe draußen mit Blättern verstopft ist, staut sich das dreckige Wasser und fließt unter dem Türschlitz nach innen. Am anderen Ende vom Hobbykeller geht die Tür zur Vorratskammer ab, in dem hohen Metallregal an der Wand stehen die Kompottgläser mit den eingelegten Pflaumen und Mirabellen und Erdbeeren, die Großmutter uns immer mitbringt, und eine Holzstiege mit Äpfeln und Kartoffeln und die Kartons mit den Weinflaschen. Auf den Kartons ist eine gelbe Sonne und drunter steht »*Badischer Wein von der Sonne verwöhnt*«. Ich mag den Vorratskammergeruch, aber ich gehe da nicht gerne hin, wenn sie mich schicken, noch eine Flasche Wein zu holen, weil ich dazu die Kellertreppe runter muss und ich mich fürchte, dass von unter der Treppe ein langer Arm durch die gelben Geländerstreben greift und mich am Knöchel festhält, und vor den Weberknechten und Spinnen im Hobbyraum grusle ich mich auch. Aber die Waschküche mag ich.

Eigentlich macht Tante Beck unsere Wäsche, aber wenn Großmutter zu Besuch ist, finde ich sie oft in der Waschküche, wenn ich aus der Schule komme. Dann stelle ich nur schnell meinen Ranzen im Flur ab und höre schon auf der Kellertreppe die klassische Musik. Tante Beck hat immer Hosen an und zieht sich einen Kittel über, wenn sie zum Saubermachen kommt oder die Wäsche macht. Großmutter sitzt in ihrer cremefarbenen Seidenbluse mit der Gemme am Kragen am Bügelbrett. »Du darfst nie die Fassung verlieren«, sagt sie, und: »Auch wenn die Welt untergeht, achte darauf, dass du saubere Strümpfe anhast und eine gebügelte Bluse.« Dann steht sie auf und streicht sich den Rock glatt. »Sei nicht traurig, dass ich morgen schon wieder fahre. Ihr kommt mich ja bald besuchen. Und jetzt fahren wir erst mal nach Neckargemünd und kaufen Tüll und Gummilitze für deinen Tutu. Dass deine Mutter aber auch so eine schlechte Vorratshaltung hat.«

Als wir die Kellertreppe hochkommen, ist Papa mit Mephisto im Wald, und Mama sitzt unter ihren gepolsterten Kopfhörern auf dem Sofa, an der Schrankwand lehnt die Fats-Domino-Plattenhülle. Großmutter findet Fats Domino furchtbar. Mama sieht sehr klein aus in dem riesigen Sofa mit den gewölbten Polstern und dem großen Weinglas auf der Seitenlehne und den gigantischen Kopfhörern, unter denen sie fast verschwindet.

Jump (1985)

»Erst muss ich mir jeden Tag anhören, dass jetzt *alle* diese Sweat-shirts haben, und wenn ich dann welche bestelle, ist es auch wieder nicht recht.«

Manchmal sind die Klamotten, die Mama uns neu kauft, noch schlimmer als die, die sie bei sich ausmistet und an uns weitergibt. Am hässlichsten ist die blaue Hose mit dem Paisleymuster und dem breiten Gummizug. Paisleymuster ist ja auf den indischen Halstüchern ganz o. k., wie sie jetzt alle haben, meins ist hellblau mit silbernen Lurexfäden. Aber auf Hosen geht Paisley gar nicht, und dann gehört da noch ein blaues Sweatshirt dazu, das hat auch Paisleymuster. Ich fühle mich ja eh schon hässlich, auch wenn es besser wird, seit Mama so oft zur Kur ist. Papa sagt nie was, deswegen hab ich ja jetzt auch das Lurextuch und eine Tube mit Glitzergel oben im Bad, aber das benutze ich nur, wenn ich auf eine Party eingeladen bin.

Ich nehme die Leine vom Garderobenhaken, Mephisto springt wie bekloppt an mir hoch und runter, ich krieg fast die Leine nicht an seinem Halsband eingehakt. »Den Hund liebt ihr mehr als mich«, sagt Mama immer, »wehe, wenn der eines Tages abhauen würde, da wär das Drama groß. Wenn ich nicht mehr wäre, würdet ihr das gar nicht merken.« Mephisto ist ein Rauhaardackel, und wir haben den von einer Frau aus Mamas Volkshochschulkurs. Mephisto haben Mama und Papa ihn genannt, weil sein Vater Faust hieß und dessen Vater ein Pudel war. Die anderen Hunde in der Straße haben ja auch komische Namen, aber die sind wenigstens nur zweisilbig und lassen sich leichter rufen. Wenn Mama Mephisto zum Pinkeln rauslässt und will, dass er wieder reinkommt, steht sie in der Terrassentür und schreit ganz laut me-phisssto!

Es ist grau und ich bin noch nicht am Waldrand, als der Sprühregen seine Miniperlen schon überall über Mephistos Fell und meinen Haaren verteilt hat. Ich laufe nicht den Weg entlang, sondern über den Acker. Die nassen Erdklumpen bleiben an meinen Schuhen kleben, und die Furchen sind so schmal, dass ich keine richtige

Trittfläche finde und immer abrutsche, während Mephisto mich an der Leine über den Acker zerrt. Ich habe eine unfassbar hässliche Hose an. In meiner unfasslich hässlichen blauen Hose mit Paisleymuster bleibe ich mitten auf dem Acker stehen und lege den Kopf in den Nacken. Ich kriege den Sprühregen ins Gesicht und meine feuchten Haare kleben mir auf der Stirn, der Himmel über mir ist grau, und ich höre die Krähen und weiß, dass ich irgendwann wieder zurückmuss, aber für einen Moment überkommt mich ein unfassliches Gefühl, ein Gefühl von Befreiung und Glück und Richtigsein. Als wäre irgendwas in mir kurz vor dem Zerplatzen. Wie am Samstag bei der Party im Keller von Tinas Eltern, als ich meine Haare mit Glitzergel zurückgekämmt hatte und wir alle zu *Jump* von Van Halen gleichzeitig mit gereckten Fäusten in die Höhe gesprungen sind.

In der Sonne (1986)

Die Nick-Knatterton-Aufkleber von meiner Tür abzukriegen ist mühselig. Sie lassen sich nie am Stück abziehen, und die Restfitzelchen mit dem Fingernagel abzukratzen, dauert ewig. Papa hat gesagt, es kann sein, dass die vielleicht nicht mal die Türen und die Teppiche drinlassen, wenn hier jemand anderes einzieht. Die Aufkleber muss ich trotzdem abmachen. Mamas und Papas Schlafzimmer werde ich nicht vermissen, und das mit den Aufklebern ist auch nicht so schlimm. In Wiesloch, wo wir jetzt hinziehen, gibt es ein Freibad, und Papa hat gesagt, wenn wir die Wohnung putzen und er sich nicht um eine Haushaltshilfe kümmern muss, kriegen wir dafür mehr Taschengeld. Vor dem Umzug fahren wir noch in den Urlaub nach Frankreich ans Meer.

Als ich gerade die *Fisher-Price*-Parkgarage zu den anderen aussortierten Sachen für den Sperrmüll an den Straßenrand stellen wollte, sind Wolfgang und Stefan aus meiner Klasse die Straße runtergekommen. Wolfgang konnte es gar nicht fassen, dass ich die Parkgarage wirklich hergebe und hat zwei Mal nachgefragt, und da hab ich's mir fast noch mal anders überlegt, die hat sogar einen Aufzug, mit dem man die Autos hochkurbeln kann, aber ich hab sie ihm trotzdem gegeben, schließlich ziehen wir jetzt in die Stadt, und ich spiel nicht mehr mit Fisher Price. Papa hat gesagt, dass oben noch mehr ist und sie gerne gucken können, ob da was für sie dabei ist, und dann sind sie mit hoch und eine halbe Stunde bei der Hitze unter der Dachschräge rumgekrochen und haben irgendwelche technischen Ersatzteile gefunden, die sie noch verbauen können, während ich meine alten Puppen, mit denen ich schon ewig nicht mehr spiele, in die Ausmistekiste gelegt habe, in der schon Onkel Otto liegt, eine Clownspuppe mit abstehenden roten Haaren, und die Kasperlepuppen und eine von diesen Puppen, die in einer Art Schultüte stecken, mit Stab unten dran, an dem man sie hochdrückt. Viele von den alten Spielen, bei denen Spielfiguren fehlen oder die Magneten ab sind wie bei den Angeln vom Fischeangeln oder mit denen wir einfach nicht mehr spielen wie das mit den bunten Plastikfröschen, denen man auf den Schwanzstummel drückt, damit sie möglichst weit springen. Von ein paar Sachen kann ich mich nicht trennen, auch wenn ich eigentlich zu groß dafür bin. Meine Wackelgiraffe, die in sich zusammenfällt, wenn man unten drückt, und sich wieder aufrichtet, wenn man loslässt. Und bei den anderen Sachen bin ich mir auch nicht sicher, ob ich das nicht doch bereuen werde. Irgendwann hat Papa nach uns gerufen, weil unten an der Straße der Eis-Sabino geklingelt hat. Den Eis-Sabino werde ich auch vermissen. An heißen Sommertagen hat Papa uns oft ein Fünfmarkstück in die Hand gedrückt, und wenn dann 200 Meter die Straße runter der Eis-Sabino sein Glöckchen aus dem Seitenfenster geschwenkt hat, sind wir barfuß über die warme Straße und auf den Stromkasten geklettert, und wenn der orangefarbene vw-Bus dann bei uns gehalten hat, hab ich dem Eismann das Fünfmarkstück und die Glasschüssel hingehalten, für fünf Mark, Vanille, Schokolade, Zitrone, Pistazie, Haselnuss, kein Erdbeer, fünf Mark, das sind 20 Kugeln, und dann hab ich die Glasschüssel mit den bunten Kugeln zurückgetragen, nicht über die Waschbetontreppen, sondern hintenrum, über die kniehohe Betonumfassung und zwischen den Koniferen durch, an der roten Terrasse mit den aufgeheizten Buntsandsteinplatten vorbei zur hinteren Terrasse, wo die in den Waschbeton eingelassenen Kieselsteine sich von unten in die hellblaue Planschbeckenplane drücken und die Boxen die Musik durch die offenen Terrassentüren tragen, *in the clearing stands a boxer and a fighter by his trade and he carries the reminders of every glove that laid him down or cut him 'til he cried out in his anger and his shame*, die Glasschüssel auf den Tisch zu der geöffneten Weißweinflasche und den geäderten Dessertellern aus Glas, die aussehen wie Blätter, den Aschenbecher mit den Gauloises-Stummeln ein bisschen beiseiteschieben, Pistazie mag nur Papa, aber Papa mag eben Pistazie, Mama isst kein Eis, Mamas Eis kommt in Würfeln aus dem Tiefkühlfach und ist schon in ihrem Weinglas.

Und jetzt sitzen Elsa, Papa und ich auf den warmen Steinen in der Garagenauffahrt, wo uns jeder sehen kann, und auf dem

Bürgersteig hängt die die schlaffe Plane vom Planschbecken über dem Kaufmannsladen und Onkel Otto und was wir sonst noch ausgemistet haben, und ich habe Haselnuss und Malaga in der Waffel und Elsa Zitrone und Schokolade, und Papa raucht eine Zigarette. Ganz richtig fühlt es sich noch nicht an, aber wenigstens auch nicht mehr ganz falsch.

Mephisto hat Mama mitgenommen, weil Papa ja uns kriegt, Elsa und mich. Wir weinen sehr um Mephisto.

Zwei Wochen später steht ein Teil der alten Schrankwand in meinem neuen Zimmer und einer von den Sesseln aus Papas Arbeitszimmer im Esszimmer und die Hollywoodschaukel auf dem Balkon, man kommt fast nirgends vorbei. Wenn wir abspülen wollen, müssen wir erst Wasser im Teekessel heiß machen, weil es in der Küche kein heißes Wasser gibt, und der ganze Flur ist mit Papas Bücherregalen vollgestellt, aber Elsa und ich haben jede unser eigenes Zimmer. Ich habe ein Poster mit Morten Harket aus der Bravo an meine Schranktür geklebt und Onkel Otto doch noch vom Sperrmüll gerettet. Unten steht Papa in kurzen Hosen und Sandalen vor unserem grünen Audi und packt den gelben Sonnenschirm in den Kofferraum und einen Korb mit Thermoskanne und Reiseproviant auf den Rücksitz und sagt, um alles andere kümmern wir uns später. Auf der Fahrt wechseln Elsa und ich uns auf dem Beifahrersitz ab mit Kartenlesen. Nach Canet Plage sind es über tausend Kilometer. Irgendwo kurz hinter Montpellier hält Papa an einem Strandparkplatz, und wir legen uns in den Sand, ein paar Stunden schlafen. Die Flics, die uns im Morgengrauen wecken, wollen unsere Pässe sehen. Sie glauben nicht, dass er unser Vater ist. Wir dürfen dann doch weiterfahren.

Ich habe einen knallgelb gestreiften Badeanzug, mein Pony hat in den Monaten, seit Mama ausgezogen war, endlich eine passable Länge erreicht, und unser riesiger Sonnenschirm keinen Schirmständer, weswegen wir ihn tief in den Sand hineindrehen, damit Elsa Schatten hat. Elsa ist weißblond, und ihre helle Haut verbrennt leicht. Ich lege mich in die pralle Sonne und schiebe alle paar Stunden kurz den Stoff von meinem Badeanzug am Oberschenkel ein

Stück hoch, um zu gucken, ob man den Farbkontrast schon sieht. Abends kocht Papa in der gekachelten Küche unseres Ferienappartements, wir essen Wassermelonen zum Nachtisch, und dann gehen Elsa und ich raus auf die Strandpromenade, etwas erleben, auch wenn wir nicht sagen können, was, aber vorher sprühen wir uns die Haare steif und cremen die sonnenglänzenden Gesichter ein, und Papa bleibt in der Ferienwohnung bei den abgenagten Wassermelonenschalen und trinkt Rotwein. Elsa und ich haben das Schlafzimmer, Papa schläft auf dem Sofa. Morgens packen wir den gelben Sonnenschirm und unsere Handtücher ein und legen uns wieder in den Schatten und in die Sonne.

Wir sind nicht die einzigen deutschen Touristen am Strand von Canet Plage. Eine Frau hat ihr Handtuch so dicht neben unsere gelegt, dass wir den Titel des Buches, das sie liest, erkennen können. Einen selten dämlichen Titel, finde ich. *Ich bin o.k., du bist o.k.* Ab da habe ich mehr zu tun am Strand von Canet Plage, als im Stundentakt die Kontraststreifen auf meiner Haut zu überprüfen. Ich kann gar nicht mehr aufhören, mich darüber lustig zu machen, wie albern und banal dieser Buchtitel ist. Außerdem stelle ich fest, dass die Streifen meines Badeanzugs unterschiedlich lichtdurchlässig sind. Die glänzend gelben Streifen sind lichtundurchlässig, aber durch die transparenten zartgelben kommt die Sonne durch. Wenn ich abends aus der Dusche komme, verteile ich After-Sun-Lotion auf meiner gestreiften Haut.

Am Strand von Canet Plage fange ich an zu spüren, dass ich einen Körper habe, über den nicht mehr Mama verfügen darf. Nicht darüber, wie kurz mein Pony sein muss, nicht darüber, wie lange ich in der Sonne liegen darf. Am Strand von Canet Plage reißt eine Windbö unseren Sonnenschirm aus dem Sand und schleudert ihn durch die Luft, treibt ihn über unseren Köpfen aufs Wasser zu und raus aufs Meer, unerreichbar für Papa, der ihm noch ein Stück weit hinterherrennt, ein braungebrannter deutscher Oberstudienrat in altmodischer Badehose, und dann sind es nur noch unsere ungeschützten Körper und die Sonne am Strand von Canet Plage.

Aufbruch

(1986–1993)

Ne sono un Frigorifero (1989)

Monterosso al Mare, Via Zuecca, Gästebett
bei Giorgio und Sanne

Ich will mein erstes Mal unbedingt noch vor meinem Austauschjahr in den USA hinter mich bringen. Und das nicht nur, weil Jungfräulichkeit so wahnsinnig bescheuert klingt und ich die Frage »Are you still a virgin?« nicht mit Ja beantworten will. Ein paar Wochen bevor ich nach Des Moines fliege, fahre ich zu meiner Cousine nach Monterosso al Mare. Monterosso ist das am wenigsten hübsche der fünf Cinque-Terre-Dörfer an der ligurischen Küste. Wäre der Küstenstreifen ein Zimmer, lägen sie an der Kante zwischen Fußboden und Wand, der Fußboden wäre das Meer, die Wand die Weinberge. Alle fünf Orte sind durch Eisenbahntunnel miteinander verbunden, mit dem Auto sind sie nur über steile, kurvige Serpentinen erreichbar, die sich von oben aus den Bergen herunterschlängeln, so schmal, dass man vor jeder Biegung hupen muss, um entgegenkommende Fahrzeuge zu warnen. Monterosso mag das am wenigsten hübsche Cinque-Terre-Dorf sein, aber eben auch das, in dem meine Cousine Sanne seit ein paar Jahren lebt, zusammen mit Giorgio, der aus Monterosso kommt und singt und Gitarre spielt, was nicht unwesentlich den Ausschlag dazu gegeben hat, dass sie jetzt mit Giorgio in Monterosso lebt. Unter der Woche wohnt sie in Genua, wo sie bei Siemens in der EDV-Abteilung arbeitet.

Sanne und Giorgio teilen ihre winzige Wohnung in der Via Zuecca mit mir, ich schlafe in einem Bett, das sich im Esszimmer aus der Wand klappen lässt. Wenn ich gegen elf aufstehe, ist Giorgio schon seit Stunden in den Gassen unterwegs. Die Via Zuecca ist eine schmale gepflasterte Gasse, auf meinem Weg zum Kiesstrand kann ich durch die geöffneten Türen in die Wohnungen hineingucken, die Gasse riecht nach Waschmittel, und zwischen meinen Füßen läuft schäumendes Wasser die Steigung hinunter, über meinem Kopf hängen Zitronenzweige, und überall sind Katzen, natürlich. Monterosso ist zweigeteilt, drüben, auf der anderen Seite des in den Berg gehauenen Fußgängertunnels, liegen der Bahnhof und die Hotels mit ihren zahlungspflichtigen Stränden und den in Reih und Glied aufgestellten gestreiften Sonnenschirmen und Liegen. Giorgios Wohnung liegt im Centro Storico, hier wohnen die Einheimischen, hier liegt die Midi Bar, und hier führt eine steile, in den Fels gehaue Steintreppe runter zum kleinen Kiesstrand. Oben kann man sich ans Geländer lehnen und hat alle im Blick, die unten auf dem Kies liegen. Gegen 17 Uhr kommen die Jungs aus Monterosso an den Strand, lungern angezogen auf dem Kies herum und beschmeißen Touristinnen, die sie attraktiv finden, mit kleinen Steinchen. Ich liege von 11 bis 17 Uhr auf meinem Handtuch auf dem Kies, drehe mich gelegentlich vom Bauch auf den Rücken oder lege mich ins flache Wasser, wo die Wellen über mich schwappen, um noch schneller noch brauner zu werden, wegen der Brechung der Sonnenstrahlen auf der Haut, alle paar Stunden creme ich mich mit irgendwas Öligem ein. Klos gibt's an unserem Strandabschnitt nicht. Wenn ich pinkeln muss, gehe ich die fünf Minuten hoch in die Via Zuecca. Oder ins Meer. Ins Meer zu pinkeln ist o. k., das Meer ist riesig, da verteilt sich das, und anders als die kleinen Kinder schwimme ich wenigstens weit genug raus, bevor ich ins Mittelmeer pinkle. Blöd ist es nur an Tagen, an denen ich menstruiere, weil Tampons ins Meer, das mache ich dann doch nicht.

Zehn Prozent, sagt Sanne. Zehn Prozent aller Ehen in Monterosso sind Ehen zwischen einer Touristin, die in Monterosso hängen geblieben ist, und einem Monterossiner. Meine Cousine ist eine von ihnen. Von umgekehrten Fällen weiß sie nichts. Dass ein Tourist in Monterosso hängen geblieben wäre und eine Monterossinerin geheiratet hätte. Auf der anderen Seite des Fußgängertunnels, der das Centro Storico mit Fegina verbindet, führt eine lange Promenade vorbei an Hotels und Bars und Restaurants mit Panoramaterrasse zum Bahnhof und zum großen bewachten Parkplatz. Am Ausgang von unserer Seite des Tunnels liegt die Midi Bar. Die Midi Bar hat keinen Meerblick. Von den vor der Midi Bar aufgestellten Bistrotischen guckt man auf die Betonpfeiler, auf denen die Eisenbahnstrecke quer durch den Ort führt, und unter denen die Abfallcontainer stehen, um die die Katzen sich herumdrücken. Die Midi Bar hat keinen Meerblick, aber billigen Weißwein und attraktive Kellner und wenn es etwas zu wissen gibt in Monterosso, dann erfährt man es in der Midi Bar, in der um die Osterzeit herum Zettel ausgehängt werden, die auf Italienisch die Jagdsaison für eröffnet erklären. Die Jagd auf Touristinnen. In der Midi Bar gehen sie alle ein und aus, der Fischer Gianni, der seinen Hund Saddam genannt hat, und Raffa, der Ölbilder malt und nicht ganz richtig im Kopf ist. An guten Tagen setzt er sich nur kurz ungefragt mit an den Tisch, an schlechten Tagen schwankt der mächtige Körper, und der Geist schwankt auch, und Raffaele wird aggressiv, man will sich vor ihm wegducken, aber die Kellner haben ein Auge auf ihn, und wenn er jemanden zu sehr bedrängt oder umfällt, bringen sie ihn dazu, die Midi Bar zu verlassen. Ciccio, den alle lieben, der zu Monterosso gehört wie ein Schutzheiliger, Ciccio, klein, verhutzelt, kaum noch Zähne im Mund, ledriges wettergegerbtes Gesicht und kein Alter, das sich benennen ließe. Ciccio ist als Kind in ein Fass mit Bootslack gefallen und seitdem zurückgeblieben, Ciccio lächelt immer, streicht mir und allen anderen anwesenden Frauen über die Wange, setzt sich dazu, brabbelt vor sich hin und kriegt von einem der Kellner einen Vino della Mutua hingestellt, den irgendwer bezahlt.

Auf der anderen Seite des steilen Felsens, in den die Treppe gehauen ist und der den Strand in zwei Abschnitte teilt, sind über einer Betonplattform drei Duschköpfe in der Wand eingelassen. Sobald die Sonne so tief steht, dass die umliegenden Felswände ihren Schatten über den Strand verbreiten, stelle ich mich mit meiner Shampooflasche an den Stufen zur Plattform in die Schlange, bis ich dran bin, mir Steinchen und Salz und Öl von der Haut zu waschen. Abends sitze ich frisch eingecremt und glänzend mit getuschten Wimpern und schweren Ohrgehängen (»sono pesante?«) in der Midi Bar und trinke Vino della Mutua für 600 Lire, das sind ungefähr 85 Pfennig. Davon kann ich mir ziemlich viele Gläser leisten.

Die Midi Bar ist ein guter Ort, um sich die Touristinnen vom Strand anzugucken, wenn sie angezogen und betrunken sind. Oder umgekehrt. Der Strand ist der Ort, an dem sich die angeschickert und angezogen in Augenschein genommenen Touristinnen ausgezogen betrachten lassen. Anyway. Ich falle ein bisschen aus dem Raster. Also nicht, weil ich mich nicht ziemlich ausgezogen oder ziemlich angeschickert in Augenschein nehmen ließe. Aber ich bin ein Hybridwesen. Touristin, klar, mit sehr hohem wenig angezogenen Strandanteil, mit sehr hohem angeschickerten Midi-Bar-Anteil. Aber ich bin eben auch *la cugina di Sanne*, die Cousine von Sanne, und damit part of *la famiglia*, und es gilt: don't fuck the family. Gilt dann aber doch nicht so richtig.

Wenn die Kellner keine Kellner in der Midi Bar sind, sind sie diejenigen, die gegen Spätnachmittag vom Strandfelsen aus die halbnackten Körper abscannen oder unten am Strand herumlungern und die Körper mit Kieselsteinchen beschmeißen. Oder anders, wenn die steinchenschmeißenden Jungs keine steinchenschmeißenden Jungs sind, sind sie Kellner in der Midi Bar.

Ich bin jetzt seit zwei Wochen hier. 14 Abende in der Midi Bar mit fünf, sechs oder sieben Thekengängen jeden Abend, Vincenzo, Davide und Simone haben längst jedes meiner schweren Modeschmuckgehänge gesehen und kommentiert, ich habe Vincenzo, Davide und Simone den verrückten Raffa längst mehrere Male vom Midi-Bar-Freisitz eskortieren und sich seine Pöbelei anhören sehen, ich weiß längst, dass der Vino della Mutua nicht nach einem Hersteller oder Anbaugebiet benannt ist, sondern dass Mutua die italienische Bezeichnung für die Krankenkasse ist und der Wein nur in der Midi Bar so genannt wird, weil er so billig ist, dass selbst Rentnerinnen, Arbeitslose und ärmere Menschen ihn sich leisten können, Krankenkassenwein eben. Vinzenco ist mit Luisa verlobt und wäre auch ohnehin nicht mein Beuteschema. Simone hingegen ist kahl geschoren, grinst gerne diabolisch und hat einen sehr entwaffnenden Blick, der mir zu signalisieren scheint, dass mein ganzes Theater bei ihm nicht nötig wäre. Und Davide, ich kann mir nicht helfen, ausgerechnet ich, die im Kunst-LK nicht wirklich gut aufgepasst hat und schon gar nicht, als es um die Antike ging, aber den David von Michelangelo, den hab ich mir aus unerfindlichen Gründen doch gemerkt, und auch wenn Michelangelos David mit der Steinschleuder über der Schulter rumsteht und auf Goliath wartet, hat Davide hinter seiner Theke in der Midi Bar mit der Statue nicht nur den Körperbau gemein, sondern vor allem die Frisur, die in die Stirn fallenden Locken, und den gelegentlich fast ein bisschen entrückt wirkenden Blick.

Der Indianer, wie ich ihn nenne, arbeitet nicht in der Midi Bar. Würde ein Indianer vermutlich auch nicht tun, denn natürlich lade ich sämtliche Projektionen und Wünsche auf ihm ab. Der Mann, den ich toll finde, soll ungebunden und rebellisch sein und keinem Dienstleistungsjob nachgehen. Oder so ähnlich. Der Indianer gesellt sich gelegentlich zu uns, wenn wir abends auf der Hafenmauer rumlungern und Giorgio mit einem Freund Gitarre spielt und singt. Wo er herkommt, der Mann, den ich den Indianer nenne, keine Ahnung, vom Fischen oder Jagen, geht meine Fantasie mit mir durch, jedenfalls grüßt er in die Runde, lässt sich auf der Hafenmauer nieder, die nackten Füße baumeln, steckt sich eine Zigarette in den Mundwinkel. Ob er mitkriegt, dass ich ihn ziemlich toll finde, kann ich nicht einschätzen, wohl eher nicht, denn je massiver mein Interesse an jemandem, desto größer mein zur Schau gestelltes komplettes Desinteresse.

»Cioccolatina«, haben sie mich getauft, weil ich nach drei Wochen in der Sonne extrem dunkle Haut habe. In der Dunkelheit leuchtet mein enges weißes Secondhand-Trägerkleid im Kontrast noch stärker. Das Kleid hat Spaghettiträger, die meine Schultern fast komplett freilassen, und ist auf der Vorderseite von oben bis unten durchgeknöpft. Ich möchte mir darin vorkommen wie eine Mischung aus Grace Kelly und Marilyn Monroe und dass der Indianer nicht auf meine Grace-Kelly-Marilyn-Monroe-Mischung im durchgeknöpften Kleid zu stehen scheint, ist zwar romantisch gesehen schade, tut meinem Vorhaben aber keinen Abbruch, denn was ich mit mir und dem Kleid vorhabe, würde mit Gefühlen vermutlich auch nicht so gut funktionieren.

Mein Midi-Bar-Michelangelo-David hingegen findet mich gut. Und ich ihn nicht abstoßend. Vielleicht sogar ein bisschen mehr als nur nicht abstoßend, zumal ich schwer auseinanderhalten kann, ob jemand, der sich sichtbar für mich interessiert, allein durch diese Tatsache auch für mich attraktiver wird, jedenfalls zeigt Davide ziemlich sichtbar und nachweislich Interesse an mir, und ich habe nur noch eine Woche. Insofern lasse ich mich darauf ein, als Davide sich für nach der Schicht mit mir verabreden will. Zum Spazierengehen. Am Strand. Der Strand auf unserer Seite des Tunnels ist keine 300 Meter breit, Sichtschutz bietet sich bis auf ein paar kleine Felsbrocken nirgends. Der Abschnitt links vom Felsen, von dem die steile Treppe abgeht, ist von oben wie von einer Theaterloge einsichtig, und den Abschnitt auf der anderen Seite, wo die Duschen sind, trennt nur ein kniehohes Mäuerchen von der Promenade. Es wird sich herumgesprochen haben, dass Davide heute Abend mit mir verabredet ist. Am Strand.

Die legendäre Michelangelo-Skulptur zeigt David nicht nach seinem Sieg über Goliath, sondern kurz bevor der Kampf beginnt. Die hervorstehenden Adern auf seiner Hand, die Steinschleuder im Anschlag, die angespannte Nackenpartie, die gerunzelte Stirn, körperliche Anzeichen, die als Zeichen seiner Kampfbereitschaft gelesen werden. Nur sein Blick ist in die unbestimmte Ferne gerichtet.

Ich bin nicht Goliath. Davide hat keine Steinschleuder im Anschlag. Von unserer Kampfbereitschaft zeugt höchstens, dass mein weißes Kleid irgendwann aufgeknöpft ist und ich keine Unterhose mehr anhabe und spüre, wie die Kiesel Abdrücke in die Rückseite meiner dunkel gebrannten Oberschenkel pressen, während Davide versucht, seinen Schwanz in mich zu drücken, und merkwürdigerweise gehört das so ziemlich zur einzigen Wahrnehmung, die zu diesem Vorgang passt. Denn er dringt nicht ein, ist kein Eindringling, sondern er versucht, sich in mich zu drücken. Und dass ich dabei so ziemlich keine Empfindung habe außer aha, so ist das also, Sex zu haben, und dass ich mich frage, ob er wohl merkt, dass da etwas im Weg ist, dass ich einen Tampon drinhabe. Ihn vorab rauszunehmen, hätte eine genaue Kenntnis der zeitlichen Abläufe erfordert, ich will ja nicht mein weißes Kleid vollbluten, während wir vielleicht ewig im Mondschein am Strand sitzen, und in dem Moment, in dem wir beide endlich nackt genug und entschlossen genug sind, das miteinander zu versuchen, was irgendwie unter Sex fällt, zu sagen, oh warte, ich muss noch meinen Tampon entsorgen, so entspannt bin ich nicht. Und ganz ehrlich, ich habe auch diese komische Vorstellung, dass das ein geweihter Moment sein und sich alles irgendwie magisch anfühlen muss, Mond und Brandung sind da schon ein guter Anfang, und statt Geigenkonzert genügt es vorerst, dass von hinter dem Mäuerchen zur Promenade kein brüllendes Gelächter oder anfeuernde Rufe kommen.

Irgendwann ist alles vorbei. Über die Empfindung, die jeder von uns dabei hatte, sprechen wir nicht. Ich weiß nicht, ob es für ihn schön war, von befriedigend ganz zu schweigen. Die Frage, ob es für mich schön war, stellt sich mir gar nicht. Die einzige Frage, die sich mir stellt, ist, ob er den Tampon bemerkt hat.

Zurück in der Via Zuecca fällt mir auf, dass ich unter meinem durchgeknöpften nicht mehr ganz so weißen Kleid keinen BH mehr anhabe. Ich nehme mir ein Büchsenbier aus dem Kühlschrank und gehe nochmal zum Strand zurück. Ohne Davide ist es da sehr schön. Zufrieden, das hinter mich gebracht zu haben, sitze ich ohne BH auf den Kieseln, trinke Bier aus der Dose und über dem Meer steht der Mond.

»Ne sono un frigorifero neanch'io.« Ich bin *auch* kein Kühlschrank, versuche ich, Tonio zu vermitteln, dass auch ich durchaus körperlich an ihm interessiert bin, als er seinen Körper gegen meinen drängt, in dem kleinen Verschlag, den Gianni ein paar Stufen oberhalb seines Hauses in den Berg gebaut und mir für meinen Aufenthalt überlassen hat. Drei Jahre nach meiner Entjungferung bin ich wieder in Monterosso, wieder ist es ein Kellner aus der Midi Bar, und auch dieses geplante Sexual Encounter fällt auf einen Tag, an dem ich einen Tampon trage. Aber diesmal bin ich entweder weniger betrunken oder will entschiedener wirklich Sex haben, den Satz mit dem Kühlschrank, der ich nicht bin, hab ich ja nicht umsonst gesagt. Also bitte ich Tonio, kurz zu warten, gehe vor die Tür, ziehe mir unter Sternen den Tampon raus und werfe ihn in hohem Bogen durch die Nacht.

Irgendwann ist es hell, und ich liege alleine auf der schmalen Matratze. Meine Erinnerung an das Dazwischen besteht aus Gerüchen (leicht säuerlich, Scheidenausfluss, Verschwitztheit, später Ejakulat), Reibung (Pulloverreißverschlusskragen auf Blusenknöpfen, faltenschlagende Bettlaken, Eindringen von Körperteilen in nicht ausreichend glitschige Körperfalten) und Gedanken, die an alles andere denken als daran, ob ich mich wohlfühle, ob mir Spaß macht, was ich tue, oder was ich tun kann, damit es mir Spaß macht. Woran ich denke, ist, ob ich genüge. Ob ich es richtig mache. Ob er das mitkriegt. Ob er beim Weggehen den Tampon sieht, der ziemlich gut sichtbar im Ast eines Baumes hängen geblieben ist.

How was your Day (1989)

38th Street, 3-Bedroom House, mit Shirley und Don

Ich gucke *My three sons* mit Fred MacMurray, ich gucke *Father knows best*, ich gucke die *Donna Reed Show*, Filme mit Cary Grant und Montgomery Clift und Clark Gable, ich gucke die *Looney Tunes* auf Nickelodeon und die ganze Werbung dazwischen verschlinge ich auch. Ich verleibe mir ein komplett neues Universum ein, das nur für mich tanzt und singt und sich durchschaubar macht, ein Universum, das nichts von mir will und das ich jederzeit wegschalten kann. Shirley und Don haben Kabelfernsehen, und die Kanäle sind auf einer mit Holzpaneelfolie beklebten Cable Box mit Schiebereglern einprogrammiert. In der Küche ist eine Mikrowelle, im Keller sind zu Zwölferpacks zusammengeschweißte Packungen mit Diet Pepsi und Mountain Dew, und ich sitze auf der Back Porch auf dem Sofa mit meiner Remote Control und zappe mich durch amerikanische Filmklassiker aus den 50ern. Niemand kommt rein und verlangt, dass ich die Wäsche aufhänge oder den Müll rausbringe, und wenn ich ein Auto den Driveway hochfahren höre, schrecke ich nicht zusammen, sondern freue mich auf Shirley und Don, meine Gasteltern.

»Hey sweetie, how was your day today?«

Jemand hat das Drehbuch umgeschrieben. In Des Moines, Iowa, das zwar »not as exciting as California or New York« ist, habe ich plötzlich eine Mutter, die ihre Pumps von den Füßen kickt, wenn sie von ihrem Job bei Hubbell Real Estate nach Hause kommt, Maxwell-House-Hazelnut-Kaffeepulver in zwei Tassen schaufelt, sich in Nylons zu mir an den Tisch setzt und eine Zigarette anzündet und mich nach meinem Tag fragt, während ich Fädchen aus der grün-orange gemusterten Frotteetischdecke ziehe. In Des Moines, Iowa, wo man mich fragt, ob ich from the good part or the bad part of Germany komme, habe ich plötzlich einen Vater, der bei Three E irgendwas mit Elektrik macht, mir gleich am zweiten Tag eine Flasche Wodka auf den Tisch stellt und mich morgens in seinem goldenen Porsche vor der Schule abliefert. »Iowa may not be as exciting as California or New York, but our Highschool has a really fine drama department«, hat Shirley in ihrem ersten Brief geschrieben, und so gehöre ich in Des Moines, Iowa, plötzlich zu den *Drama Fags*, denn so nennen die Jungs von der anderen Seite der Aula, wo das Wrestling-Team und das Football-Team und das Schwimm-Team ihre Umkleidekabinen haben, uns aus dem Drama Department, in dem die Jungs enge Balletthosen tragen und manchmal auch Haarspängchen, mit dem offen schwulen Drama Teacher, der gerne und viel lacht und dafür berüchtigt ist, bei Proben aus einer der hinteren Stuhlreihen sein Schlüsselbund durchs Auditorium zu schmeißen, *Drama Fags*, Theatertucken, nennen sie uns, die Jocks, auch wenn sie damit eigentlich nur die Jungs meinen.

Drama Class ist ein normales Unterrichtsfach. Wir lesen Peter Brooks *The Empty Space* und E. E. Cummings und donnerstags quält uns Greg, ein Tänzer, auf der Bühne des Auditoriums mit Modern Dance. Ich komme nie mit, drehe mich in die falsche Richtung, gerate aus dem Takt, weiß nicht, wie mein Körper von A nach B kommt. Und ich halte alle auf. Denis Hildreth sieht mich patzen und leiden und entscheidet: »I want you to audition for the Nutcracker.« Der Nussknacker ist die diesjährige Weihnachtsaufführung. Auditions sind das öffentliche Vorsprechen, um das niemand rumkommt. Der Nussknacker ist ein Ballett. Bei der Nussknacker-Audition wird vorgetanzt. Und dann warten alle, dass die Besetzungsliste ausgehängt wird.

»So how was your day today?«, fragt Shirley und rührt in ihrem Hazelnut Coffee, und ich erzähle. Dass ich heute im Kunstunterricht meinen Radiergummi fallen lassen und ausgerufen habe: »*Oh I dropped my rubber.*« Nur, dass »*rubber*« hier nicht Radiergummi heißt, sondern Kondom.

»How was your day?«, fragt Shirley und bewegt ihre Zehen in den Nylonstrumpfhosen, und ich erzähle. Dass Marc mich auf ein Double Date mit Gloria und Josh Sears eingeladen hat.

»How was your day?«, fragt Shirley und zieht den Zigaretten-rauch ein, und ich erzähle, dass Bud aus meiner English Class mich *Arm Pits* nennt, weil ich mir nicht die Achseln rasiere.

»How was your date?«, fragt Shirley und näht die beiden Stoff-stücke, die ich aus einem Bettlaken geschnitten habe, zu einer Hose zusammen, und ich erzähle, dass wir beim Italiener waren, und dass Spaghetti with Meatballs nichts mit Spaghetti bolognese zu tun haben, dass Marc Mormone ist und dass es aber auch so nichts mit uns geworden wäre.

»How was your day?«, fragt Shirley und kippt gelbes Pulver aus der Mac-&-Cheese-Packung über die weich gekochten Nudeln, und ich erzähle, dass mein Government Teacher vor der Klasse er-klärt hat, man hätte Fidel Castro bei der Bay of Pigs Invasion gleich mit abknallen sollen.

»How was your day?«, fragt Shirley und ich erzähle, dass Becky mich beim Interview für die Schülerzeitung gefragt hat, ob ich glaube, dass die beiden Deutschlands irgendwann wieder zu-sammengehören.

»How was your day?«, fragt Shirley, während der Junge mit dem Dahl's-Logo auf der Schürze die Packpapiertüten mit unse-ren Einkäufen im Kofferraum verstaut, und ich erzähle von Garin, der mich zu einem Vortrag über Nicaragua im Pathfinder Books-tore eingeladen hat. Ich erzähle immer noch von ihm, als ich die Riesenflasche Clorox Bleach zur Kellertreppe trage. Dass Garin Ballett tanzt und Mitglied in der Young Socialist Alliance ist. Shir-ley räumt die Tetrapaks mit Cholesterol Free Egg Scrambler in den Kühlschrank, während ich weiter vom Mark Curtis Defense Committee erzähle, und als Shirley die Mac-&-Cheese-Kartons in den Vorratsschrank packt, erzähle ich, dass Garin mich Comrade nennt und dass ich da jetzt auch mitmachen will, bei der YSA, und dann reiße ich die Cheerio-Packung auf und schiebe noch schnell hinterher, dass morgen die Besetzungsliste für den Nutcracker aus-hängen soll, bevor ich mir eine Handvoll Cheerios in den Mund stopfe. Shirley hat vier Scheiben Sandwichtoast aus der Packung genommen, sie nebeneinander auf die Arbeitsplatte gelegt und angefangen, den Rand abzuschneiden. Jetzt lässt sie das Messer sinken und guckt mich an. »We need to talk to Carol about this.« Carol ist die Area Representative von YFU, die in Des Moines für mich zuständig ist. YFU ist die Austauschorganisation, mit der ich hier bin. Als Exchange Students stehen wir auch irgendwie für das Land, aus dem wir kommen. Aus politischen Aktivitäten sollen wir uns für den Zeitraum unseres Aufenthalts raushalten, so will es YFU. Die Gurkenrelish-Tube gibt ein schmatzendes Geräusch von sich, als Shirley sie zusammendrückt. »I don't want you to get into any trouble.« Sie verrührt das Relish mit Mayo und Thunfisch und hält mir den Löffel zum Probieren hin.

Am nächsten Tag warte ich nicht auf »How was your day?«, warte nicht, bis Shirley ihre Pumps abgestreift hat. »I made it! I'm one of the Bonbons!«, schreie ich ihr entgegen. Für einen Moment ist es mir egal, ob meine Austauschorganisation mich Mitglied der YSA werden lässt oder nicht. Die Bonbons gehören zur Truppe der Sugar Plum Fairy, der Zuckerfee im Nussknacker, und so stolpere ich im rosa gerüschten Balletttrikot mit weißen Strumpfhosen und einer volleyballgroßen, mit rotem Satin bespannten Pappmascheekirsche auf dem Kopf zwischen den anderen Bonbons hinter Will Schneider her, der in knallengen lila glänzenden Leggins die Sugar Plum Fairy tanzt. Wenn die Bonbons nicht dran sind, sitze ich in einer der Stuhlreihen im Auditorium, und wenn Garin nicht als Onkel Drosselmeyer mit schwarzer Augenklappe über die Bühne schwebt, rutscht er zwischen den Stuhlreihen durch und legt den Arm um mich.

Tagsüber stolziere ich mit Aqua-Net-fixiertem Haarhelm an den Jocks vorbei, abends bin ich abwechselnd ein Bonbon oder höre im Pathfinder Bookstore Vorträge über die Ungerechtigkeiten der Welt, am Wochenende verteile ich mit den Comrades den *Militant* vor den Werktoren von Schlachtbetrieben. Neben all dem bleibt immer weniger Zeit für Hazelnut Coffee und Fädchen aus der Tischdecke ziehen. Ende Oktober wird Shirley auf der Arbeit angerufen, dass sie mich im Office des Principals abholen kommen soll, weil ich im Unterricht angefangen habe zu hyperventilieren. An dem

Tag fragt sie nicht:»How was your day?«An dem Tag legen Don und sie neue Regeln fest: kein Pathfinder Bookstore mehr unter der Woche und Curfew um zehn. Wodka darf ich weiter trinken. Also stolziere ich weiter mit Aqua-Net-fixiertem Haarhelm durch die Gänge und bin weiter ein Bonbon, nur die Working Class muss vorerst ohne mich auskommen.

An einem Tag im November schaufle ich um 19:05 deutscher Zeit in der Schulkantine geriebenen Cheddar über den Salathaufen auf meinem Tablett. In Iowa ist es 12:05. Fünf Stunden später schnalle ich mir in der Umkleide die rosafarbene Kirsche auf dem Kopf fest, und die Weltgeschichte beschließt, ab jetzt ein bisschen mitzureden, wenn Shirley mich fragt, wie mein Tag war.

»Did you know the wall came down?«, haben mich Sugar Plum Fairy und die anderen Bonbons bestürmt, kaum dass ich das Auditorium betreten habe. Ich heule, als ich die Fernsehbilder von den geöffneten Schlagbäumen sehe, aber die Menschen, die sich dort glückstrunken in die Arme fallen, sind mir so fremd wie dieser Sozialismus, in dem sie gelebt haben. Mein Sozialismus findet in Lateinamerika statt. Ich weiß mehr über Che Guevara und die nicaraguanische Befreiungsbewegung als über den real existierenden Sozialismus. Die DDR hat in meinem Universum nicht stattgefunden, und auch mein Iowa-Universum wird schnell wieder von anderen Einschlägen heimgesucht. Im November trennt sich Garin von mir. Im Januar wird die Schule evakuiert, weil jemand eine Rohrbombe in den Kloräumen deponiert hat. Im März legt ein Eissturm die Stadt lahm und halb Des Moines ist drei Tage ohne Strom und Heizung. Im März spreche ich für die Frühjahrsinszenierung vor und kriege die Hauptrolle. Im April werde ich 18 und in den USA bedeutet das gar nichts. Im Mai schmuggle ich Wodka mit Orangensaft in einer Thermoskanne mit zu einem Drama-Class-Wettbewerb und niemand merkt was. Im Juni näht Shirley mir ein Kleid für den Abschlussball und ich verliebe mich ein bisschen in Andie Patrick, meine Freundin Keri bringt mir das Autofahren bei und meine Comrades von der YSA schlagen vor, dass ich als Parteikader in den USA bleibe, statt nach Deutschland zurückzukehren.

Im Juli brüllen sich Papa und seine Freundin, die ein paar Tage in der 38th Street zu Gast sind, bevor wir nach Deutschland zurückfliegen, jeden Abend betrunken an. Das ist die Welt, in die ich zurückkehren soll, und in ihr wird niemand sitzen und abends fragen: »How was your day?«

Gisela, Jutta und die anderen (1986–1993)

Zwischen den Wegen, 3 ½ Zi., mit Papa und Elsa

In der Wohnung, in die wir nach der Scheidung von Mama gezogen sind, ist die Vernachlässigung sichtbar geworden. Hat sich als Fett-Staub-Schicht auf die Oberfläche unserer Küchenmöbel gelegt, weil keine Putzhilfe mehr kommt, sondern ein überforderter 43-jähriger Oberstudienrat seinen pubertierenden Töchtern 25 Mark zahlt, damit sie die 60-Quadratmeter-Dreieinhalbzimmerwohnung im Industriegebiet einer Kleinstadt sauber halten, durch deren gekippte Fenster es abwechselnd nach Gemüsebrühe von der benachbarten Tiefkühlkost-Fabrik riecht oder nach Buttersäure von der Wellpappe, je nachdem, wie der Wind steht, und das heiße Wasser, mit dem die Fett-Schmutz-Schicht sich entfernen ließe, erst im Teekessel auf dem Herd heiß gemacht werden müsste, weil es in der Küche kein fließendes Heißwasser gibt. Weswegen wir es lassen.

Die ersten Monate nach dem Umzug nach Wiesloch, eigentlich das gesamte erste Schuljahr, verbringe ich schlafend. Nachmittags, wenn die anderen aus meiner Klasse zum Volleyballtraining oder zum Klavierunterricht gehen oder sich am Otmar-Alt-Brunnen oder in der Schallplattenabteilung bei Müller treffen, lege ich mich ins Bett und schlafe. Wenn ich aufwache, ist es draußen dunkel, der Speichel, der mir aus dem Mund gelaufen ist, hat einen Fleck auf dem Kopfkissen hinterlassen und ich fühle mich bleiern, habe das Gefühl, keine Luft zu kriegen. So verbringe ich meine Nachmittage. Monatelang. Das Schlafen schiebt Zeit zwischen mich und das neue Leben, in dem ich zwar bald auch The Smiths höre und den Nacken ausrasiert und die restlichen Haare hochgebürstet trage, aber deswegen noch lange keinen Vater habe, der einsehen würde, warum es eine Fiorucci-Jeans, eine Elho-Jacke und Burlington-Socken braucht, um unter dem Radar zu segeln. Das neue Leben, in dem ich heulend auf dem Schulklo sitze und nicht mehr zurück ins Klassenzimmer will, in dem der Junge sitzt, der auf einer

Party mit mir herumgeknutscht hat, obwohl er gar nichts von mir will. »Darfst dir nix anmerken lassen. Tu so, als würde dir das nix ausmachen«, raten mir die anderen Mädchen. Aber es macht mir etwas aus. Und irgendwann reicht der Schlaf nicht mehr aus, um Abstand zwischen mich und dieses Leben bringen.

Papas erste Freundin nach der Scheidung war Gisela. Gisela hat mit ihrem Sohn in einem Hochhaus im Industriegebiet von Wiesloch gewohnt. Ihr Sohn hatte einen Commodore. Nicht, dass ich gewusst hätte, was das ist. Warum Papa in unser Fotoalbum ein Schwarz-Weiß-Foto von Gisela im Badeanzug geklebt hat, das aus einer Zeit stammt, in der er sie noch gar nicht kannte, hab ich auch nicht verstanden. Aber auf dem Foto sah sie ein bisschen wie ein Filmstar aus.

Irgendwann nach der Trennung von Gisela stand eine Meldung im Lokalteil, dass ein Mann mit knapp zwei Promille innerhalb einer halben Stunde drei Sachschäden verursacht hat. Auf die Frage »Warst du das?« hat Papa genickt.

Den Führerschein brauchte er danach auch nicht mehr, denn mit Jutta ist Papa immer wandern gegangen. Aus dieser Zeit stammen Fotos, auf denen er rote Wanderkniestrümpfe anhat. Auf einem Foto ist ihr Sohn auf Krücken zu sehen. Ihr Sohn hieß Robert und hatte eine Brille. In Straßburg waren sie auch mal.

Regine mochte ich. Regine war die einzige Freundin, die nicht auf *a* geendet hat und die nachts auch mal mit dem Teekessel in der Küche stand. Regine hatte raspelkurze rote Haare, und als sie das erste Mal bei uns übernachtet hat, haben Elsa und ich überlegt, was wir jetzt machen, und dann einfach ein Ei mehr gekocht und einen vierten Eierbecher auf den Tisch gestellt.

Dann kam die Freundin, die er beinahe geheiratet hätte. Sie hat zwei Straßen bei uns um die Ecke mit ihrem Mann und ihren kleinen Kindern gewohnt. Die Kinder haben wir anfangs babygesittet. Das war schön, weil in ihrem Kühlschrank Fruchtzwerge standen. In dem Jahr, in dem ich in Iowa war, haben Papa und sie beschlossen zu heiraten, und Papa ist zu ihr gezogen. Also ich auch, aber ich war ja in den USA, deswegen sind erst mal nur meine Möbel zu ihr gezogen. Sie sind dann nach Des Moines gekommen, um mich abzuholen, aber vor allem haben sie sich jede Nacht furchtbar betrunken und angebrüllt. Als wir wieder in Deutschland und in ihrem Haus waren, aus dem ihr Mann ausgezogen und in das wir eingezogen waren, gab es im Kühlschrank keine Fruchtzwerge mehr, sondern Zettel. »Pfoten weg. Meins.« Und »Du und deine furchtbare Tochter, die alles kaputt gemacht hat«. Wir sind dann wieder ausgezogen. Ich ein bisschen schneller als Papa. Die neue Wohnung war noch nicht richtig bezugsfertig, hatte noch keine abschließbare Tür und keinen Fußbodenbelag, aber ich hatte eine Kaffeemaschine dabei und die rot-weiß karierten Bodenkissen zum Draufschlafen und einen Schraubenzieher, um meinen Kaffee umzurühren.

Irgendwann ist dann Teppich in der Wohnung und eine Ivar-Sitzgruppe, die nach Gartenmöbeln aussieht, und Papa auch. Wir stehen nebeneinander vor unseren Badwaschbecken und putzen Zähne. Das Wirtschaftsgymnasium, an dem er Deutsch, Geschichte und Ethik unterrichtet, und mein Gymnasium liegen auf gegenüberliegenden Straßenseiten. Morgens hänge ich vor dem ersten Klingeln mit meinen Leuten vor der Schule am Straßenrand rum. Gestern ist einer von Papas Schülern zu mir rübergekommen und hat mich aufgefordert, dass ich doch bitte dafür sorgen soll, dass mein Vater morgens nüchtern zum Unterricht kommt. Mein Blick wandert in seine Hälfte des Badezimmerspiegels. Ich nehme die Zahnbürste aus dem Mund. Und frage in den Spiegel hinein: »Kann es sein, dass du Alkoholiker bist?«

Ich war auf Abwehr eingestellt. Dass er leugnet. Erklärt. Sauer reagiert. Stattdessen guckt er mich im Spiegel an. Und nickt.

Vater, Mutter, Kind

(2007–2016)

Summer Time (2007)

Käthe-Kollwitz-Straße, 6 Zi. + 2 Wintergärten,
mit Karl, Tillie, Oleg und Micha

Das Bügelbrett steht mitten im Raum, weil ich gestern Abend noch gebügelt habe. Es ist Januar, und wir fliegen übermorgen zum Wandern in die griechischen Berge, ich habe mir extra dafür im Mrs. Hippie einen dicken Strickpulli mit Kapuze gekauft und die Wanderschuhe imprägniert. Was ich beim Wandern gebügelt brauche, weiß ich nicht, aber das Bügelbrett ist der Beweis, das Bügelbrett, das ich fast umrenne, als ich von der Matratze hochschrecke, weil im Flur das Telefon klingelt. Es ist stockdunkel und mitten in der Nacht. Um acht will ich mit Tillie im Zug sitzen, um sie in Fulda an ihre Großeltern zu übergeben, Karl ist mit seinem Vater Skifahren und Oleg fährt mit Oma und Opa in ihr Hüttchen im Wald. Wenn ich Tillie in Fulda abgesetzt habe, fahre ich weiter nach Heidelberg, um Papa im Krankenhaus zu besuchen, bevor wir nach Griechenland fliegen. Papa hatte im Dezember eine OP, Oberschenkelhalsbruch, und nach seiner Entlassung in den Weihnachtstagen hohes Fieber bekommen. Und, nein, keine Blutvergiftung, hat er abklären lassen, nur ein Infekt, habe seine Hausärztin versichert, Weihnachten findet statt wie geplant, reichlich Essen, reichlich Wein, wer verbringt Weihnachten schon gerne im Krankenhaus, Silvester findet statt wie geplant, reichlich Essen, reichlich Wein, am nächsten Morgen ruft Bea den Krankenwagen und lässt ihn abholen. Zu seiner Blutvergiftung kommen ein paar Tage später Krankenhauskeime. »Erschrick nicht, wenn du ihn siehst«, sagt Bea am Telefon, als wir meinen Besuch verabreden, »er redet wirres Zeug, ist nicht bei klarem Bewusstsein.«

Als ich den Hörer aufgelegt habe, das Licht anschalte und am Bügelbrett vorbei zur Matratze zurückgehe, redet er kein wirres Zeug mehr. Da ist er gerade gestorben.
Summer Time
And the livin' is easy

Fish are jumping
And the cotton is high

Summer Time, schallt es durch den klaren Januartag auf dem Handschuhsheimer Friedhof, ein paar Meter hinter dem frisch ausgehobenen Grab steht der Trompeter, den ich bestellt habe, um Papas Lieblingslied zu spielen, Summer Time ist es nicht, und Fische springen auch nicht, und überhaupt ist alles falsch. Als ich letzte Woche von Fulda aus nach Heidelberg weitergefahren bin, hat mich einer von Beas Söhnen vom Bahnhof abgeholt und wir sind ins Krankenhaus gefahren. Der Raum, in dem Papa lag, hatte gar nichts von Leichenhalle, es war sogar eine Kerze angezündet, wir haben reflexartig die Arme vor dem Körper verschränkt, aber weder die Kerze noch das Armeverschränken haben geholfen, denn nicht nur war Papa tot, sie hatten ihn auch falsch rasiert. Ich musste ihm mit der Hand das glatt rasierte Kinn abschirmen, um in dem Gesicht meinen Vater zu erkennen.

Nach der Beerdigung stehe ich rauchend vor der Gaststätte, in der es belegte Brote und Getränke gab, und spreche mit Menschen, die mich noch als kleines Mädchen kennen. Nach und nach kann ich ihre Namen und Gesichter zuordnen, sie gehören zu Mamas und Papas Wieslocher Lehrerkollegium, sie standen bei Grillfesten in unserem Garten herum, der Vater des Mädchens, mit dem ich lange Kordeln aus Wolle gedreht habe, ist nicht dabei, meine ehemalige Patentante, mit der er verheiratet ist, fehlt genauso wie mein ehemaliger Patenonkel, der mal Papas bester Freund war, es gibt Schwarz-Weiß-Fotos, wie sie zusammen in einem 2CV durch Südfrankreich fahren, zwei junge Männer mit dürren Beinen in kurzen Hosen und Dreitagebärten unter Palmen in Cannes.

Ich bin wütend. Wütend, weil ich unterstelle, dass hohes Fieber nach einer OP eine deutliche Sprache spricht, wütend, dass er Weihnachten und Silvester gefeiert hat, statt seine Entzündungswerte ernst zu nehmen, wütend, dass der Mann, der immer behauptet hat, seine Leberwerte seien in Ordnung und seine Diabetes gut eingestellt, der bis vor zehn Jahren päckchenweise Gauloises und Roth-Händle weggeraucht und getrunken, getrunken, getrunken hat, einfach so gestorben ist, der Mann, der mir mit auf den Weg gegeben hat, nicht aus Bequemlichkeit mit dem Strom zu schwimmen, von dem ich gedacht hätte, dass er ewig lebt, wie so ein rebellisches *Trotz-alledem,* aber am meisten macht mich wütend, dass man ihm den Bart wegrasiert und mir im Krankenhauskeller einen falschen Papa präsentiert hat.

Wiedersehen mit der Frau, die meine Mutter ist (2013)

Käthe-Kollwitz-Straße, 6 Zi. + 2 Wintergärten, mit Karl, Tillie und Oleg

Dem Hund mit dem blauen Halsband im Wappen des kleinen bayerischen Kurorts quillt die rote Zunge aus dem Maul, als würde ihn sein Halsband strangulieren. Die Frau, die am Bahnsteig des kleinen bayerischen Kurorts mit dem Hund im Wappen auf mich wartet, schläft bei geschlossenem Fenster und aufgedrehter Heizung und wacht nachts zwei- bis dreimal auf, um bei geschlossenem Fenster und aufgedrehter Heizung eine Zigarette zu rauchen. Wir haben uns 17 Jahre nicht gesehen. Bis auf Karl, mit dem ich sie einmal besucht habe, als er noch kein Jahr alt war, kennt sie keines meiner Kinder und keinen ihrer Väter. Trotzdem steige ich gleich in diesem kleinen bayerischen Kurort, der einen strangulierten Hund im Wappen hat, aus dem Zug. Weil ich ihre Krakelschrift sofort wiedererkannt habe und sie weiß, was sie schreiben muss.

»Ich möchte dir und deiner kleinen Familie ganz herzlich zum Geburtstag gratulieren und alles Gute wünschen. Leider muss ich eingestehen, dass ich vor vierzehn Tagen versucht habe, mich umzubringen. Grund dafür: meine ewigen Kopfschmerzen. Vielleicht wäre das ein Anlass oder Grund, doch wieder Kontakt aufzunehmen?«

Es ist ein Hochsommertag. Im hellen Kleid mit Blumenmuster steht die Frau, die meine Mutter ist, am Bahnsteig, knapp über einen Meter sechzig groß, die feinen kurzen Haare über der Stirn gescheitelt, die steile Stirnfalte, die dicken Brillengläser, die schmalen Lippen. Sie ist mir sofort wieder vertraut. Eine Umarmung versuchen wir erst gar nicht. Wie die Fahrt war, will sie wissen und sagt, dass ihre Wohnung nur fünf Minuten entfernt liegt und die Ferienwohnung, in der ich mich eingemietet habe, direkt gegenüber.

»Du hättest aber wirklich bei mir schlafen können. Mein Bett ist breit genug.« Ich frage mich, ob sie bewusst den Moment abgepasst hat, in dem ich meine Tasche auf dem Bett abstelle und die Vermieterin mit dem Schlüssel in der Hand auf der Türschwelle wartet.

Wir stehen auf dem Parkplatz eines dreistöckigen Mehrfamilienhauses, auf jeder Etage ein umlaufender Holzbalkon, aus den Blumenkästen quellen Geranien. »Da oben, der mit dem gelben Sonnenschirm, das ist meiner.« Ich muss den Blick wieder senken, um aufzupassen, dass ich nicht mit dem Absatz in den Rasengittersteinen hängen bleibe, mit denen der Parkplatz gepflastert ist.

Im Treppenhaus hält sie am Absatz zum zweiten Stock kurz inne, um sich nach zwei eingeschweißten Versandhauskatalogen zu bücken, die auf den Stufen liegen. Am liebsten würde ich ihr einen abnehmen, mit dem Fingernagel die Folie entfernen und mich mit dem Katalog auf die Stufe setzen und Badeanzüge und Spielzeug ausschneiden.

Stattdessen folge ich ihr in die Wohnung und gehe vor ihr in die Knie, um meine Schuhe auszuziehen, während sie Schlüssel und Kataloge auf der Flurkommode ablegt und eine halbkreisförmige Geste durch den Raum macht, »willkommen in meiner Höhle«. Durch den Türrahmen hinter ihr sehe ich blaugrün gestrichene Wände und eine flaschengrüne Veloursledercouch. Früher hatten wir nur helle skandinavische Möbel. Ich mache ein paar Schritte in den Raum, vom Bücherbord starrt mir ein Kantenhocker entgegen, und ich erkenne den dunklen Sekretär, der früher in ihrem Arbeitszimmer stand. Auf dem Couchtisch ein Trockenblumengesteck, ein Messingkerzenständer und ein Aschenbecher, in der Schrankwand Bücher, dazwischen eine Specksteinskulptur, Glasfigürchen, ein paar frontal aufgestellte Bildbände, Fotos von den Kindern, die ich ihr im Lauf der Jahre geschickt habe, und eine kurbelbetriebene Walzenspieldose. Wenn es die von früher ist, spielt sie *Für Elise*. Sie bemerkt meinen Blick. »Bin halt eine sentimentale Kuh geblieben.« Sentimentale Kuh, das war früher schon ihr *magic spell*, wenn sie auf voller Lautstärke zum 20. Mal dieselbe Schallplattenseite abgespielt hat oder die Kuhglocke aus dem Allgäu-Urlaub unbedingt im Esszimmer aufgehängt werden musste oder sie ihren mageren Körper in ein rüschenbesetztes Dirndl in Kindergröße gesteckt hat.

Unter dem aufgespannten gelben Sonnenschirm auf dem Balkon ist ein kleiner Korbtisch eingedeckt, die weißen Rosenthal-Kuchenteller kenne ich noch von früher, auf jedem eine silberne Kuchengabel und eine aufrecht stehende Stoffserviette, zwei Sektgläser natürlich auch. Sie hat eine tiefgefrorene Birnen-Sahnetorte aufgetaut und eine Biskuit-Sahnetorte. Der Sonnenschirm kann den Blick auf die gegenüberliegende Straßenseite nicht verdecken, wo die Ferienwohnung liegt, in der meine Reisetasche steht. »Du hättest aber wirklich bei mir schlafen können.« Eine Tochter, die bei einem Besuch nicht bei der Mutter übernachtet, erzeugt einen Riss im Bild, bevor überhaupt die Perspektive gewählt ist.

Ich esse ein Stück Birnen-Sahnetorte und ein Stück Biskuit-Sahnetorte. Ich muss nicht auf ihren Teller gucken, um zu wissen, dass sie ihr Tortenstück nach den ersten Bissen unter die Papierserviette schiebt. Nach dem zweiten Glas Sekt steigt sie auf Weißwein um. Es ist kurz vor zwölf.

»Jetzt bist du doch noch im Allgäu angekommen«, versuche ich es, während ich neben ihr durch den Kurpark laufe und mich bemühe, meine Schrittweite anzupassen. Die Waschbetonfassade und die Sitzgarnitur der Kurparkgaststätte, auf deren Terrasse sie das nächste Glas Wein bestellt, erinnern mich an die Sommerurlaube meiner Kindheit. In denen sie viel Zeit in Trachtenmoden- und Schmuckgeschäften und Andenkenläden verbracht hat. Papa hat den Atlantik und die Bretagne geliebt, aber seit ich sieben bin, gab es nur noch Urlaub im Allgäu, in Österreich, in Tirol, den Dolomiten, Hauptsache, Berge, und mindestens einmal im Jahr hieß es, wir ziehen ins Allgäu. Oder dass sie sich dorthin versetzen lassen würde. Never happened.

Der kleine Kurort, in dessen Kurparkgaststätte wir sitzen, ist kein Urlaubsort. Hier lebt sie. »Und, was machst du so den Tag über?« Ich weiß, dass sie einmal in der Woche Franziska, der Nachbarin aus dem Stockwerk unter ihr, Englischunterricht erteilt. Und dass sie nach der Scheidung nach Andalusien gereist ist und in die

USA. »Jetzt kannst du ja endlich reisen, wo du keinen Hund mehr hast.« Und keinen Mann, aber das sage ich nicht. Den Mann, den sie nach Papa geheiratet hat, mochte ich. Martin kam auch aus dem Allgäu, ein paar Jahre jünger als sie, er hat an dem Ort, in dem sie zur Kur war, Hubschrauberluftaufnahmen gemacht, und zur Hochzeit hat seine Mutter ihnen Daunenfederbetten geschenkt. Ich hab vor dem Standesamt Reis geschmissen, und eigentlich wollte ich auch einen Kassettenrekorder mitnehmen und *Eleanor Rigby* von den Beatles spielen, weil Eleanor Rigby darin Reiskörner von einer Hochzeit aufsammelt, aber dann hab ich mir den Text nochmal angehört, *all the lonely people*, na ja. Martin und seine Hubschrauberluftaufnahmen haben ihren Ansprüchen bald nicht mehr genügt, und die Daunenbetten hat seine Mutter nach der Scheidung ganz schnell zurückgefordert.

Auto fährt sie nicht mehr, den Stellplatz, der zu ihrer Eigentumswohnung gehört, hat sie vermietet, Studienreisen ins Ausland schafft sie nicht, sagt sie, aber es gibt doch auch diese organisierten Busreisen zu Kulturveranstaltungen, Bregenzer Festspiele oder so, schlage ich vor, nein, das ist nichts für sie, genauso wenig wie Kurse an der Volkshochschule. »Ich hole mir morgens meine Zeitung, die lese ich zum Kaffee, DIE ZEIT hab ich ja auch noch abonniert, da lese ich die ganze Woche dran, und dann hab ich ja noch meine Bücher und meine Schallplatten.«

Wir sind ein paar Meter weitergegangen und in der nächsten Gaststätte gelandet, in der man die Frau, die meine Mutter ist, kennt: »Das ist übrigens meine Tochter, die lebt in Leipzig.« Niemand würde auf die Idee kommen, dass sie da noch nie war, in Leipzig, und die Tochter, die sie besuchen gekommen ist, seit 17 Jahren nicht gesehen hat. »Für mich einen Müller-Thurgau, bitte, und du, nimmst du auch einen?« Ich merke, wie schnell ich mich darauf einlasse, über diese 17 Jahre hinwegzutrinken, und frage mich, wie sehr ich mich zu ihrer Komplizin mache, wenn ich sie jetzt um eine ihrer Zigaretten bitte, ich beuge mich vor, das Ende meiner Zigarette über ihrem breiten Daumen, den ich geerbt habe, der das geriffelte Rädchen dreht, bis die Flamme hochschnappt. Ich habe keine Vorstellung, wann der richtige Zeitpunkt dafür wäre, mit uns anzufangen, und wie ich das anstellen soll und ab wann es verlogen wird, es nicht zu tun, der dicke Daumen mit dem viel zu breiten Daumennagel. Als Kind habe ich mich auf meine Hand gesetzt, damit den niemand sieht, und ihn beim Melden in der Schule in der geballten Faust versteckt.

»In welchem Jahr ist doch gleich Mephisto gestorben?« Als sie ausgezogen ist, hat sie unseren Rauhaardackel mitgenommen und das Silberbesteck und die dänischen Designermöbel und die Schallplatten, und Papa hat uns bekommen, »das war noch in Neckargemünd«. Danach gab es noch mal einen Mann und noch mal einen Hund. Die Kellnerin bringt das zweite Glas Wein, und mir wird ein bisschen schwindelig von der Zigarette, ich rauche sonst tagsüber nicht, aber ich trinke ja sonst auch tagsüber nicht. »Wie hieß doch gleich dieser Kollege von dir, mit dem du damals deine Klassenfahrten gemacht hast, also die zu den Gletschern und Endmoränen?« Das war Anfang der 8oer-Jahre, es gibt kaum unvermintes Gelände, die Frau, die meine Mutter ist, war Erdkunde- und Englischlehrerin und bei ihren Schülerinnen verhasst. Wenn wir morgens mit ihr in die Schule fahren mussten, haben wir uns in ihrem gelben vw-Käfer tief in die Sitze geduckt, weil sie so langsam gefahren ist, dass uns die Radfahrer auf dem Fahrradweg links neben der Straße überholt haben. Ich frage nach Kollegen und Orten, nach Dingen, die Koordinaten und einen Zeitpunkt und eine Dimensionalität haben, und das trägt uns durch das zweite Glas Wein, dann braucht sie einen Mittagsschlaf. Vor dem Haus verabreden wir uns für halb sechs, und dann geht sie hoch und legt sich in das Bett, das ich nicht mit ihr teilen will.

»Ich freu mich wie narrisch, dass du gekommen bist!« Wer sich so freut, ist Franziska, die Nachbarin, der die Frau, die meine Mutter ist, Englisch beibringt und die ihre Versandhauskataloge entgegennimmt und auf den Treppenabsatz legt. Um 18 Uhr lässt sie uns in ihren klimatisierten Touran einsteigen und fährt uns durch die malerische Landschaft zum Restaurant Toni, das am Ufer des Simssees liegt, in dem gelegentlich auch Robert Atzorn zu Abend

essen soll. Von der Terrasse aus hat man einen Blick auf die Wildgänse, die von den Uferwiesen aus über den See fliegen. Franziska
hat ein dreijähriges Enkelkind, das regelmäßig bei ihr zu Besuch
ist. Mama hat drei Enkelkinder in Schwarz-Weiß und freut sich
nicht wie narrisch. Für uns ist ein Tisch mit Seeblick auf der Terrasse reserviert.
Ein Weißwein für Mama, ein Weißwein für mich, alkoholfreies
Radler für Franziska. Wir stellen fest, dass Robert Atzorn heute
nicht hier ist. Wir gucken den Wildgänsen beim Über-den-See-
Fliegen zu. Wir studieren die Speisekarte. Mama nimmt den Fisch.
Seniorenteller, »eine halbe Portion für die halbe Portion«. Noch so
ein Satz. Ich möchte ihr die tiefe Falte aus der Stirn bügeln. Als ich
ein Foto von ihr machen will, legt sich wie auf Knopfdruck ein Fil-
ter über ihre Augen, als müsste sie sich verbarrikadieren, als wäre
ich ein Eindringling, als wären die dicken Brillengläser nicht schon
Panzerglas genug.

Franziskas Blick wandert zwischen uns hin und her, zwischen
der mageren Person mit den hellblauen Augen und der Kurzhaar-
frisur im mädchenhaften Sommerkleid und mir. Ich beanspruche
in alle Richtungen mehr Raum, meine großen Brüste, meine auf-
getürmten Haare, meine hohen Absätze. Nein, außer an unseren
Daumen erkennt man unsere Zugehörigkeit an nichts. Bestimmte
Eigenschaften, habe ich gelesen, überspringen oft eine Generation,
und dann muss ich an den Tag denken, an dem Großmutter ver-
sehentlich den Rollladen runtergelassen hat.

»Und deine Schwester, die lebt in Holland, ja?«, erkundigt
sich Franziska, ja, in Rotterdam, erzähle ich, da arbeitet sie für ein
Unternehmen, das Grundstoffe für alkoholfreie Getränke und Jo-
ghurts herstellt. »Einmal, als sie noch in der Ausbildung war, hat
sie farblose Cola aus dem Produktlabor mitgebracht.« Ich zerdrücke
ein Stück Kartoffel in der geschmolzenen Butter und schiebe es
zusammen mit einem Stück Fisch in den Mund. »Dir schmeckt's
wohl?«, freut sich Franziska. Mir schmeckt's, ich esse so gerne, und
besonders gerne esse ich Mahlzeiten, die jemand schön angerichtet
vor mir auf den Tisch stellt. Für Mama ist Essen etwas, das man

hinter sich bringt. Oder unter Servietten und Salatblättern verschwinden lässt. Sie senkt ihr Besteck.

»Deine Schwester! Nie konnte die den Hals voll genug kriegen.« Meine Schwester, die erst mit sieben Jahren meine Schwester geworden ist, 1979, als Mama und Papa sie adoptieren, hineinholen in ihr großes Haus und an einen Esstisch, an dem sie so lange sitzen bleiben muss, bis sie den Salat aufgegessen hat, der sie fast zum Würgen bringt.

»Mama, mit dem Abstand von heute, kannst du nicht sehen, dass sie ein völlig überfordertes, zu kurz gekommenes Kind war?« –
»Zu kurz gekommen? Da kann ich ja nur lachen.« Sie zerknüllt ihre Serviette und schiebt ihren Teller in die Tischmitte. »Aber klar, ich bin mal wieder die Böse in der Geschichte, und die ach so kluge Frau Tochter, erst haut sie ab und meldet sich jahrelang nicht, und das Erste, was ich von ihr zu hören kriege, sind Vorhaltungen.« Sie schnipst mit dem Finger, »Frollein? Frollein? Ich brauch jetzt erstmal einen Schnaps!« – »Ach, Elisabeth, jetzt sei mal net so hart, sie ist doch da, die Christine, heute. Guck, als Mutter kann man doch auch mal großzügig sein. Meine Mutter hat mich damals auch ins Kloster gehen lassen, obwohl da noch sieben kleinere Geschwister waren, da hätt' sie mich gut gebrauchen können, aber sie hat mich gehen lassen.«

»Ach, hör doch auf, das war doch bei Bauern wie euch ganz was anderes, komm mir doch jetzt nicht mit Großzügigkeit! Im Stich gelassen haben sie mich, meine Töchter, sind mit ihrem Vater mitgegangen und haben mich nie besucht.« Ich könnte mich verteidigen. Erzählen, dass die Busfahrt zu ihr ein Drittel unseres monatlichen Taschengelds gekostet hat und sie uns kein Fahrgeld geben wollte, weil wir uns ja gegen sie entschieden hatten. Fragen, warum der Unterhalt, zu dem sie verpflichtet war, bis zum Schluss per Gehaltspfändung eingeklagt werden musste, und ob sie sich nicht vorstellen kann, dass Vierzehnjährige nicht drei Stunden Bus fahren, um sich Vorwürfe machen zu lassen. Sie bemerkt den fragenden Blick der Kellnerin. »Ja, können Sie abräumen. Haben Sie Mirabellenschnaps?« Mirabelle gibt's nicht, die Kellnerin greift nach dem Teller mit der zusammengeknüllten Serviette und der Forelle unter den Salatblättern und stellt ihr einen frischen Aschenbecher hin, »nehmen Sie doch einen Pfirsichlikör«. Die Augen hinter den dicken Brillengläsern sind wieder ganz scharf und klar, als das Feuerzeug aufschnappt und die Zigarette beim Anzünden zu knistern anfängt und sie sich an Franziska wendet. »Guck sie dir doch an«, sie wischt mit dem Handrücken in meine Richtung, »sitzt da wie eine Diva. Als ob sie das alles nichts anginge.«

Gonna take a sentimental journey, to renew old memories, singt Doris Day, während Franziska uns im Abendlicht zwischen Hügeln und Wiesen und Ballonfahrern zurückfährt, weg vom Simssee, über dem die Wildgänse aufsteigen, weg von der Seeterrasse, auf der ein hastig ausgetrunkenes Glas Pfirsichlikör steht, weg von der Scham, die sich über das Ausgesprochene und das Unausgesprochene legt wie der klebrige Film unter Lindenbäumen auf Autoscheiben. *Like a child in wild anticipation, Long to hear that »All aboard«!*

Biegung um Biegung schiebt sich zwischen Doris Day in Franziskas Touran und diesen Abend. Mama schweigt jetzt vor sich hin, solche Kopfschmerzen hatte sie plötzlich, dass wir auf der Stelle aufbrechen mussten, Franziska weist abwechselnd rechts und links aus dem Fenster, Geigelstein, sagt sie, und Kampenwand und Wilder Kaiser und noch ein paar oberbayerische Gebirgszüge, schönste Heimatfilmkulisse, *gonna take a sentimental journey, sentimental journey home*. Nach dem Krieg, hat Papa mir als Kind erzählt, hat man da in Deutschland einen ganz anderen Text drauf gesungen, *Pappa, guck, da vorne liegt a Kippe, heb se uff, sunsch is se fort, Pappa, guck, sogar von Lukki Schtricke, heb se uff, sunsch gibt's än Mord.*

An dem Ort, an dem meine Mutter wohnt, bleiben zurück: ein aufgespannter Sonnenschirm, drei Fotos von drei fremden Kindern, die jetzt als Enkel gelten dürfen, und von dem Ort, an dem meine Mutter wohnt, reisen ab: in Alufolie gewickelte weiße Brötchen (was die Tochter nie tun würde), belegt mit Kochschinken (den die Tochter trotzdem essen wird), eine Tüte Orangensaft mit Fruchtfleisch, dazu ein Kristallglas, »für den Orangensaft«, das die Tochter fast zum Weinen bringt, wie die Mutter, die am Bahnhof ein Papiertaschentuch zieht und damit winkt, bevor sie in ihre grün gestrichene Höhle zurückkehren, den Birnenkuchen (zwölf minus zwei Stücke) und die Sahnetorte (minus ein Stück) im Schwingeimer und den Sekt in sich versenken und mit ihrem neuen Blatt versuchen wird, die Nachbarin auszustechen, auch wenn die Kinder, die auf ihren Trumpfkarten abgebildet sind, zu Weihnachten nicht in ihrer grünen Höhle sitzen werden. Bleibt zurück die Mutter, die versuchen wird, nicht zu bereuen, dass sie sich entschuldigt hat für den Vorabend, als die Fluggänse geflogen sind und die Sonne untergegangen ist und sie einen Pfirsichlikör getrunken hat, weil es keinen Mirabellenschnaps gab, und sie die Lügen der Tochter nicht hören wollte, die Lügen der Tochter, die von zu kurz gekommenen Kindern gesprochen hat.

Sentimental Journey (2016)

Käthe-Kollwitz-Straße, 6 Zi. + 2 Wintergärten,
mit Karl, Tillie und Oleg

Früher habe ich mir bei der Kieferorthopädin meine Kieferabdrücke mitgeben lassen und sie in der ausrangierten Schrankwand in meinem Kinderzimmer aufbewahrt. Die Zahnspangen auch. Jede hatte eine andere Farbe. Aber das waren ja auch meine eigenen Zähne. Eben habe ich noch hinter einer Glasscheibe gesessen und eine zu früh abgeschossene Rakete durch den Himmel pfeifen gehört. Saß am Schreibtisch der Gastgeberin, die mich hier reingeschoben hat, als sie das Telefon an meinem Ohr und die Tränen in meinen Augen gesehen hat. Das Arbeitszimmer ist durch eine Glasfront vom Wohnbereich getrennt, in dem die anderen ihre Gläser und Flaschen auf den Boden stellen, um in ihre Jacken und Mäntel zu schlüpfen, und nach draußen drängen. Im Hof ploppen die ersten Korken, während ich hinter meiner Glasscheibe sitze. Ich bin nüchtern. Ich habe auf diesen Anruf gewartet und will noch fahren.

»Lassen Sie sie gehen«, habe ich den Stationsarzt nachmittags angewiesen, als er mir die Optionen bei multiplem Organversagen erläutert hat. Und dass sich nicht sagen lässt, was das macht mit den 40 Kilogramm, in denen steckt, was noch übrig ist von der Frau, die meine Mutter ist.

Ich schiebe die Glastür auf, durchquere das verlassene Wohnzimmer, schiebe mich auf dem Hof an den anderen vorbei und wehre ab, nein, ich möchte keinen Sekt. Trete durch die überdachte Hofeinfahrt. Sehe rote, blaue, grüne, silberne Fontänen am Himmel zerplatzen, während ich in meinem roten Volvo im Schritttempo die Straße entlangfahre und rechts und links neben den Seitenfenstern die Böller fliegen, *ladida, dida-dida-didada*, pfeife ich um sieben Minuten nach Mitternacht auf die Melodie von *Sentimental Journey, ladida-dida-dida*, und die Dunkelheit explodiert rot und blau und grün und silbern.

16 Stunden später blendet mich die zwischen schneebedeckten Alpenvorlandgipfeln untergehende Sonne, bis die automatische Glastür, in der sie sich spiegelt, vor mir aufgleitet. Ich lasse mich durch gekachelte Gänge und weitere Automatiktüren schleusen, bis ich in einem strahlend hellen Raum stehe. Ihre Haare, ihre kurz geschnittenen, glatten Haare, die immer sehr weich ausgesehen haben, sind tatsächlich sehr weich, als ich ihr über den Kopf streichle, als sie sich endlich berühren lässt. Der Raum ist gefliest, und die Rückwand besteht aus unzähligen Schließfächern. Es ist ziemlich kalt, und das Licht ziemlich grell in dem gefliesten Raum, in dem man für mich auf Schienen die Metallschublade aus der Wand gezogen hat, in der meine Mutter kühl gehalten wird, bis klar ist, was mit ihrem Körper geschehen soll, meine Mutter, der ich jetzt über die weichen Haare streicheln kann, bevor sie in ihrer Metallwanne auf Schienen zurück in die Wand gleitet.

Man drückt mir einen milchigen Schraubverschlussbecher in die Hand, die Glastüren gleiten auf. Die Alpenvorlandgipfel sind immer noch da, die Sonne nicht.

Im Januar ist es viel zu kalt, um auf dem Balkon zu sitzen, und die Tortenreste sind längst aus dem Schwingeimer verschwunden. Die Wohnung riecht nach abgestandenem Rauch und ist mit unvertrauten Möbeln eingerichtet. In den Fächern der unvertrauten Regale stehen Fotos von den Kindern, die ich dabeihabe. Ich reiße die Balkontüren auf und drehe die Heizkörper hoch. Wir müssen atmen, und wir dürfen nicht erfrieren. Karl und Oleg wissen nicht, dass beides hier nicht selbstverständlich ist.

Das hellgelb gestrichene Schlafzimmer mit dem Traumfänger an der Wand habe ich bei meinem ersten Besuch nicht betreten. Jetzt stehe ich vor dem Bett, in dem ich auch bei diesem Besuch nicht schlafen werde. Von allen Gegenständen kommt mir der Traumfänger am befremdlichsten vor. Nicht befremdlich finde ich den Aschenbecher neben dem Bett, die dicht an dicht auf Kleiderbügeln gedrängten Jacken und Mäntel im Kleiderschrank, den Korb mit den leeren Weinflaschen in der Küche, die eingeschweißten Versandhauskataloge und die in der letzten Woche zugestellten Sendungen mit dem Schriftzug verschiedener Versandhäuser, die Franziska entgegengenommen und in den Flur gestellt hat.

Es hilft nichts, die Balkontür aufzureißen, die Bettwäsche zu wechseln und den Aschenbecher vom Nachttisch zu räumen, der Zigarettengeruch ist hartnäckig, er hat sich in den Vorhängen und den Möbeln festgesetzt, selbst in der Tapete. Von ihren Jacken und Mänteln werde ich kaum etwas loswerden, sie sind in Größe 34. Auf der Arbeitsplatte neben der Spüle Kaffeemaschine und Toaster, unter der Spüle Putzmittel, Eimer, Spülschwämme. Im Kühlschrank mehrere Packungen Wurstaufschnitt, eingeschweißt, Dulano-Geflügelaufschnitt, Dulano-Mortadella, eine angefangene Flasche Weißwein. Hinter der Glastür im Geschirrschrank der blaue Steinguttopf mit den bunten Punkten, in dem früher die Süßigkeiten waren. Ich ziehe Schubladen auf und öffne Schranktüren. Ich weiß nicht, was ich zu finden erwarte oder wonach ich suche. »Wir gehen nachher zum Jugoslawen.« Den hat Franziska uns empfohlen. Ich will hier nicht kochen.

Ich will auch nicht, dass die verkantete unterste Schublade des Sekretärs mich zum Heulen bringt, weil ich sie nicht aufkriege. Ich suche nach Dokumenten, die belegen, dass diese Frau meine Mutter war. Denselben Nachnamen tragen wir schon seit 1986 nicht mehr, als sie sich von Papa hat scheiden lassen. Ich finde Kontoauszüge, Scheidungspapiere ihrer zweiten Ehe, Unterlagen des Landesamts für Besoldung, als Oberstudienrätin mit A14-Besoldung bezieht sie knapp 4.000 Euro pro Monat, trotz vorzeitiger Pensionierung. Nichts, aus dem hervorgehen würde, dass sie bis 1986 eine Familie mit einem Mann und zwei Töchtern hatte. Kein Fotoalbum zeugt von unserer Existenz, keine Heiratsurkunde. Nur ihre drei Enkelkinder, meine Kinder, stehen in Bilderrahmen in ihrem Bücherregal. Trotzdem sehe ich, dass es uns gab. Den grünen Schallplattensammler, vor dem Karl kauert und die Platten durchgeht, kenne ich aus meiner Kindheit. Das rote Fotoalbum aus Leinen, das ich 1988 für sie zusammengestellt habe, als ihr eingefallen ist, dass sie doch gerne ein paar Fotos von uns hätte. Auf die von mir frei gelassenen linken Seiten hat sie später weitere Fotos geklebt, ihre Großeltern, ein Foto ihres 1944 gefallenen Vaters, den sie nie kennengelernt hat, später dann Fotos von Karl, die ich ihr in den ersten Jahren nach seiner Geburt noch geschickt habe. In diesem Album hat sie eine Familie. Die fünf, sechs anderen Alben, die ich aus dem Regal ziehe, hat sie später angelegt, als sie versucht hat, ihr Leben zu einem Urlaub zu machen.

Karl legt eine Bob-Dylan-Schallplatte auf, dann gehen wir auf den Balkon und rauchen zusammen Mamas markenlose Zigaretten, die wir in einer Schublade gefunden haben, und als wir wieder reinkommen, läuft Oleg mit einer Holzente unter dem Arm von Regal zu Regal und sammelt Glasfigürchen und Kantenhocker ein. Mit dem Walkman-Kopfhörerbügel, den er sich über den Kopf gestülpt hat, sieht er aus wie ein kleiner Roboter. Es riecht immer noch nach Zigarettenrauch, aber allmählich wird sie warm, die Höhle, und Bob Dylan singt für uns, und während Oleg seine Armee aus Figuren und Tierchen in Aufstellung bringt, blättere ich mich durch Fotoalben, in denen keine Menschen abgebildet sind. Sie hat ihre Möbel fotografiert und eingeklebt, die Sitzgruppe unter dem Sonnenschirm auf dem Balkon, den gedeckten Tisch auf dem Balkon, den gedeckten Tisch in der Küche, die Sofaecke, die Weihnachtsdeko, die Osterdeko, den Schreibtisch. Menschen, keine.

Wir einigen uns, dass Karl und Oleg sich das Bett im Schlafzimmer teilen und ich auf der Couch im Wohnzimmer schlafe. Dann gehen wir zum Jugoslawen, und sie dürfen sich bestellen, was sie wollen, und das ist bergeweise Fleisch. Ich bestelle mir eine Karaffe Rotwein, auf den Platzdeckchen aus Papier, die auf der Tischdecke liegen, sind die wichtigsten Redewendungen abgedruckt, dobar dan, dobra večer, dobar tek, hvala, doviđenja, guten Tag, guten Abend, guten Appetit, danke, auf Wiedersehen, einmal in lateinischer Schrift, einmal auf Kyrillisch. Wir richten uns Wünsche aus, bis die Fleischberge vor uns stehen. Schon auch *strange*, denke ich, dass Oleg und Karl den Tod ihrer unbekannten Großmutter damit verbinden, dass ich mit ihnen essen gehe und Zeit für sie habe und wir miteinander lachen und uns in einer Sprache guten Appetit wünschen, die nicht Jugoslawisch heißt. Natürlich steht Sliwowitz auf der Karte, nicht Rakija oder Loza oder Pelin-kovac, aber die Leute sagen ja auch immer noch, dass sie zum Jugo gehen und nicht zum Serben oder Kroaten oder Bosnier.

Am Sonntag fährt Franziska mit uns an den Chiemsee, wir essen Kuchen und trinken heißen Kakao und machen ein Foto am Seeufer, um das Geländer des Ausflugslokals ist noch die Weih-nachtsdeko gewunden, Karl hat den Arm um Oleg gelegt, Oleg seinen Kopf an Karls Brust, hinter ihnen schneebedeckte Berge. Nachmittags schreibe ich E-Mails und informiere den Aboser-vice der Süddeutschen Zeitung, das Serviceteam von Peter Hahn, das Serviceteam von Wenz, das Serviceteam von Bader, die Witt-Gruppe, Sternstrom und die Telekom über das Ableben meiner Mutter. Am Montagvormittag bringen wir die ungeöffneten Ver-sandhauspäckchen zur Post und bekleben sie mit Retourenscheinen. Ihre letzte und dauerhafteste Beziehung, wird mir klar, waren die Versandhäuser. Ihr Adressbuch packe ich ein, für die Todesanzeigen.

Den milchigen Becher mit dem rosa Schraubverschluss, den man mir im Klinikum in die Hand gedrückt hat, lasse ich auf der Flurkommode stehen. Warum ich mir ihr Gebiss habe mitgeben lassen, weiß ich nicht. Jetzt liegt es in einem Plastikbecher im Flur neben ihrem fast leeren Adressbuch.

Ladida, dida-dida-didada, ladida-dida-dida, pfeife ich, auf die Melodie von *Sentimental Journey*.

Extensionshüllen (2016)

Käthe-Kollwitz-Straße, 6 Zi. + 2 Wintergärten,
mit Karl, Tillie und Oleg

In Kerzenflammen knackt manchmal der Docht beim Brennen. So ähnlich klingt es, wenn das Bastgeflecht sich zusammenzieht. Mit dem Unterschied, dass es nicht nur knackt, sondern auch höllisch wehtut. »Mädchenfänger«, höre ich eine freundliche männliche Stimme rechts neben meinem Kopf. Das Bastgeflecht erinnert mich an die Lampe über unserem Esstisch, früher, als ich ein Kind war. Zu dem gekachelten Raum mit dem grellen Licht hier passt es nicht.

Ich hab es heute Nachmittag gerade noch mit dem neu gekauften Wasserkocher nach Hause geschafft, dann hat es mich erwischt, Frösteln, Gliederschmerzen, ich hab mich erst mal mit einer Decke aufs Sofa gelegt. Dabei müsste ich eigentlich die Schneeflockenlampe, die im Kaminzimmer hängt, abmontieren, ich hab sie bei eBay Kleinanzeigen eingestellt, und um sechs wird sie abgeholt. Ich kann das nicht absagen, nächste Woche ziehen wir um, in Olegs Zimmer stapeln sich schon die gepackten Umzugskisten. Die neue Wohnung hat 80 Quadratmeter, ich bin froh um jeden Gegenstand, der sich in zwölf Jahren auf 220 Quadratmetern angesammelt hat, den ich nicht umziehen muss. Ich werfe eine Ibu ein.

Zwei Stunden später wache ich aus meinem fiebrigen Dämmerschlaf auf, draußen ist es dunkel geworden, und dem Stimmengewirr aus Tillies Zimmer entnehme ich, dass ihre Freundinnen schon da sind. Tillie wird morgen 15 und feiert eine Übernachtungsparty. Es ist ihr letzter Kindergeburtstag in dieser Wohnung, und eigentlich sollte ich jetzt mit meiner Fata-Morgana-Perücke in der Küche stehen und mit den Mädchen Pizzateig machen und rumalbern. Ich kann keine 14-jährigen Mädchen bitten, die Schneeflockenlampe abzumontieren, aber genauso wenig kann ich das von der Studentin, die sie gleich abholen kommt, verlangen, das hier ist ein Altbau mit vier Metern Deckenhöhe, und die Leiter lässt sich nur noch auf einer Seite sichern. Ich stecke mir den Schraubendreher für die Lüsterklemme in die Hosentasche und steige auf die Leiter. Auf der zweitobersten Stufe merke ich, dass ich die Leiter nicht nah genug an der Lampe aufgestellt habe. Ich presse die Schienbeine gegen die oberste Sprosse und lehne mich nach vorne, um an die Lüsterklemme zu kommen. Die Dielen sind alt und speckig. Die Leiter hat keine Antirutschfüße. *Nicht gut*, was hier passiert, ist nicht gut, denkt mein Kopf noch, als die Leiter anfängt zu kippen. Ich muss auch geschrien haben.

Mein Gesicht kann ich nicht sehen. Da bin ich draufgefallen. Aber meine Hände kann ich sehen. Mit meinen Händen habe ich versucht, den Sturz zu bremsen. Um jeden meiner Finger schmiegt sich ein geflochtenes Baströhrchen, das sich oberhalb der Fingerkuppen verengt. Jedes Röhrchen ist mit einem Haken in eine Gliederkette eingehängt, die an einem Metallständer über eine Rolle geführt werden. Wenn man die Kurbel an dem Metallständer dreht, straffen sich die Ketten und ziehen alles nach oben, was an den Haken hängt. Bis zu den Handgelenken. Die bewegen sich nicht nach oben. Die sind nämlich fixiert. »Distale Radiusfraktur. Beidseitig«, sagt die freundliche Männerstimme neben mir. Und dass ich Glück habe, am Wochenende ist die Notaufnahme nämlich immer überfüllt, aber wenn man aus vier Metern Höhe von einer Leiter fällt und sich die Nase und beide Handgelenke bricht und in Goldfolie gewickelt mit Blaulicht in die Notaufnahme eingeliefert wird, kriegt man Vorzugsbehandlung. Die Baströhrchen, die eigentlich Extensionshüllen heißen, sind Teil davon. Bevor die gestauchten Knochen in Normalstellung zurückgebracht werden können, müssen sie zunächst auseinandergezogen werden. Und gestaucht werden sie, Handgelenke, wenn man versucht, einen Sturz aus vier Metern Höhe mit den Händen abzufangen.

»Dienstag«, sagt die freundliche Stimme, »Dienstag können wir das erste Handgelenk operieren, mit welchem sollen wir anfangen, mit dem rechten oder dem linken? Das andere machen wir dann eine Woche später.« Ich erkläre der freundlichen Stimme, dass das nicht geht, weil am Donnerstag das Umzugsunternehmen bestellt ist.

Als ich am 26. Januar aus der Narkose aufwache, kann ich mit den bis zum Handrücken eingegipsten Händen nichts festhalten. Der Trinkbecher mit dem Strohhalm wird mir an den Mund, das Handy zum Telefonieren ans Ohr gehalten, und die Käsebrote werden mir klein geschnitten, während Ava in unserer Wohnung eine Liste mit Telefonnummern und To-dos an die große Industrietafel hängt und Kistenpackteams koordiniert, während ihre Freundin mit dem Akkuschrauber auf 220 Quadratmetern alles abmontiert, was nicht niet- und nagelfest ist, sogar die Brausestange mit dem Duschkopfhalter, und am 28. Januar um 7:30 gucken die Möbelpacker ein bisschen irritiert, als ich ihnen mit zwei eingegipsten Unterarmen die Tür aufmache. In den Folgewochen kommt erst eine Pflegekraft, um mir beim Anziehen und Waschen zu helfen, und dann meine Schwägerin, um mir beim Kistenauspacken und Putzen zu helfen, und statt Tampons verwende ich in der Zeit eben Binden. Zumindest kann ich mit den aus dem Gips herausragenden Fingern eine Tastatur bedienen und E-Mails an Versandhäuser und Inkassounternehmen schicken. In den folgenden Wochen gehe ich zur Physiotherapie und im Mai kann ich meine Handgelenke wieder im 90-Grad-Winkel abwinkeln. Im Juni breche ich zur Reha nach Bad Liebenstein auf. Meine Handgelenke, mit denen ich das Lenkrad steuere, sind längst wieder voll funktionsfähig. Es sind nicht meine Hände, derentwegen ich hierherfahre.

Some Girls Mothers are bigger than other Girls Mothers (2016)

Kurklinik Dr. Lauterbach, Abt. Psychosomatik

Ich habe ein Einzelzimmer mit Balkon und ein Auto dabei, es ist Sommer, und in der Nähe ist ein Badesee. Jeden Morgen um sieben ist Treffpunkt am Klinikeingang, vor dem Frühstück drei Runden um den Ententeich laufen oder 20 Minuten schwimmen. Alkoholkonsum ist auf der psychosomatischen Abteilung nicht erwünscht, aber kontrolliert wird er auch nicht. Ich habe eine Speisesaal-Tischgruppe und eine Musiktherapie-Gruppe und einen Korkenzieher auf dem Zimmer. Freitags zieht die psychosomatische Abteilung der Dr. Lauterbach-Klinik fast geschlossen zum Tanzen ins Little Birdland und dann tanzen wir und grölen mit, bis uns der Schweiß über die Gesichter läuft, und sind für zwei Stunden glücklich.

Was ich auch habe, ist eine Trauergruppe. Wir sollen angeben, um wen wir trauern. Ich würde am liebsten schreien, um meinen Mann, ich traure um meinen Mann, der Mann, den ich geliebt habe und der es mit mir aushalten wollte, ist gestorben und hat mich mit mir und meiner Unfähigkeit, zu lieben, alleingelassen. Aber ich bin ja nicht seinetwegen hier. Ich bin ja wegen meiner Mutter hier. Der Frau, die es nicht mit mir aushalten wollte. Und so sitze ich vor einem weißen Bogen Papier und höre, wie um mich herum Wachsmalstifte und Buntstifte über Papier schaben. Wir sollen, so lautet die Aufgabe, etwas malen oder zeichnen, das wir mit der toten Person verbinden, um deren Verlust es geht. Jutta weint, als sie ihr Bild zeigt. Michael weint, als er sein Bild zeigt. Hilda weint, als sie ihr Bild zeigt. Sie müssen weinen, weil ihr Bild sie an etwas Schönes erinnert hat. Ich weine nicht. Ich schluchze. Ich breche auf. Es schüttelt mich. Ich kann gar nicht mehr aufhören. Weil ich keine schöne Erinnerung habe. Ich habe einen Rollladen gezeichnet. Meine Mutter hat den Rollladen heruntergelassen und mich Zeit ihres Lebens nicht ein Mal dahinterblicken lassen.

Dabei war sie auch bloß mal ein Mädchen mit Spängchen in den Haaren.

Mit neugierigen Augen und zur Seite gestecktem Pony guckt das Mädchen im Strickpulli mit Hirschmotiv in die Kamera. Auf dem Foto sitzt sie neben ihrem kleinen Bruder auf dem Rasen vor einem Haus. Die unvollständige kleine Familie ist einquartiert, bei einem Bad Hersfelder Zahnarzt samt Zahnarztgattin. Das Mädchen hat hier jede Menge Cousins und Cousinen, deren Mütter verwitwet sind, wie ihre eigene. Der Krieg liegt ein paar Jahre zurück, ihre Großmutter hat drei Söhne und einen Schwiegersohn an diversen Fronten verloren, liegen geblieben in der Normandie, vermisst in Russland, eine Schwiegertochter hat sich auf der Flucht umgebracht, das fröhliche kleine Mädchen mit dem Hirschpulli freut sich, dass sie ihre Cousins und Cousinen zum Spielen hat, die Forstmeistergroßmutter hat sie alle in Bad Hersfeld untergebracht. Bad Hersfeld liegt im amerikanischen Sektor, die Amerikaner tanzen in der Lullusquelle und verschenken amerikanische Süßigkeiten, aber die Schokolade, die ein GI dem kleinen blonden Mädchen mit dem Haarspängchen zuwirft, schmeißt es nach dem Auspacken weg, Schokolade kennt sie nicht, und braun sind keine Lebensmittel. Ob die GIs Lucky Strike rauchen und man auch in Nordhessen *Sentimental Journey* umdichtet, weiß ich nicht, aber ich kann mir das kleine blonde Mädchen sowieso nicht beim Zigarettenstummelaufheben vorstellen.

Ihre Sommer verbringt sie am Edersee, in einem Zeltlager, das ihre Mutter leitet, an die hundert Kinder in riesigen Gemeinschaftszelten, ein Kinderdorf auf Zeit. Ihre Mutter, meine Großmutter, geboren 1917 in Oppeln, hat in Breslau bei der Mutter Oberin eine Ausbildung zur Krankenschwester gemacht und sich im Kriegslazarett in diesen schmalen Forstwirt mit den runden Brillengläsern und der hohen Stirn verliebt, sein Vater ein angesehener Forstmeister in Nordhessen, seine Mutter reiche Erbin, sie kommt aus Düsseldorf und das Geld aus der Gebrüder Stein Weingroßhandlung und Schaumweinkellerei und dem Steinkohlebergwerk Auguste Victoria. Von den vier Söhnen, die der Forstmeister und die

Erbin aus dem Rheinland bekommen, haben alle bis auf einen einen Doktortitel, sogar die Tochter hat einen, und die Brüder mit dem Doktortitel fallen im Krieg, aber vorher verliebt sich einer davon in einem Kriegslazarett in meine Großmutter und sorgt dafür, dass sie mit ihrer Familie aus dem schlesischen Oppeln nach Bad Hersfeld zu seiner Familie zieht.

Ich habe einen Mann verloren und dachte immer, schlimmer ist es nur, wenn eine Mutter ein Kind verliert. Im Krieg geht beides. Den Mann zu verlieren und ein Kind. Oder auch mehrere. Wie meine Urgroßmutter. Die hat drei verloren, drei Söhne. Geblieben sind ihr Mädchen, die sie sich nicht ausgesucht hat, Mädchen, die sich ihre toten Söhne ausgesucht haben, Schwiegertöchter, trauernde Mädchen, und Kinder haben sie auch mitgebracht. Eines dieser Mädchen ist meine Großmutter, die ihren Mann verliert, bevor sie sein zweites Kind auf die Welt bringen kann, und der Gnade einer Schwiegermutter ausgeliefert ist, deren Missbilligung sie spürt, weil sie nicht diejenige ist, die ihre Schwiegermutter haben wollte. Sie ist nur diejenige, die ihr geblieben ist.

Die Familie, in die meine Großmutter einheiratet, hat klar mehr zu bieten als die Familie, die sie mitbringt. Ihr Vater, mein Urgroßvater Franz Sander, wird mir als Kind als Reichsbahner verkauft. Zur Reichsbahn geht er aber offensichtlich erst relativ spät in seinem Leben. Wie spät, weiß ich nicht. Was ich hingegen weiß, ist, dass die Reichsbahn in Oppeln in der Zeit, in der die Deutsche Reichsbahn im Dienst des Nationalsozialismus Menschen in Vernichtungslager deportiert, für den Transport der oberschlesischen Juden nach Auschwitz zuständig war. Ob mein Urgroßvater Franz 1941 noch in Oppeln gelebt hat, und ob er mit damals 52 Jahren noch bei der Reichsbahndirektion Oppeln angestellt war und ob er von Transporten nach Auschwitz gewusst, sie betreut oder gar gefahren hat, gibt die Familiengeschichte bislang nicht her. Was sie hingegen hergibt, ist, dass es ein Leben lang erstrebenswert sein wird, sich als »eine echte Redow« zu erweisen. Von »eine echte Sander« höre ich nie. Die echten Redows, so wie sie mir erzählt werden, haben Haltung und Doktortitel und sind Juristen oder Forstwirte. Und tot.

Warum ein echter Redow mit echter Haltung und echtem Doktortitel eine Krankenschwester aus Oppeln heiratet, deren Vater im besten Fall Reichsbahner, möglicherweise aber auch nur ungelernter Hilfsarbeiter ist, hat mir bisher niemand erklären können. Auffällig ist, dass die Redows auf Fotos abgebildet sind, ihre Familiengeschichte erzählt wird und ich ihre Namen kenne. Meine Urgroßeltern Sander aus Oppeln und die Geschwister meiner Großmutter kommen nur als die mitgebrachte Familie der angeheirateten Schwiegertochter vor. Oder als *buckliche Verwandtschaft*, wie die legendäre Tante Käthe, von der erzählt wird, dass sie von den teuren Bonbons, die ihre Verehrer ihr schenkten, die glänzenden Einwickelpapierchen glatt strich und aufbewahrte, um darin die billigen Bonbons einzuwickeln, die sie ihren Nichten und Neffen schenkte.

Die Himbeerbonbons, die meine Großmutter immer im Handschuhfach ihres vw-Käfers hat, sind mit Staubzucker bestäubt, nicht eingewickelt, und in ihren Wäscheschubladen liegen Lavendelsträußchen. Wenn Elsa und ich bei ihr in die Badewanne gehen, wirft sie sprudelnde Kiefernnadelbadetabletten ins Badewasser und setzt uns Kronen aus Badeschaum auf. Zum Frühstück hören wir eine ihrer Klassikschallplatten, Smetana, Bach, Beethoven, Tschaikowsky. Auf die Schallplattenhüllen hat sie mit Kugelschreiber ihren Namen geschrieben, also den guten, ihren Ehenamen. Sie schwärmt davon, wie sie einmal in Moskau im Bolschoi-Theater den *Nussknacker* gesehen hat, sie schwärmt von Herbert von Karajan, aber es gibt auch ein Musical, dessen deutsche Fassung sie uns immer wieder vorspielt. *My Fair Lady*, das Musical vom vulgären Blumenmädchen Elisa Doolittle mit dem saufenden Tunichtgut-Vater, die ein englischer Professor als Wetteinsatz benutzt, um zu beweisen, dass Herkunft nichts und Sprache alles ist. Innerhalb von sechs Monaten, so wettet er, will er ihr die Straße austreiben und eine Dame aus ihr machen. Fast gelingt es ihm auch. Im zweiten Lieblingsmusical meiner Großmutter, *Anatevka oder Der Fiedler auf dem Dach*, versucht der arme jüdische Milchmann Tevje, seine drei heiratsfähigen Töchter möglichst gewinnbringend an den Mann zu bringen.

Die Redow-Familie, in die meine Großmutter einheiratet, ist eine Familie überzeugter Nationalsozialisten. Die drei Söhne und der Schwiegersohn, die mit Doktortiteln in den Krieg ziehen, aus dem sie nicht zurückkommen, segeln auch in ihrer Freizeit unter der Hakenkreuzfahne, als ss-Mitglied benötigt mein Großvater eine rassische, gesundheitliche und weltanschauliche Unbedenklichkeitserklärung, um meine Großmutter zu heiraten, meine Großmutter, für die fortan nicht sein kann, was nicht sein darf, die jeden aus ihrem Leben schmeißt, der nicht in ihr Weltbild passt, die selbst ihre eigene Schwester für tot erklärt, dabei ist sie gar nicht tot, sondern hat nur ein uneheliches Kind ausgetragen. Meine Großmutter, die ich von Fotos als blonde Schönheit kenne, bis mir jemand erzählt, dass das Blond gefärbt ist.»Kopf hoch, auch wenn der Kragen schmutzig ist«, sagt sie regelmäßig zu Elsa und mir, aber sie muss es auch zu sich selber gesagt haben, mit 27, verwitwet und mit zwei kleinen Kindern. Hat den Kopf hochgenommen und den Führerschein gemacht, um die anspruchsvolle Schwiegermutter durch die Gegend zu kutschieren, und jeden Sommer ein Rot-Kreuz-Zeltlager für hundert weitere Kinder geleitet. Meine Großmutter, bei der wir das Frühstücksei aus Rosenthal-Eierbechern löffeln und dazu exakt eine Schallplattenseite mit klassischer Musik hören. Meine Großmutter, die die Titelseite von Illustrierten mit Leukoplast abklebt, wenn darauf nackte Brüste abgebildet sind, und aus ihrer Verachtung für meinen Vater, den vollbärtigen rauchenden, trinkenden, linken Oberstudienrat, keinen Hehl macht. Deren Lieblingsmusical davon handelt, wie einem Mädchen beigebracht wird, seine Herkunft zu leugnen.

Ihre eigene Tochter, das Mädchen mit dem Spängchen im Haar und dem Kinderlächeln, verschwindet aus den Fotoalben, aber auch als kräftige junge Frau mit dicken Brillengläsern und streichholzkurzen Haaren lächelt sie auf den meisten Bildern noch, wenn auch schon wesentlich unsicherer. Als 18-Jährige lebt sie einen Sommer bei einer britischen Gastfamilie, lernt ein paar Brocken Russisch und fängt an zu rauchen. Mit Anfang 20 fährt sie in die Normandie, es gibt dieses Foto aus einem französischen Hotelzimmer, ein leeres Hotelbett mit zerwühlten weißen Laken, da ist sie mit ihrem Bruder auf dem Weg zum deutschen Soldatenfriedhof in Orglandes, auf dem ihr Vater begraben liegt, den sie nie kennengelernt hat. Ein paar Jahre später sitzt sie in einem Heidelberger Hörsaal und will rauchen. Sie bittet den, der neben ihr sitzt, um Feuer. Das war Papa.

Eines der schlimmsten Dinge, die meine Mutter, neben dem Rauchen, tun konnte, war, einen Koschmieder zu heiraten, denn damit hat sie ihren Namen hergegeben. Als ihre Tochter werde ich in der Wertung meiner Großmutter immer eine Koschmieder bleiben. Mir muss als Kind niemand begründen, warum man eine echte Redow sein will. Man will es, das spürt man.

Eine Anführerin soll Mama gewesen sein, lustig, mitreißend, erzählen ihre Cousins bei der Beerdigung meiner Großmutter, zu der sie einen großen Kranz geschickt hat, aber nicht kommt. Ich kriege die beiden Bilder nicht übereinander. Das überbordende, mitreißende Mädchen und die magere Frau auf dem gelben Küchenstuhl, die mit wässrigem Blick fordert, auch mal Kind sein zu dürfen, wenn wir sie bitten, die Schallplatte, die sie zum siebten Mal auf voller Lautstärke hört, ein bisschen leiser zu stellen. Die Frau, die an Silvester die roten Zündköpfchen von Streichhölzern abbricht und die abgebrochenen Reste von unten in Zitronen bohrt, als Beine, und bunte Reißzwecken für die Augen, die Pupillen ein schwarzer Filzstiftkringel, und zum Schluss jedem Silvesterschweinchen noch einen Pfennig ins Zitronenmaul schiebt, weil das Glück bringt fürs neue Jahr, auch wenn die Pfennige spätestens am 3. Januar aus den verschrumpelnden Zitronenmäulern fallen.

Mich überkommt Mitleid mit dem lächelnden Mädchen im Hirschpulli.

III.
Dry

Der gelbe Strickpulli (2020)

Ich habe einen knallgelben neuen Winterpulli. Eigentlich war ich in der Stadt, um mit Tillie ein Kleid auszusuchen. Sie ist zu einer Hochzeit eingeladen. Zur Hochzeit des Mannes, zu dem sie viele Jahre lang Papa gesagt hat. Wir stehen irgendwo in der Fußgängerzone, da ruft er sie an, um sich zum dritten Mal zu versichern, dass sie am Samstag auch wirklich schon morgens zum Standesamt kommt. Und ihr großer Bruder auch. Karl hat nie Papa zu ihm gesagt, aber zur Hochzeit ist er natürlich trotzdem eingeladen. Es ist ein bisschen kompliziert bei uns. Die drei spektakulär glamourösen Kleider, die ich für Tillie von den Ständern zusammensuche, nimmt sie mit in die Kabine und sie sieht wie zu erwarten spektakulär glamourös darin aus. Aber als sie sich in dem Kleid, das sie selber ausgesucht hat und das mir auf der Stange zwischen den anderen »nimm mich, nimm mich« schreienden Kleidern gar nicht aufgefallen wäre, vor der Umkleidekabine um die eigene Achse dreht, bin ich stolz auf meine Tochter.

Tillie ist schon längst aus der Umkleidekabine und hat sich in der Kassenschlange angestellt. Ich treibe mich zwischen den Gängen herum. Bleibe an einem knallgelben Strickpulli hängen. Ziehe ihn an Ort und Stelle vor dem Spiegel über Sonnenbrille und Overall. Marschiere damit zur Kassenschlange. Sehe an Tillies Blick, dass sie den Pulli nicht so toll findet, wie ich es bräuchte, um mir die Entscheidung zu erleichtern. Das schwule Pärchen hinter ihr in der Schlange mustert mich und den gelben Pulli, in dem ich stecke, und am liebsten würde ich sie auch hinzuziehen, denn Tillie wackelt zweifelnd mit dem Kopf. »Du hast doch diese gelbe Wollmütze, Mama, die ist cool, aber das ist ein ganz anderes Gelb als dieser Pulli.« Ich spähe rüber zu dem schwulen Pärchen, aber aus ihren Mienen ist nicht abzulesen, was sie denken und was sollen sie auch denken, wahrscheinlich interessieren sie sich kein bisschen für die ästhetischen Fragestellungen des Heten-Mutter-Tochter-Pärchens vor ihnen, warum sollten sie auch, also nicke ich, gehe zurück zu den Kleiderstangen und bewundere vor dem Spiegel noch einmal den schönen Schnitt, bevor ich mir beim Über-den-Kopf-Ziehen zum zweiten Mal die Sonnenbrille vom Kopf reiße. An der Stange, an der der Pulli hing, gehe ich vorbei, ohne ihn zurückzuhängen. Tillie grinst mich von ihrem Platz in der Kassenschlange aus an. »Wir hätten das schwule Pärchen fragen sollen.« Von den fünf Kassen sind zwei besetzt. Während ich mich hinten an der Schlange anstelle, rückt Tillie an den vordersten Schalter vor und bezahlt ihr Kleid. Das schwule Pärchen, das an der hinteren Kasse gezahlt hat, verlässt fast zeitgleich mit Tillie den Kassenbereich. Als sie an mir vorbeikommen, erkennt mich einer der beiden. Sieht, dass ich in der Schlange stehe. Mit dem gelben Strickpulli über dem Arm. Lächelt. »Wir hatten so gehofft, dass Sie den Pulli nehmen. Aber wir haben uns nicht getraut, Sie anzusprechen. Der steht Ihnen so gut.«

Ich habe einen knallgelben Strickpulli und Tillie ein Kleid für die Hochzeit, auf der ein Mann eine Frau heiratet, statistisch gar nicht so ungewöhnlich für Hochzeiten, ein Mann, der von einem Mädchen, das nicht seine Tochter ist, Papa genannt wurde, ein Mann, der der Vater ihres Bruders ist, aber nicht ihre Mutter heiratet, die zwar die Mutter ihres Bruders ist, aber nicht den Mann heiratet, zu dem sie als kleines Kind Papa gesagt hat. Es gab diese Zeit, in der mich das an den Rand dessen gebracht hat, was ich aushalten konnte. Weil ich ihren Vater, den Mann, zu dem sie biologisch korrekt Papa hätte sagen sollen, sagen können, geliebt habe wie nur irgendwas. Weil dieser Mann tot ist. Weil ich diesen Kindern, ihrem großen Bruder, der selber noch mal einen anderen Papa hat, und ihr, einen neuen Mann vorgesetzt habe, den sie sehr mochten, den sie lieben und in ihr Leben lassen wollten. Den sie sogar Papa nennen wollte. Wofür sie sich die Abwehr und das Unverständnis einer Mutter zugezogen hat, die sich diesen Mann ja selbst ausgesucht hatte. Die Abwehr und das Unverständnis einer Mutter, die diesen Mann auch meinen und lieben wollte und gleichzeitig so voller Trauer und Sehnsucht und unbewältigter Abschiedszeit war, dass sie ihrem eigenen kleinen vierjährigen Kind vorgehalten hat, dass es einen Mann, der mit ihr Drachen steigen lässt, ihr die Welt erklärt, sie auf einem Plastikschlitten im Winter an den Skoda bindet und über den verschneiten Waldboden zieht, Liebe entgegenbringt und zu ihm Papa sagt.

Es fühlt sich richtig an, dass es Tillie ist, die den Laden mit einem Glamourkleid verlässt und ich mit einem gelben Strickpulli.

Es fühlt sich richtig an, aus der Drama Queen heraus und in einen gelben Strickpulli hineinzuwachsen. Zumindest zeitweise. Und die Fingernägel kann ich mir ja immer noch schwarz lackieren.

Aufnahme (Tag 1)

Salus Klinik Lindow, Aufnahmestation

Mein Patientenausweis ist eine kleine weiße Plastikkarte mit Magnetchip, mit dem sich die Zimmertür öffnen lässt. Auf der Karte mit dem Magnetchip steht meine Patientennummer. Und mein Name. Ein Foto, auf dem ich ziemlich verstört gucke, ist auch drauf. Das lag aber nicht an der Kamera.

Bevor ich ein Zimmer und eine Mitbewohnerin zugewiesen bekomme, verbringe ich einen Tag auf der Aufnahmestation. Mit nacktem Oberkörper liege ich auf der Behandlungsliege, und die Schwester mit den kupferroten Rastas, die mich schon vermessen (173 cm) und gewogen (61 kg) hat, will mir die drei bunten Elektroden fürs EKG auf die Haut kleben. »Ich bin aber Situs inversus«, sage ich. »Wasn ditte?«, fragt sie grinsend und begutachtet die Schweinegöttin, die ich unterhalb des Rippenbogens auf der rechten Seite eintätowiert trage. »Seitenverkehrt. Mein Herz ist rechts. Die anderen Organe auch alle seitenverkehrt«, erkläre ich ihr. Hat sie ja noch nie gehört. Und klebt die bunten EKG-Knöpfe wie immer. »Vielleicht funktioniert's ja trotzdem.«

Ich habe meinen Pulli wieder an und klopfe an die nächste Tür, bei der Schwester, die meine Daten erfassen und das Foto machen soll. Sie hebt kurz den Blick und mustert mich einmal von oben bis unten. »Würden Sie bitte die Mütze abnehmen?«

Wenn ich meine Haare nicht mit Haarspray oder Haarspangen so gebändigt habe, dass ich aussehe wie eine Mischung aus Edelpunk und Audrey Hepburn, schlinge ich mir ein Tuch um den Kopf. Oder trage eben Mütze. Mit ungebändigten Haaren fühle ich mich verletzlich und durchschaut. Unter meiner Mütze sitzen nicht einfach meine Haare. Unter meiner Mütze sitzt meine Angst vor Kontrollverlust.

»Entschuldigen Sie, ich wusste nicht …«

»Das ist eine Frage des Respekts, in geschlossenen Räumen die Kopfbedeckung abzunehmen.«

Sie richtet die Kamera, die auf dem Tisch steht, fasst mir unters Kinn und dreht meinen Kopf so, wie sie es braucht, dann drückt sie auf den Auslöser.

»So, Ihre Kontaktdaten haben wir ja. Jetzt bräuchten wir noch einen Notfallkontakt. Also wen wir benachrichtigen sollen, wenn irgendetwas ist.«

Spätestens nach der Trennung von Micha ist mir klargeworden, dass ich mich damit befassen muss. Irgendeine Regelung treffen. Wie soll das denn gehen, wenn mir tatsächlich etwas zustößt? Ich kann ja schlecht erwarten, dass Micha alle drei Kinder zu sich nimmt. Aber soll ich sie etwa aufteilen, Tillie zu ihren Großeltern, Karl zu seinem Vater und Oleg zu seinem? Zum Glück habe ich lange genug überlebt, und jetzt sind Karl und Tillie ausgezogen und brauchen niemanden mehr, bei dem sie leben können. Die Frage, wen ich angeben soll, beantwortet das trotzdem nicht. Eltern hab ich keine mehr, der Mann, den ich gerne angeben würde, ist tot, Oleg erst 15, und Karl geht entweder nicht ans Telefon, oder er hat keins. Ich gebe Tillies Telefonnummer an.

»Ihre Patientenkarte kriegen Sie morgen, wenn Sie auch Ihr Zimmer zugewiesen bekommen, an der Rezeption. Bis dahin verlassen Sie bitte die Aufnahmestation nicht. Heute Nachmittag kommt noch die Oberärztin zur Aufnahmeuntersuchung bei Ihnen vorbei, Abendbrot und Frühstück kriegen Sie nebenan in der Schwesternküche, und wenn irgendwas ist, melden Sie sich vorne im Schwesternzimmer.«

Die Oberärztin interessiert sich bei der Aufnahmeuntersuchung mehr für Literatur als für die Mütze auf meinem Kopf, nach fünf Minuten sind wir durch miteinander. Meinen Koffer und meine Taschen lasse ich gestapelt vor dem Wandschrank stehen, für die eine Nacht auf der Aufnahmestation lohnt sich das Auspacken nicht. Ich hole nur meine blaue Waschtasche mit dem Pinguin und ein Schlaf-T-Shirt aus dem Koffer. Normalerweise schlafe ich nackt, aber hinter einer Burg aus bunten Rollkoffern sitzt eine muskelbepackte junge Frau mit schwarz umrandeten Augen und Tattoos unter dem linken Auge und über der Augenbraue. Auf den Tisch, der zwischen unseren Betten steht, hat sie ein Primeltöpfchen gestellt. »Hat mir meine beste Freundin mitgegeben.« Ich habe sofort weniger Angst vor ihr.

Schilder und Gebote (Tag 2)

Haus D, 1 Zi., Szczepański / Koschmieder

Ich bin in einer Suchtklinik. Einer sehr gepflegten Einrichtung in Brandenburg zwischen Kiefernwäldern, Birken und Seen mit Schwänen drauf und Regeln, die für den gegenseitigen Respekt sorgen sollen. Respekt, der in der gepflegten Einrichtung darin besteht, in geschlossenen Räumen keine Kopfbedeckung zu tragen. Von der Frau mit den tätowierten Sternchen unter dem linken Auge weiß ich inzwischen, dass sie Alex heißt. Und dass wir uns für die nächsten drei Monate eins der »wohnlich und zweckmäßig eingerichteten« Zweibettzimmer teilen werden. Ich stecke meinen Einkaufswagen-Chip in einen der klinikeigenen Gepäckwagen und schiebe zusammen mit Alex und ihrem Primeltöpfchen los in Richtung Haus D. Die Sonne scheint.

»Ey, dein Mantel schleift im Dreck, soll ich dir helfen?« Der Typ, der von einer der Bänke aufgesprungen ist, hat eine knallblaue Wollmütze und ein St.-Pauli-Hoodie an. Beides hätte ich hier nicht erwartet. »Geht schon. Aber danke.« Ich stopfe meinen herunterhängenden Mantel zwischen den Taschen fest und schiebe den Gepäckwagen durch die Glastüren von Haus D, der Suchtabteilung. Haus D hat mit blauem Kurzflorteppich ausgelegte Gänge, Doppelzimmer und Gemeinschaftsstaubsauger. In der Psychosomatik in Haus K haben sie Einzelzimmer, einen Reinigungsdienst und Sessel auf den Zimmern.

Szczepański und Koschmieder, weisen die austauschbaren Namensschilder in der Türschildhalterung neben der Zimmertür die aktuellen Bewohnerinnen aus. Szczepański hat sich darauf eingelassen, Koschmieder das Bett zu überlassen, das durch das eingebaute Bad verdeckt wird. Das andere steht mit dem Kopfende zur Fensterseite gegenüber der Eingangstür. Wenn jemand reinkommt, guckt er direkt auf Alex, also wenn sie auf ihrem Bett rumlungert, was sie tut, wir sind ja hier die Suchtabteilung, Sessel gibt's nur in der Psychosomatik. Der Fernsehbildschirm an der Wand hat einen

Schwenkarm und lässt sich direkt übers das Fußende von Alex' Bett schwenken. Ich vermute, das war ein entscheidendes Argument, mir das nicht direkt einsehbare Bett mit Fensterblick zu überlassen. Vor dem Fenster steht ein großer Baum, dessen Sorte sich erst noch rausstellen muss, wenn sich die Knospen öffnen. Vom Schreibtisch aus kann ich direkt auf den Raucherpavillon gucken, »Dorfkrug« wird der hier genannt, weiß Alex, als sie vom Rauchen wieder hochkommt und mich erstaunt mustert, weil ich auf dem Schreibtisch stehe und an der Vorhangschiene herumzerre. Ich wollte den bodenlangen Vorhang abnehmen, hellgelb und mit großem Blütenmuster, aber er ist in der Schiene fixiert. Alex zieht ihren sofort zu und fragt, ob sie nebenbei den Fernseher anmachen kann, während sie ihre Sachen auspackt. Die Wandschränke teilen wir auf, die Ablage, auf der auch das Zimmertelefon steht, überlasse ich Alex, sie beansprucht dafür keinen Platz auf dem Bücherbord darüber. Meine Thermoskanne stelle ich auf den Schreibtisch neben den blauen Plastikblumentopf mit dem Weihrauchsteckling. Die Autofahrt haben sie auch schon nebeneinander auf dem Beifahrersitz verbracht. Um den Topf ist ein türkisfarbener Stofffetzen gewickelt, der die Erde um den Steckling vorm Austrocknen bewahren sollte. Ich habe ihn drangelassen, er passt so gut zur Tischbeschichtung. Außerdem rührt mich die fürsorgliche Geste, mit der er den Weihrauchsteckling beschützt.

Das Telefon, berichtet Alex, während sie die XXL-Becher mit ihren Protein- und Eiweißshakes und ein großes Glas Anrührkaffee auf der Abstellfläche aufbaut, kann jederzeit unangekündigt morgens um sechs oder abends um zehn klingeln und uns zum Pusten auf Station antreten zu lassen. Und Wasserkocher sind auf dem Zimmer verboten, aber man kann sich heißes Wasser aus dem Speisesaal in die Thermoskanne abfüllen und mit aufs Zimmer nehmen. Ich bin froh, dass Alex Raucherin ist. Ich bin nicht so froh, dass sie eine Mittags-Talkshow angestellt hat. Kopfhörer scheint es für den Fernseher nicht zu geben, und ich weiß nicht, wessen Bedürfnisse wichtiger sein sollen und wer mehr Recht worauf hat. Ich frage mich, wie wir das regeln können mit dem Fernseher. Alex frage ich das nicht.

In der Schublade, in die ich meine Unterwäsche und meine Socken packe, liegt eine Klinik-Broschüre. Was heute als *Fachklinik zur Behandlung von Störungen durch psychotrope Substanzen und für psychische und psychosomatische Erkrankungen* Menschen wie Alex und mich aufnimmt, hat eine typisch deutsche Gebäudegeschichte. 1915 erbaut als Genesungsheim für weibliche Versicherte, 1941 Reservelazarett, ab 1945 unter sowjetischer Administration und Erholungsheim für höhere Offiziere. Nach der Wende denkmalschutzgerecht saniert und um ein Sporttherapiegebäude mit Schwimmbad erweitert. Neben einem Lageplan der von A bis Z durchbuchstabierten Gebäude, Öffnungs- und Ausleihzeiten und Kontaktadressen bietet die Broschüre auch Hinweise zum Verhalten auf dem Klinikgelände. Ich verstehe ja, warum dort darauf hingewiesen wird, dass man die Wildtiere, die sich aufs Gelände verirren, nicht füttern soll, weil sie sich dann an die Fütterung gewöhnen. Was ich nicht verstehe, ist, das Fütterungsverbot noch weiter auszuführen, »weil wir uns als Klinikleitung in diesem Fall leider gezwungen sehen, ihre Tötung zu veranlassen«.

Vor dem Abendbrot drehe ich eine Runde übers Gelände. Der Weg zum Seeufer führt mich an vielen überdachten Raucherinseln vorbei und an Haus K, der Psychosomatik mit den Sesseln auf den Zimmern. Aber auch der Verwaltungstrakt, die Sporthalle, jedes Gebäude ist mit einem Buchstaben gekennzeichnet, und am Bogenschießplatz warnt ein Schild: »Achtung, Lebensgefahr! Das Betreten der Wiese während des Bogenschießens ist untersagt!« Die Klinik verfügt über einen Hang zur Ausschilderung. Die soll für Orientierung sorgen. Und dafür, dass ich nicht zu Schaden komme, den Respekt nicht verliere und nicht vergesse, dass hier andere Regeln gelten als in meinem Privatleben. Als in dem Leben, in dem ich noch getrunken habe. In dem ich mich nie und nimmer darauf eingelassen hätte, dreieinhalb Monate ein Zimmer mit jemandem zu teilen.

Im Speisesaal ist kein Tisch mehr frei. Ich muss mich irgendwo dazusetzen. Der Mann mit den eingesteckten Ohrstöpseln guckt nur kurz von seinem Teller auf und nickt. Ich stelle mein Tablett ab, schmiere Butter auf meine erste Suchtklinikabendbrotscheibe. Wollte ich ja immer, dass jemand Essen für mich zubereitet. Mich an den gedeckten Tisch setzen. Dass niemand was von mir will. O. k., ein Kantinenbüfett ist kein gedeckter Tisch und mein Gegenüber trägt Ohrstöpsel, aber immerhin, es gibt Salatbüfett, und das Senf-Joghurtdressing ist gut. Mit auf den Tellern gesenkten Blicken verzehren wir unser Abendbrot. Auf der Tischplatte klebt ein laminiertes Schild: »Bitte verlassen Sie den Speisesaal umgehend nach dem Essen und halten Sie sich nicht unnötig lange am Tisch auf.« Nach ungefähr zwölf Minuten habe ich aufgegessen. Die Klinik und ich, wir passen gut zueinander in unseren Bedürfnissen.

Ich habe eine Karte, auf der ein Foto von mir ist, das ich nicht mag, und ich werde die kommenden Monate mein Zimmer mit einer Person teilen, mit der ich mich über Fernsehzeiten verständigen muss. Jederzeit können wir zum Pusten auf der Station berufen werden. Ich befinde mich an einem gefährlichen Ort. Aber auch an einem, an dem man auf mich aufpasst.

Bomberjackenwut (Tag 7)

Haus D, 1 Zi., Szczepański / Koschmieder

Mit verspiegelten Gläsern vor den Augen, schwarzer Mütze und Kopfhörern auf den Ohren stapfe ich durch den Wald, die Fäuste in den Taschen meiner Bomberjacke geballt. Ich komme aus der Veranstaltung »Einführung Sozialberatung«. Die fünf Männer, die mit mir in der Veranstaltung saßen, haben schütteres Haar und ziemlich unbewegte Gesichter. Aber es sind nicht ihr schütteres Haar oder ihr Gesichtsausdruck, die ihre traurige Geschichte erzählen. Es ist ihre Körperhaltung. Die Sozialarbeiterin hat ein Herzchen auf ihrem Fleecepulli, lächelt oberhalb ihrer Maske und spricht langsam und deutlich. Für welche Belange die Sozialberatung da ist. Wie sie uns unterstützen können bei der Beantragung von Übergangsgeld, der Kommunikation mit dem Arbeitgeber oder dem Arbeitsamt. Wie Erwerbsminderungsrente zu beantragen ist und was sie von der Berufsunfähigkeit unterscheidet, die sie BU abkürzt. Die meisten Angebote richten sich an versicherungspflichtig Beschäftigte. Eine Stunde am Tag sind die PCS mit Internetanschluss in Haus K für Bewerbungen und Stellensuche zu nutzen, allerdings nur mit Bewilligung des Betreuungsarztes. Wegen der Spielsüchtigen. Die Sozialarbeiterin informiert uns über das Ausdrucken von Formularen, die Nutzung des Faxgeräts und weitere Vermittlungsmöglichkeiten, zum Beispiel zu einer Schuldnerberatung oder an weiterführende Einrichtungen wie Adaptionshäuser.

Nach jeder Aussage setzt sie eine Pause, um zu gucken, ob auch alle mitgekommen sind oder jemand eine Frage hat. Das Herzchen auf ihrem Fleecepulli sieht aus wie aus einer Lebensmittelfarbtube gedrückt. Ich werde unruhig. Fixiere die Tischkante. Denke, was soll ich hier. Ich habe hier nichts zu suchen. Wie man Anträge stellt, weiß ich, auch die unangenehmen. Ich habe letztes Jahr einen Antrag auf ALG II gestellt, habe an meinem schwarz lackierten Küchentisch gesessen und versucht, dem Finanzamt zu erklären, warum ich nicht mehr um Stundung, sondern um Erlass meiner Steuerschulden bitte.»Sehr geehrte Frau H.«, habe ich die sehr geehrte Frau H. vom Finanzamt Leipzig II angeschrieben und ihr erklärt, warum ich nach 17 Jahren Selbstständigkeit ohne Steuerschulden einen Antrag auf ALG II gestellt habe. Habe meine materiellen Verhältnisse und meine prekäre Situation vor ihr ausgebreitet an meinem schwarzen Küchentisch, der letztes Jahr noch doppelt so groß und ein Schreibtisch war. Nach Tillies Auszug sind Oleg und ich aus unserer riesigen Altbauetage mit Terrasse in eine Zwei-Raum-Plattenbauwohnung gezogen, dort habe ich mit dem Dampfstrahler die Raufasertapete vom Beton gelöst und Tillies Schreibtisch in der Mitte durchgesägt, damit er in die neue Küche passt. Unsere Verhältnisse sind übersichtlicher geworden. Meine Steuerschulden habe ich mit einem Bankdarlehen beglichen. Ich brauche keine Sozialberatung.

»Gib Alkohol nicht als Risikofaktor an«, hat meine Ärztin gewarnt, als ich den Rehaantrag gestellt habe,»da landest du gleich in der Suchtecke.« Und in die Suchtecke, da gehören ja die hin, die jetzt zusammengesunken mit mir um den weißen Tisch in der Sozialberatung sitzen und der Frau mit dem Lebensmittelfarbherz auf dem Pulli zuhören. Nicht meine Leute. Meine Leute sitzen unter sich, vor ihren Chardonnaygläsern, kokettieren ein bisschen mit ihrem eigenen Trinkverhalten und beschließen nach der Lektüre von Kristi Coulters *Enjoli*-Essay, jetzt aber wirklich mal ein bisschen zurückzuschrauben. Finden mich mutig, aber nicht hierher gehörig. Weil, ja, die Wahrscheinlichkeit ist gering, dass ich je die Sozialberatung einer Suchtklinik in Anspruch nehmen muss, um einen Platz in einem Adaptionshaus zu beantragen.

Kaum habe ich den Raum verlassen, merke ich, wie ein ungekanntes Gefühl in mir aufsteigt. Ich werde wütend. So wütend, dass ich mir die Pilotensonnenbrille aufsetzen und die Bomberjacke anziehen und mit geballten Fäusten durch den Wald rennen muss und mir die Wuttränen das Gesicht runterlaufen. Bisher konnte ich mich immer in Überlegenheit retten. Dinge zur Kenntnis nehmen, einsortieren, verstehen. Von mir fernhalten. Traurig war ich oft, weil es ja auch viel Trauriges gab im Leben. Wütend fast nie.

Wut war für andere. Aber jetzt hat sie mich erwischt. Denn ich *habe* Alkohol als Risikofaktor angekreuzt.

Der Alkoholiker, das ist doch bitte der, der vom Stuhl kippt, torkelt, das Gleichgewicht nicht halten kann, Gläser umschmeißt, ausfällig wird, mit rot geädertem Gesicht auf der Parkbank rumhängt, sein Leben nicht in den Griff kriegt. Alkoholiker, das sind diejenigen, die sichtbar ein Problem haben. Dem alle anderen ausweichen können. Nur, dass mein Problem nicht die Sichtbarkeit ist. Dass die bei mir nicht vorhanden ist, sagt nämlich weniger über mein vermeintlich nicht vorhandenes Suchtproblem aus als mehr über das fehlende Wissen über Sucht und ihre Erscheinungsformen. Weil eine Abhängigkeit sich nicht an Menge, Häufigkeit oder Regelmäßigkeit des Alkoholkonsums festmachen lässt. Und schon gar nicht an seiner Auffälligkeit. Weil er viel hinterlistigere Schäden anrichtet, Schäden, die sich oft erst Jahre später zeigen, die viel mit Ehrlichkeit und Beziehungsgestaltung und Vertrauen und Verlässlichkeit und Bindungsfähigkeit zu tun haben. Dinge, die weitergereicht werden, in Partnerschaften und in Familien. An Karl, Tillie und Oleg, die ich viel zu selten gefragt habe, wie ihr Tag war.

Bevor ich hergekommen bin, habe ich mit Oleg an unserem durchgesägten Küchentisch gesessen und versucht, ihm das mit dem Trinken zu erklären. Was das Trinken meiner Eltern mit mir als Kind gemacht hat und wie ich mich als Erwachsene dabei erwische, bestimmte Muster an meinen eigenen Kindern zu wiederholen. Ich glaube nicht, dass Oleg damit etwas anfangen konnte. Wie ungreifbar das alles ist. Ich weiß nicht, wohin mit meinen in den Jackentaschen geballten Fäusten. In das kahle Gebüsch mit den noch geschlossenen braunen Knospenspitzen zu schlagen erscheint mir albern. Und die Baumstämme sind zu hart.

Tischwechsel (Tag 11)

Haus D, 1 Zi., Szczepański / Koschmieder

Ich sitze auf der Bank am Steg. Auf der Kante der milchig gefrorenen Eisfläche balancieren Enten. Selbst vor dem See machen die Regeln nicht halt: »Da es immer wieder zu hässlichen Szenen auf dem Steg gekommen ist, haben wir uns nach reiflicher Überlegung dazu entschlossen, das Angeln auf dem Steg zu verbieten.« Keine Wasserkocher auf den Zimmern, keine Mützen in geschlossenen Räumen, kein Angeln am Steg, keine blutrot untergehende Sonne, nirgends. Nicht gerade eine Location für einen Abgang als Cowgirl in den Sonnenuntergang.

Trotz dem alten Drachen, trotz des Todes Rachen, trotz der Furcht darzu, das ist eine Zeile aus einer Bach-Motette und ich habe sie mir vor ein paar Jahren auf den Unterarm tätowieren lassen. Sie soll mich daran erinnern, dass ich nicht mehr das Mädchen sein will, das sich schämt. Auf meine dicken Daumen setze ich mich schon lange nicht mehr, um sie zu verbergen. Aber ich habe es trotzdem noch ziemlich lange an einem falschen Tisch ausgehalten.

Innocent when you dream, hat Tom Waits gesungen, als ich in den 90ern glauben wollte, mit Theater die Welt ein bisschen verändern zu können. Später dann, als das mit dem Träumen nicht mehr so gut geklappt hat, hat Leonard Cohen mich getröstet: *There's a Crack in everything that's where the light comes in.* Und wenn weder die Unschuld noch das Licht sich einstellen wollten, habe ich die Realität eben ein bisschen zum Glänzen gebracht, wie einen glasierten Donut.

Die Enten könnten ruhig ein bisschen quaken. Ich ziehe den Reißverschluss ganz hoch. Ziemlich kalt auf meinem Suchtkliniksteg ohne Sonnenuntergang und Entenquaken. Ich gucke auf meine dicken Daumen und auf die Leitersturznarben an meinem rechten und meinem linken Handgelenk. Das Mädchen ist erwachsen geworden, aber die Scham ist geblieben, und ich frage mich, wer ich eigentlich bin, wenn ich nicht mit jedem Glas die Realität ein bisschen mehr verschwimmen lasse und mich in eine Unschuld zurückträume, die es nie gab. Wer bin ich, wenn ich mein Bedürfnis nach Zärtlichkeit, Gefühlen und echter Nähe nicht mehr im Alkohol ertränke?

Ich blende die gefrorene Eisfläche vor mir aus und meine Freundinnen ein. Wir sitzen zwischen Oleanderblüten und Kübeln mit kanarischen Dattelpalmen in der untergehenden Sonne auf einem Freisitz, die umliegenden Tische sind gut besetzt, die Freundinnenlippen rot bemalt, vor uns liegen unsere Handys und Gauloises-Päckchen.

Kling, kling, kling, die Eiswürfel klackern in den dünnwandigen Gläsern, schweigend starren wir in die hinter Oleanderzweigen versinkende Blutorangensonne. Wir haben es nicht eilig, unsere Textpassagen aufzusagen, sie wiederholen sich. Irgendwas mit Jobs (anstrengend, unterfordernd, zu wenig), Partnerschaften (belastend, unbefriedigend, nicht vorhanden), irgendwas mit Farb- oder Materialentscheidungen (Flur, Terrasse, Wintergarten) oder Schulfragen (Oberschule, Schleifenjahr, Montessori). Wir kennen unseren Text und den der anderen auch.

Irgendwann sind immer unsere Körper dran. Wenn eine ihre Handtasche durchsucht, weil sie einen Tampon braucht. Und eine andere längst keinen mehr braucht. Dann sprechen wir über Hitzewallungen, gestörten Schlaf, fünf Kilos mehr. Was wir in unseren Handtaschen mit uns rumschleppen, außer Tampons, Lippenstift und vielleicht Ibus. Lorazepam. Diazepam. Globuli. Laxantien. Diuretika. Notfalltropfen. Sonst was. Sitzen auf unseren Stühlen, schieben Haarsträhnen hinters Ohr oder einen Oleanderzweig aus dem Blickfeld, trinken einen Schluck, warten, bis das Gespräch eine Pause bietet, um wieder einzusteigen, später dann nicht mehr, Lächeln und Lippen und Text irgendwo zwischen Wokeness, Ironie und Emotionalität, die Eierstöcke noch produktiv genug für ein Nachzüglerkind oder nicht, aber jede von uns auch alt genug, um schon Großmutter, in den 80ern Hausbesetzerin oder in der DDR Regimegegnerin gewesen zu sein. Wir könnten uns zurücklehnen und Rauchkringel durch die kanarischen Dattelpalmen pusten. Wäre da nicht der Nebentisch. Irgendwo zwischen gerade noch vorhandener Gebärfähigkeit und Kokettieren mit dem potenziell möglichen Großmutterdasein, irgendwo zwischen dem zweiten Toilettengang und dem dritten Glas Chardonnay sehe ich sie. Die jungen Frauen am Nebentisch. Die über Sex Positivity sprechen und über Postkolonialismus, über Wokeness und *unchecked privilege.* Dinge, denen selbst mit Ironie und Alkohol nur bedingt beizukommen ist.

Wir bestellen das nächste Glas Wein und was uns wirklich in Rage versetzt, ist, wenn der Wein im falschen Glas serviert wird, nicht die richtige Temperatur hat oder die Kellnerin Chardonnay mit Weißburgunder verwechselt, nicht, dass die Gesellschaft die falsche Temperatur hat. Nicht, dass *wir* da etwas verwechselt haben.

Vor ein paar Jahren saß ich noch am Nebentisch. Habe die Frauen an *unserem* Tisch beobachtet. Die Frauen, die ich nicht sein wollte, nicht werden wollte. Und dazwischen bin ich wohl einmal zu viel angeschickert aufs Klo gegangen. Denn nach irgendeinem dieser Klogänge habe ich offenbar den Tisch gewechselt. Mich zu denen gesetzt, bei denen die Ironie sitzt. Die abgeklärt lachen, wo zu weinen angebracht wäre. Darüber, dass wir zwar unsere Kinder durchs Gröbste gebracht, aber dabei den dazugehörigen Vater oder den Sex auf der Strecke gelassen haben, zu viel saufen und Netflix-Serien bingen, um endlich mal wieder fühlen zu können. Zu denen, die den Wein längst flaschenweise bestellen.

Nur, dass ich gar nicht mehr unter dem Oleanderstrauch sitze. Ich sitze vor einer gefrorenen Eisfläche in einer Suchtklinik und auf meinem Arm erinnert mich ein Tattoo daran, dass ich nicht mehr davonrennen will. Ich werde meine Freundinnen nicht zwangsverhaften, selbst wenn sie den Text ziemlich glaubwürdig aufsagen könnten. Weil dieses *Wir* ein imaginiertes ist und ich mir die Realität längst viel lieber alleine blurry getrunken habe. Das hier ist *meine* Story. Das hier ist *meine* Szene, *mein* Steg am halbgefrorenen See einer Suchtklinik und *mein* Trinken.

Ich habe meine Kinder durchs Gröbste gebracht, *ich* habe die dazugehörigen Väter und den Sex dabei auf der Strecke gelassen.

Ich saufe zu viel und verliere selten sichtbar die Fassung. *Ich* bin diejenige, der wahnsinnig viel daran liegt, belastbar und strapazierfähig zu wirken. *Ich* bin diejenige, die sich ganz unironisch alle paar Jahre *Frühstück bei Tiffany* reinzieht, um endlich weinen zu können. *Ich* bin es, die lauthals und textsicher Rosenstolz mitsingt.

Vielleicht rührt daher meine Abwehr, mein fast gehässiger Blick auf diese ernsthaften jungen Frauen, die ihre Verletzbarkeit zeigen, zu ihrer Verunsicherung stehen, sich angreifbar machen. Die auf Ironie zu verzichten bereit sind. Anders als ich. Anders als so viele von denen, die ich wieder aus der Szene herauskürze, um von mir sprechen zu müssen, statt mich auf »man« oder »wir« zu berufen. Nicht umsonst ist auf meiner Patientenkarte *mein* Foto, nicht das meiner Freundinnen.

Nackt und nüchtern am Fuße des Eisbergs (Tag 13)

Haus D, 1 Zi., Szczepański / Koschmieder

Wenn mein Handy mich um kurz nach sechs mit Leonard Cohens *You got me singing* weckt, riecht schon das ganze Zimmer nach Vanille. Alex geht vor mir ins Bad. Ungefähr anderthalb Stunden vor mir. Gegen halb fünf. Wenn ich verquollen und verschlafen aus dem Bett krieche, steht sie schon in eine Wolke Vanilleparfüm gehüllt mit frisch geklebten künstlichen Wimpern unten im Dorfkrug und raucht. Alex hat schnell Anschluss gefunden. Und ich immer noch keinen Weg, mit ihr übers Fernsehen zu sprechen. Aber wenigstens habe ich Kopfhörer dabei. Ich brauche ungefähr 20 Minuten, um mich fertig zu machen, drei mehr, wenn ich versuche, meine Haare in irgendeine Form zu bringen, zwei weniger, wenn ich mir nur die Mütze über den Kopf ziehe, bevor ich meine Thermoskanne schnappe und Alex zum Frühstücken einsammle. Wenn ich die Thermoskanne vergesse, habe ich den ganzen Vormittag kein heißes Wasser. Frischen Kaffee gibt es nur morgens von 6:30 bis 8:30 im Speiseraum, aus dem er weder offen (in Kaffeetassen) noch verborgen (in Thermoskannen) herausgeschmuggelt werden darf. In Thermoskannen den Speiseraum verlassen darf hingegen heißes Wasser aus dem Heißwasserspender. Wenn ich gegen zehn aus der Bezugsgruppensitzung komme, mache ich mir auf dem Zimmer einen löslichen Kaffee. Die anderen aus meiner Gruppe gehen meistens direkt ins salü Kaffee trinken, wenn sie im Anschluss nicht irgendwas anderes haben. Ich habe danach immer was anderes. Auch wenn ich nichts anderes habe. Ich vermeide es, mich mit den anderen ins salü zu setzen, und finde immer gute Gründe dafür. Ich werfe eine Kaffeemünze in den Automatenschlitz und zucke bedauernd mit den Schultern, als Sara aus meiner Gruppe mich an ihren Tisch winkt, »salus TV«, erkläre ich. salus TV ist der klinikeigene Sender, auf dem Vorträge des Klinikgründers Prof. Lindenmeyer als 20-minütige PowerPoint-

Präsentationen mit Voice-over abgespielt werden. »Sucht als Eisberg« steht für heute in meinem Therapieplan und die Raumangabe lautet »Patientenzimmer«. Ich winke Sara zu und trage meine Kaffeetasse auf unser Zimmer.

Wie einen Eisberg sollen wir uns das mit der Sucht vorstellen, empfiehlt die computeranimierte salus-TV-Stimme Nur ein Achtel sichtbar an der Oberfläche, sieben Achtel unterhalb des Meeresspiegels, was uns in trügerischer Sicherheit immer weitersteuern lässt, weil wir die sieben Achtel, die sich schon unterhalb der sichtbaren Ebene angesammelt haben, nicht sehen. Und dann wundern wir uns, wenn's plötzlich kracht. Was im Umkehrschluss bedeutet, so Herr Lindenmeyer auf salus TV, dass wir, um unser Suchtverhalten zu verstehen, das Wasser ablassen und den eigenen Eisberg trockenlegen müssen. Deutsche Therapiezunft, deine Metaphern! Aber gut, Kunden, die Sucht genommen haben, haben auch gern Titanic genommen. Also auf zum fröhlichen Eisbergtrockenlegen. Das kann ja für eine, die sich so intensiv mit ihrem Suchtverhalten auseinandersetzt, nicht so schwer sein. Seit Monaten verschlinge ich *Quit Lit*, Bücher von Frauen, die über ihr Trinken, ihre Nüchternheit, ihre Motive, ihren Aufenthalt in einer Suchtklinik und die Zeit davor berichten. Frauen, die sich mit ungekannter Radikalität und Konsequenz sich selber und ihren Illusionen stellen.

In Carrie Fishers *Postcards from the Edge* finde ich eine Schwester im Geiste in Suzanne Vale und ihrer bis zur Schmerzgrenze radikalen Selbstentblößung. Bis ihre Therapeutin ihr in die Parade fährt und ihre vermeintliche Offenheit demaskiert. »Du willst«, so die Therapeutin, »als eine gesehen werden, die sich keiner Illusion über sich selber hingibt. Die ihr Problem exakt benennen kann. Wie eine extrem fette Person, die beim Betreten eines Raumes als Erstes verkündet, dass sie extrem fett ist.« Nichts als ein billiges Manöver, unterstellt die Therapeutin, um andere darüber hinwegzutäuschen, dass man sie kein bisschen so nah an sich heranlässt, wie die Aufrichtigkeitsshow das vortäuscht.

Ich zucke zusammen. Der Wasserstand um meinen Eisberg ist schlagartig um drei Achtel abgesackt. Nähe, die sich als Nahbarkeit ausgibt, aber eigentlich ein Abstandshalter ist. Dem Paketboten, der klingelt und mir meinen neuen Router in den vierten Stock trägt, zuzulächeln und einen schönen Tag zu wünschen, fällt mir leicht. Der Nachbarin im Fahrradkeller die Tür aufzuhalten und eine halbe Minute über das Wetter zu sprechen, fällt mir leicht. Mit dem Mann am Postschalter, dem ich meinen Abholschein vorlege, zu scherzen, fällt mir leicht. Aber meine Zuneigung beschränkt sich nicht auf Paketboten und Postmitarbeiter, auch in die Drogeriekassiererin, die Frau an der Bäckereitheke, den Typen, der mir im Copyshop das Druckerpapier verkauft, für alle verspüre ich eine Spontanverliebtheit. Weil sie meiner Dosiertheit entgegenkommen. Keiner von ihnen erfordert mehr als ein paar Augenblicke meiner Aufmerksamkeit, keiner verlangt nach mehr Zuwendung und Nähe, keiner will mit mir Konflikte austragen, keiner ernsthaft in Beziehung mit mir treten. Als wäre die Menschheit da draußen ein großes Übungsfeld für jemanden wie mich, der das Leben schnell zu dicht auf den Leib rückt. So kann ich mich spontan verlieben, ohne dass es irgendeine Form der Verbindlichkeit erfordern würde. Und gleichzeitig sehne ich mich nach nichts mehr als nach Verbindlichkeit. Ich will gepanzert und unverbindlich durchs Leben laufen, und gleichzeitig soll mir bitte gefälligst jemand den Panzer vom Leib reißen und zeigen, dass Verbindlichkeit der Glanz auf dem Donut ist. Mich wundert nicht, dass außer dem Alkohol alle aufgegeben haben.

Ich beschließe, die Eisbergproblematik mit Buntstiften zu visualisieren. Eisberg, Titanic und ich, kann doch so schwer nicht sein. Und dann scheitere ich schon an der Frage, wer Titanic, wer Eisberg und wer ich ist. Ein Bild male ich trotzdem. Nackt und mit flammenartig abstehenden Haaren male ich mich an den linken Bildrand am Fuße des Eisbergs. Den Arm strecke ich nach etwas aus, die pink- und orangefarbenen Haare stehen wie Flammen von meinem Kopf ab und auch mein Schambereich scheint in Flammen zu stehen, nur schämen will ich mich nicht mehr, und vielleicht habe ich mich deswegen nackt gezeichnet. Der Rest ist knallbunt, und alles andere muss ich erst noch herausfinden.

Erzählen Sie doch mal (Tag 25)

Haus D, 1 Zi., Szczepański / Koschmieder

Der standardisierte Eingangsfragebogen, den ich gleich nach der Ankunft bekommen habe, sieht fünf Antwortmöglichkeiten im Spektrum zwischen *trifft sehr stark zu* und *trifft kein bisschen zu* vor. Was jeweils mit *sehr* bis *kein bisschen* zutreffend zu markieren ist, sind Aussagen zu persönlichkeitsspezifischen Zuständen und Verhaltensweisen: Angst, Erregung, körperliche Empfindungen, Umgang mit Druck, Konflikten, Gefühlen, das übliche Programm, um halbwegs einschätzen zu können, wo therapeutisch der Hase mit den größten Ohren im Pfeffer liegt. Ich sitze am Besprechungstisch und gucke auf das große leere Whiteboard an der gegenüberliegenden Wand, während Herr Juckert die Kamera einrichtet, die ein paar Meter entfernt auf dem blauen Teppich steht und unser Gespräch zu Dokumentations- und Evaluationszwecken aufzeichnet. Die Stunde, da wir nichts voneinander wussten, denke ich, und schiebe ihm den ausgefüllten Eingangsfragebogen rüber.

»Danke. Den gucken wir uns beim nächsten Mal zusammen an. Heute würde ich gerne ein bisschen mehr erfahren über Ihre Beweggründe, hierherzukommen. Wenn ich Sie bei der Vorstellungsrunde in der Gruppe richtig verstanden habe, gab es ja keinen konkreten Anlass. Erzählen Sie doch mal.«

Doch. Eigentlich schon. Ich glaube, dass Simon der Auslöser war. Also, Schwierigkeiten, mich selber auszuhalten, hatte ich ja auch vorher schon. Aber dass das vielleicht doch ursächlich mit dem Trinken zusammenhängt, diese Einsicht verdanke ich Simon. Wenn ich schon noch mal auf meine griechische Tragödie zurückgreifen darf, dann haben mir die Götter Simon ins Drehbuch geschrieben, drei Monate, haben die Produzenten bewilligt, drei Monate, das muss genügen. Und dann haben sie Simon auf mich losgelassen, der mir vom ersten Tag an Dinge beteuert und versprochen hat, die so abwegig wie verheißungsvoll waren, dass ich ihn nach zwei gemeinsam verbrachten Buchmessenächten bei uns habe einziehen lassen. Drei Monate lang lebe ich mit Simon Bedingungslosigkeit und Ewigkeit und trinke den Chardonnay mit der Schlange auf dem Etikett und dem gelben Schraubverschluss und verschließe die Augen vor der Realität, weil ich das so sehr will, die Bedingungslosigkeit und die Ewigkeit und die Fiktion. Und als ich die Augen aufmache, ist Simon weg und nur noch der Chardonnay mit der schwarzen Schlange auf dem Etikett da. Also trinke ich ohne Simon weiter, von Januar bis April, trinke und schlafe mich an einen Ort, an dem Simon nicht in sein altes Leben zurückgekehrt ist. Ich halte Zeiten ein. Ich trinke nicht vor nachmittags. Frühestens um fünf erlaube ich mir das erste Glas. Am Wochenende etwas früher. Ich halte Verabredungen ein, beantworte Mails und Briefe, fahre zweimal die Woche zum Arbeiten nach Berlin, nehme an der Vorstandssitzung im Sächsischen Literaturrat teil, lasse mir eine Schweinegöttin stechen, begleite Tillie zu einem Casting, spiele Backgammon mit Oleg, gehe zum Qigong und zu Elternabenden, recherchiere im Bundesarchiv in Ludwigsburg, streite mich mit dem Vermieter über Kellerschlüssel, zahle GEZ-Gebühren, moderiere Lesungen, klaube den Restmüll aus Olegs Papierkorb aus der Papiertonne und bringe leere Flaschen mit schwarzen Schlangen auf dem Etikett zum Altglascontainer. Es sind nicht mehr so viele wie zu Simons Zeiten.

Während ich trotz Schmerz und Chardonnay alles hinzukriegen scheine und mich das immer verzweifelter macht, wird mir etwas klar. Dass ich nämlich gar nicht trinke, weil ich einen Anlass habe. Sondern dass ich der Anlass *bin*.

»Verstehen Sie? Ich verwandle mich einfach je nach Anlass und Anforderung genau zu dem, was am ehesten Zuneigung, Zustimmung, Bewunderung zu versprechen scheint. Wie ein Chamäleon. Und komme mir dabei vor wie ein Fake. Als würde ich allen etwas verkaufen, das ich gar nicht bin.«

Ich bin schon auch ein bisschen stolz auf mich, dass ich mich so gnadenlos entblöße und selber so gut durchschaue. Das muss er doch merken, dass er es hier mit einer hochreflektierten Patientin zu tun hat. Herr Juckert lächelt mich an. »Wenn ich Ihrer Logik kurz folge und Ihr Leben eine einzige Inszenierung ist, was bleibt dann, wenn das

Publikum den Saal verlassen hat? Wer sind Sie nach der Vorstellung? Wenn nicht die, die Sie vorzugeben glauben, wer sind Sie denn dann?«

Ein Kind trinkender Eltern, könnte ich antworten. Ich könnte ihm von den Studien erzählen, die herausgefunden haben, was Kinder trinkender Eltern ausmacht. Kinder trinkender Eltern haben gelernt, das Leben als permanenten Bedrohungszustand wahrzunehmen, der unmittelbare Reaktionsbereitschaft erfordert. Sich auf der Stelle etwas einfallen zu lassen. Das Richtige zu tun und zu sagen. Zu funktionieren, wo andere zusammenklappen, aus Scheiße Gold zu machen. Das sage ich natürlich nicht. Herr Juckert ist Suchttherapeut. Er weiß, was das Trinken mit Menschen und denen, die ihnen ausgesetzt sind, macht. »Was glauben Sie, wie häufig ich mir hier anhören darf, dass die eigenen Kinder nie was mitbekommen hätten? Aber es stimmt nie!«, hat er erst gestern in der Gruppe gesagt.

Herr Juckert hat den Blick keine Sekunde von mir abgewendet, seit ich zu erzählen angefangen habe. Auch jetzt nicht, als ich schweige. Das macht mich nervös. Ich senke den Blick auf die Tischfläche. »Wissen Sie, als ich Sie die ersten Male in der Gruppe erlebt habe, habe ich mich gefragt, ob Sie andere beeindrucken wollen mit Ihren Geschichten. Ob Sie das brauchen, die Bühne, die Aufmerksamkeit. Ob das in Richtung Narzissmus geht.« Er steht auf und tritt an das leere Whiteboard. »Aber ich glaube, das trifft es nicht.« Er nimmt den Deckel vom Whiteboardmarker und fängt an, die Tafel zu beschriften. »Wie ich Sie gerade erlebt habe, erzählen Sie ja nicht, um sich ins rechte Licht zu rücken. Im Gegenteil, Sie haben gar keine Angst, schlecht dazustehen.« Die Begriffe und Eigenschaften, die er über der Tafel verteilt, sind Begriffe und Eigenschaften, die ich mir in der letzten halben Stunde selbst zugeordnet habe. Was er wo hinschreibt, sieht zunächst willkürlich aus. Als er einen Schritt zur Seite tritt, sehe ich, dass er in der Mitte der Tafel eine freie Fläche gelassen hat. In die Mitte, in der nichts ist, malt er einen Kreis. Den Kreis lässt er leer. Das Zentrum. Das Zentrum ist ein Vakuum.

»Sie erzählen nicht, um sich wichtigzumachen Sie erzählen, um Ihr Leben zu rechtfertigen.«

Fette Dackel (Tag 31)

Haus D, 1 Zi., Szczepański / Koschmieder

Zähflüssig bahnt sich die gelbe Masse den Weg über die Keramik, während ich mit der Messerspitze Minilöcher in die Schale des nächsten Eis klopfe, eins oben, eins unten, die Lippen auf dem kleinen Loch ansetze, die Wangenmuskeln anspanne und puste, bis sich erst der flüssigere durchsichtige Glibber, dann das dickflüssigere Gelb durch die Öffnung zwängt, im Waschbecken aufkommt und Richtung Abfluss fließt. Was für eine Verschwendung, aber ich glaube nicht, dass mir das Küchenteam eine Schüssel mit dem Inhalt von zehn ausgepusteten Eiern abgenommen hätte. Um die Zweige, die ich aus dem Wald geholt habe, klammern sich die kleinen gelben Küken mit den Drahtfüßen, die ich zusammen mit den Farbtöpfchen und den Eddings gestern in Lindow im Postshop gekauft habe. Die Eier sind aus dem Gemüseladen nebenan, und weil der Lindower Gemüseladen nicht nur Eier und Gemüse im Angebot hat, sondern auch ein Regal mit ausrangierten Haushaltswaren, habe ich sogar eine perfekte Osterzweigvase, groß, olivgrün, bauchig und mit Goldeffekten. Die Stelle, an der die Farbe schon ein bisschen abgeplatzt ist, hab ich nach hinten gedreht. Alex hat ihre leere 1,5-Liter-Eistee-Flasche aufgeschnitten und ihre Zweige da reingestellt, und ich hab gesagt, sie darf heute nur GNTM gucken, wenn sie vorher Eier mit mir anmalt.

Ich lege das ausgepustete Ei in die Eierpackung auf dem Waschbeckenrand. Die Kugelschreiberschrift auf meinem linken Handrücken ist kaum noch zu lesen. Heute Morgen haben wir in der Bezugsgruppe über Abstinenz gesprochen und wie sie gelingen kann. Herr Juckert hat diesen Satz gesagt, den ich mir merken wollte, und ich hatte gerade kein Papier. »Wir sind ja keine fetten Dackel«, steht kaum noch leserlich auf meiner linken Hand. Das war das Beispiel, das Herr Juckert verwendet hat, um zu illustrieren, dass es schon ein gewissen Commitment braucht. »Niemand bleibt aus Versehen abstinent«, hat er gesagt. Weil wir nämlich in der Lage sind, Entscheidungen zu treffen und die Konsequenzen zu tragen. Und dann kam der Satz mit den fetten Dackeln. Die nämlich nie von sich aus das nächste Fressangebot abwehren würden. Und dann haben wir über Risikofaktoren gesprochen, und Mitch hat gesagt, wie sehr ihn diejenigen aufregen, die da draußen rumrennen und überall verbreiten, sie hätten's jetzt kapiert, und sich einreden, das würde genügen und damit seien sie raus aus der Gefahrenzone. Und dann hat Mitch noch hinterhergeschickt, was für einen Heidenrespekt er vor dem Zeug hat und sich eher überhaupt nicht über den Weg traut. In dem Moment, in dem Herr Juckert ergänzt hat, dass selbst die Angst vor Erfolg ein massiver Risikofaktor ist, weil sie nämlich zur Selbstsabotage führen kann, so nach dem Motto, ich schaff das ja eh nicht, da kann ich genauso gut gleich wieder anfangen, hat es geklopft, und Max ist reingekommen. Er hat entschuldigend mit den Schultern gezuckt und sich hingesetzt. Ich weiß nicht, ob Mitch ohnehin schon angefasst war wegen der Rückfallproblematik oder ob es wirklich Max' Zuspätkommen war, das ihn getriggert hat, auf jeden Fall hat er dann losgelegt, wie Scheiße er das findet, dass Max *immer* zu spät kommt, wenn er überhaupt kommt und nicht gerade mal wieder in Lindow beim Zahnarzt ist. Max hat ganz ruhig auf seinem Stuhl gesessen, nach hinten gelehnt, die ausgestreckten Beine übereinandergelegt, und hat Mitch erklärt, dass er halt nach dem Frühstück noch mal aufs Zimmer geht und irgendwas anfängt und dann die Zeit vergisst. »Ey, das kannst du mir doch nicht erzählen, dass du uns nicht siehst, wenn du auf dem Weg zu deinem Zimmer hier vorbeigeschlurft kommst. Du musst uns doch hier sitzen sehen. Das kotzt mich so was von an, ich meine, wir kriegen das doch auch alle hin, pünktlich zu sein. Nur *du* kommst jedes Mal zu spät, und dann schlurfst du hier rein mit deinen Tennissocken in den Jesuslatschen und tust, als ginge dich das alles gar nichts an!« Und dann hat er wütend die Handflächen in die Luft geworfen, und Herr Juckert hat ein bisschen so ausgesehen, als müsste er sich das Grinsen verkneifen, weil Max ja tatsächlich immer Tennissocken in seinen Jesuslatschen trägt, und Max hat sich die ganze Tirade mit unbewegtem Gesichtsausdruck angehört.

Natürlich fällt mir auf, dass er oft zu spät kommt, aber ich fühle mich davon nicht so angegriffen wie Mitch. Was vielleicht auch damit zusammenhängt, dass ich Max echt gerne mag. Vorgestern hab ich ihn am Fahrradständer getroffen, als ich gerade mein Rad angeschlossen habe, erst hat er gesagt, dass er meinen gelben Pulli mag, und dann hat er sein Rad aufgeschlossen und gesagt, dass er jetzt um den Gudelacksee fährt, wie jeden Tag. Ich bin bisher immer nur halb um den See gelaufen und weiß gar nicht, wo man auf der anderen Seite wieder rauskommt aus dem Wald. »Komm mit, ich zeig's dir«, hat Max gesagt. Eigentlich kam ich ja gerade aus Lindow, und mein Rad hatte ich auch schon wieder angeschlossen. Außerdem muss man sich ja auch noch unterhalten, wenn man mit jemandem zusammen Fahrrad fährt. Ich schließe mein Fahrrad trotzdem wieder auf. Max fährt vor und nimmt eine Abkürzung quer durch den Wald und eine steile Böschung runter, alleine wäre ich da abgestiegen und hätte geschoben. Hinterher war ich irrsinnig stolz auf mich, dass ich Max einfach hinterhergefahren bin. Seine Tennissocken stören mich nicht und sein Zuspätkommen auch nicht sonderlich.

»So, nachdem Sie das jetzt angesprochen haben, können wir dann weitermachen? Ich würde heute gerne eine Rückfallkette rekonstruieren und über erlaubnisgebende Gedanken sprechen.« Herr Juckert eröffnet jede Sitzung mit der Frage, ob es einen Rückfall gab oder Verlangen, aber bisher schütteln immer alle die Köpfe. Ich denke mir, dass sich Suchtdruck oder Craving halt auch nicht in so abstrakten Begriffen äußert. Würde er fragen, ob jemand Bock hatte, was zu trinken, würde er wahrscheinlich viel eher ein *Ja* kriegen. Genauso verhält es sich mit dem, was im Therapiejargon »erlaubnisgebende Gedanken« heißt. »Es ist ein Brauch von alters her, wer Sorgen hat, hat auch Likör«, hat schon Wilhelm Busch erlaubnisgebende Gedanken in Versform gegossen: die Kombination eines Zustands mit der Notwendigkeit, zu trinken. Auf den Social-Media-Kanälen von Müttern heißt das heute »Mommy needs Vodka«.

In meiner Sockenschublade liegt noch der ungenutzte Urinbecher, den ich am Aufnahmetag auf Station bekommen habe. Perfekter Pinselauswaschbecher. Ausgepustete Ostereier anmalen gehört zu den wenigen Dingen, bei denen ich Farbe verwende und nicht versuche, einen Shortcut zu finden, um den Prozess abzukürzen oder Farbe zu sparen. Das Prinzip Shortcut widerspricht aber auch einfach dem Prinzip Ostereierbemalen.

Alex hat ihr Handy hochkant an die Wasserflasche gelehnt, ihre Augen wandern zwischen dem Display und ihrer Zeichnung hin und her, mit schwarzem Edding überträgt sie die Bodybuilderin auf ihr Osterei, dabei pfeifen wir synchron *Hey, Pippi Langstrumpf,* und Alex kriegt sich gar nicht mehr darüber ein, dass sie echt gerade ein Osterei bemalt. Alex' Bodybuilderin hat Oberarme wie *Popeye the Sailor Man,* und auf meine Eier male ich nackte Frauen mit hängenden Brüsten und sichtbaren Schamhaaren. Wer schon mal versucht hat, synchron mit jemandem zu pfeifen, weiß, wie schwer das ist, ohne dabei in Lachen auszubrechen, und hinterher postet Alex ihre Bodybuilderin auf Insta und ich meine nackten Frauen.

Stellvertreterfeinde (Tag 42)

Haus D, 1 Zi., Szczepański / Koschmieder

Manchmal gibt es beim Telefonieren diesen kleinen Zeitloop, und die Sätze kommen minimal zeitversetzt beim Gegenüber an. So kommt es mir vor, wenn ich mit der Welt da draußen über meinen Aufenthalt hier spreche. »Dein Thema ist gar nicht der Alkohol, kann das sein?«, hat Ida am Telefon gefragt. Alkohol ist nie das Thema, antworte ich ihr, bei keinem hier. Alkohol ist die Waffe der Wahl, unser jeweiliges Thema niederzuringen, erkläre ich weiter und schiebe dabei die Nagellackfläschchen über meinen Schreibtisch. Irgendeine Promi-Schauspielerin hat in ihren Suchtmemoiren geschrieben, dass sie ihre Nagellackfläschchen nach Farben sortiert, wenn sie spürt, dass der Suchtdruck auf sie zurollt. Der Suchtdruck, den ich bis gestern hier nicht verspürt habe. Keine nennenswerten Cravings, nicht das unstillbare Bedürfnis, zu trinken. Das Verlangen, versuche ich Ida zu erklären, gilt ja weniger dem Alkohol als Substanz als vielmehr seiner Funktion. Einem kaum aushaltbaren Gefühl Einhalt zu gebieten, das durch das Trinken vorübergehend aushaltbarer wird.

Meistens kommen die unaushaltbaren Gefühle ja nicht von ungefähr, sondern haben einen Auslöser. Nur, dass man den meistens erst hinterher benennen kann. Mir ist zum Beispiel gestern mal wieder das »Innere Kind« in die Quere kommen. Hat mich angesprungen, aus dem Buch, das die Therapeutin der Frauengruppe mir mitgegeben hat. »Das Kind in Ihnen trotzt und schmollt und zieht sich in sein einsames Versteck zurück. Hinter der Fassade der Abwehr wünscht sich das Kind natürlich genau das Gegenteil: Dass jemand kommt und sich den Weg über die Mauer und das Dornengestrüpp zu ihm freikämpft. Diese heimliche Hoffnung, gepaart mit dem extremen Zweifel daran, dass sich jemals ein Mensch zu ihm durchkämpfen wird, führt zu den brutalsten Abwehrmanövern.« Ich. Will. Nichts. Mehr. Hören. Über mein Inneres Kind. Ich hab das Konzept doch längst begriffen. Dass es mir hinter jeder therapeutischen Ecke auflauert, macht mich aggressiv. Dass Alex auf dem Bett liegt und schläft und der Fernseher läuft, als ich ins Zimmer komme, macht mich aggressiv. Dass sie die Fernbedienung in der Hand und die Hand unter der Bettdecke hat, macht mich aggressiv. Dass ich es nicht schaffe, zu ihr zu gehen, ihr die Fernbedienung aus der Hand zu nehmen und mich einen Scheiß darum zu scheren, dass sie davon vielleicht aufwacht und vielleicht sauer wird, macht mich aggressiv.

Ich jage uns durch den Wald, meine kaum aushaltbaren Gefühle und mich, über die Wiese runter zum See, den Waldweg bis zur Unterführung entlang, die Straße nach Lindow rein, einmal um den See herum, 14 Kilometer lang jage ich uns durch den Wald, diesen verdammten zartgrün beschleierten Frühlingswald, der an jeder Ecke schreit, fast brüllt, dass jetzt aber wirklich gleich Frühling wird. Der Geruch von Holzfeuer, die Sonne, die noch keine richtig warme Farbe hat, aber diese silbrige Frühlingsfarbe, das Wissen um Feuer- und Grillschalen in Gärten und Höfen, und dann diese irrsinnige, im ganzen Körper tobende Sehnsucht, an der durch nichts etwas zu ändern ist. Und dann ist es da. Das krachend laute, unstillbare Bedürfnis, jetzt, genau jetzt an einem dieser Feuer zu sitzen und eine Flasche Rotwein zu trinken und zu spüren, wie sich der Geschmack im Mund ausbreitet, das Vertrauen auf das, was dem Geschmack folgt, mich der verlässlichen, vertrauten Beruhigung, Sedierung, Betäubung auszuliefern. Dass die Unruhe, dieses Ziehen in der Brust, dieses Gefühl, kurz vor dem Explodieren zu sein, nachlässt.

Und mir wird klar, dass es genau das ist, was ich nie auszuhalten gelernt habe. Diesem Gefühl ausgeliefert zu sein. Nichts dagegen tun zu können. Nichts tun zu können, damit es weggeht. Und wie ich immer versucht habe, dem durch Handeln zu entkommen. Exzessiv. So exzessiv man eben handeln muss, um exzessiven Gefühlen nicht ausgeliefert zu sein. Hab mich vor 24 Jahren mit dem damals 14-monatigen Karl in ein Flugzeug gesetzt, um zu meiner Highschool-Jugendliebe zu fliegen. Gegen seine Gefühle, so habe ich es mir zurechtgelegt, kann man schließlich nicht ankommen. Gegen

meine Gefühle kann ich nicht ankommen, so habe ich es auch Karls
Vater gegenüber gerechtfertigt und erwartet, dass das ein gültiges
Argument für ihn ist. Und mir das auch selber geglaubt. Habe 2003
in Portugal mit Muscheln »Du wirst gesund« in den Sand von Lagos
gelegt, als die Götter längst entschieden hatten, dass kein Gesund-
werden mehr möglich war. Und ich das auch wusste. Bin vor fünf
Jahren einem Mann, der sich schon längst gegen mich entschieden
hatte, nach Paris hinterhergereist. Auf das Risiko hin, dass er mich
dort nicht sehen wollen würde. Was er dann auch tatsächlich nicht
wollte. Ich habe immer gehandelt, statt mir Einhalt zu gewähren.

Am nächsten Tag in der Frauengruppe versuche ich, mein
Thema zu benennen. Ich denke an das trotzige Kind, das getröstet
werden will, aber eher wegrennt, statt das zuzugeben. »Nähe«, sage
ich, »mein Thema ist Nähe«. Und dann gelingt mir nicht mehr, was
ich eigentlich am besten kann. Ich kann mich nicht verständlich
machen. Erwartungsvoll und aufmerksam gucken mich die anderen Frauen, die mit mir im Kreis sitzen, an, während ich versuche,
ihnen zu erklären, wie ich das meine mit der Nähe und was ich
alles angestellt habe, mich selbst zu sabotieren und nie das zu kriegen, wonach ich mich so sehr sehne. Aber was das eigentlich sein
soll, das, wonach ich mich sehne, das gelingt mir gleich noch viel
weniger zu beschreiben.

»Auf einer Autofahrt auf dem Beifahrersitz aufzuwachen und
nach der kurzen Phase der Orientierungslosigkeit zu merken, wo
ich bin. Dass eine vertraute Person am Steuer sitzt, bei der ich sicher
und geborgen bin, obwohl ich eingeschlafen und damit schutzlos
ausgeliefert war, obwohl mir beim Schlafen natürlich ein bisschen
der Sabber aus dem Mund gelaufen ist. Auf dem Beifahrersitz ein-
zuschlafen, ist für mich Inbegriff von Geborgenheit.« Ich verlasse
die Gruppe mit dem Gefühl, nichts erreicht zu haben, außer dass
eine irrsinnige Bedrückung im Raum hängt.

Mitten in der Nacht werde ich von lauten Stimmen wach.
Der Fernseher wirft einen rechteckig flackernden Lichtschein auf
Alex' leeres Bett, Alex selbst liegt mit nackten Beinen auf ihrer Bett-
decke auf dem Fußboden, die angewinkelten Unterschenkel am

Bett abgestützt. Sie atmet schwer und hat ihr T-Shirt nach oben geschoben, ihr ist heiß, sie hat Angst, eine Panikattacke, glaubt sie. Ich gieße ihr Wasser ein und rufe auf Station an. Kurz darauf überprüfen der diensthabende Arzt und die beiden Pfleger Alex' Lebensfunktionen, fragen sie, ob sie was genommen hat, geben ihr irgendein Beruhigungsmittel und tragen ihr auf, sich morgen auf Station zu melden. Nach zehn Minuten sind sie wieder weg. Alex fragt, ob sie den Fernseher laufen lassen kann, um runterzukommen. Ich ziehe mir mein Kissen über den Kopf.

»Das Gemüse ist heute scheiße. Die Soße auch. Gestern war der Fisch scheiße. Und die Eier in Senfsoße gingen gar nicht. Morgen wird das Essen auch scheiße.« Ich sitze im Speisesaal an einem Tisch direkt an der Glasfront, schiebe mit der Gabel Erbsen in den Kartoffelbrei und starre durch die Scheibe. In der Schlange vor dem Speisesaal standen zwei aus Alex' Bezugsgruppe hinter mir. Sie haben mitgekriegt, dass es ihr nicht so gut ging, und wollten von mir wissen, was los war und wie es ihr geht. Ich hätte gestern auch ein bisschen Ruhe gebraucht. Dass sich jemand um mich kümmert. Aber nein, es ist bestimmt immer jemand da, der gerade was Schlimmeres hat. Und ich kann doch auch froh sein, dass ich reflektiert genug bin, meinen Frust nicht auf die Eier in Senfsoße zu schieben. Hat doch was für sich, in jeder Belastungssituation immer das entscheidende bisschen belastbarer, wait, what? Aus dem Augenwinkel nehme ich schemenhaft wahr, wie jemand von seinem Tisch aufsteht und näher kommt. Und dann steht Kometenkalle an meinem Tisch und beugt sich zu mir runter. »Christine, wollen wir vielleicht mal rausgehen?« Eskortiert mich aus dem verglasten Speisesaal, und der ganze Speisesaal sieht, wie ich fünf Minuten später an seiner Schulter hänge und noch mal fünf Minuten später mustert mich Alex teilnahmsvoll von ihrem Bettrand aus, während ich mit der Wange auf dem blauen Kurzflorteppich liege und vor mich hinstammle. Wie neidisch ich auf Menschen bin, die fluchen und abkotzen und ihrer Laune Luft machen, sich dabei komplett unangemessen verhalten, ihren Ärger, ihre Wut, ihren Frust rauslassen, ohne sich einen Kopf zu machen, wie das wohl auf andere wirkt. Wie egoistische, tobende Kleinkinder. Die ich selbstverständlich auch verachte. Weil sie tun, was ich mir nicht erlaube. Was mich überrollt, sind keine Entzugssymptome. Im Gegenteil, was mich überrollt, ist, was passiert, wenn Gefühle ungedämpft zurückkommen. Die ungetrauerte Traurigkeit, die ich immer nur erzählt, aber nie gespürt habe. Als 14-Jährige im knallgelben Badeanzug am Strand von Canet Plage konnte ich mich nur über Buchtitel wie *Ich bin o.k., du bist o.k.* lustig machen, über Menschen, die glauben, das, was ihnen fehlt, in Büchern zu finden, in Worten, wo Worte doch die perfekten Lügenmaschinen sind. Das konnte ich nicht zulassen. Damals am Strand von Canet Plage, als mir der Pony längst über die Augen hing und ich angefangen habe zu spüren, dass ich einen Körper habe, über den nicht mehr Mama verfügen darf.

Eine Bank für mich (Tag 46)

Haus D, 1 Zi., Szczepański / Koschmieder

Da stand ein Pony mit schneeweißen Haaren, zu jeder Flucht mit dir bereit, komm, nimm mich mit, nimm mich mit, in eine gute neue Zeit. Das ist der Refrain des Liedes, das mir Ida nach unserem letzten Telefonat geschickt hat. Ich kann es schon auswendig. Das perfekte Lied, um mich damit auf meine Bank am Steg zu setzen. Alex hat Gruppe und danach Nähkurs, aber mein Therapieplan ist heute Nachmittag mal wieder leer. Immer zum Wochenende kriegen wir unsere Therapiepläne für die nächste Woche. Es gibt die regelmäßigen Termine wie die Bezugsgruppe, die jeden Tag zur selben Zeit stattfindet, und ein Einzelgespräch pro Woche, der Rest des Plans wird in Absprache mit dem Bezugstherapeuten individuell abgestimmt. Manche therapeutischen Angebote werden bedürfnisspezifisch zugeteilt – Frauengruppe, Umgang mit Aggression, Bewerbungstraining –, bei anderen ist es eine Frage der Platzkapazitäten, ob man reinkommt oder nicht, Nordic Walking, Bogenschießen, Wassergymnastik, Qigong, Töpfern oder eben der Nähkurs, in den Alex jetzt schon in der zweiten Woche geht. Bei extrem beliebten Angeboten wie Bogenschießen muss man manchmal ein paar Wochen warten, bis ein Platz frei wird, und in der Schwimmhalle und im Kraftraum gelten coronabedingt beschränkte Teilnehmerzahlen.

»Wasser«, hab ich zu Herrn Juckert gesagt, als er mich gefragt hat, ob ich Wünsche habe. »Wasser. Alles andere ist mir egal. Hauptsache, schwimmen.« Und so steht zumindest ein- bis zweimal die Woche Schwimmen oder Wassergymnastik in meinem ansonsten ziemlich leeren Plan.

Ich hab mir die Kopfhörer umgehängt und will auf dem Weg zum See noch schnell einen Automatenkaffee holen. Als ich meinen Geldbeutel nach einer Kaffeemünze durchsuche, winkt mich Max zu sich, der über sein Handy gebeugt vor dem *salü* in der Sonne sitzt. Er steht auf und zieht mit zwei Fingern ein Bild auf seinem

Display groß, ein aufblasbares Kajak. »Guck mal, hab ich mir hier-herbestellt. Damit fahr ich dann über die ganzen Seen hier.« Dann muss er zur Arbeitstherapie. Die Arbeitstherapie besteht wahlweise darin, zwei Wochen im Café salü Thekendienst zu machen, in der Gärtnerei mitzuarbeiten, was meistens Geländepflege, Pflanzen und Rasenmähen beinhaltet, oder sich in der EDV-Abteilung für die Arbeit am PC fit machen zu lassen. Die Arbeitstherapie steht allen irgendwann bevor, schließlich hat der Kostenträger ein Interesse daran, uns nach dem Aufenthalt wieder in den Arbeitsmarkt einzugliedern.

Ich will gerade neben dem Kiosk zum Kaffeeautomaten abbiegen, als ich durch den Türrahmen Tommi vor einer Tasse Kaffee im salü sitzen sehe. Tommi hat das Zimmer gegenüber von Alex und mir, wir begegnen einander regelmäßig im Gang oder in der Schlange vor dem Schwesternzimmer, wenn unser Gang zum Pusten antreten muss. Vor ein paar Tagen hat Tommi mir ein gefärbtes Osterei und einen Salzstreuer in meine Schuhe gesteckt, die ich immer vor der Tür stehen lasse. Ich schiebe mir die Kopfhörer wieder vom Kopf und gehe zu seinem Tisch. Umständlich fange ich an, mich für das Osterei zu bedanken und mich dafür zu entschuldigen, dass ich immer nur kurz angebunden grüße und dann sofort weiterstürme, als würden mich Menschen nicht interessieren. Tommi grinst und fragt, ob er mir einen Kaffee spendieren darf. Als er die Tasse vor mir abgestellt und sich wieder gesetzt hat, fragt er, ob ich eigentlich gemerkt habe, dass er meine Schuhe richtig ausgerichtet hat, mit den Schuhspitzen zum Gang. »Damit du schneller weglaufen kannst. Du bist doch immer auf der Flucht.«

Passt doch, denke ich, als ich unter meinen Kopfhörern auf meiner Bank am See sitze und hinter großen dunklen Sonnenbrillengläsern das Lied vom schneeweißen Pony höre, das zu jeder Flucht mit mir bereit ist. Mir geht's super mit mir alleine, will ich Herrn Juckert zurufen. In den ersten Wochen hab ich mich nicht sonderlich über meinen leeren Wochenplan gewundert, sind halt keine Plätze frei, hab ich mir gedacht, oder dass ich eben noch nicht dran bin. Aber als dann nach und nach alle zur Arbeitstherapie eingeteilt werden oder zum Töpfern und Alex in ihrem Nähkurs sogar schon Verlängerung bewilligt bekommen hat, habe ich dann doch mal bei Herrn Juckert nachgefragt. Nicht etwa, schicke ich eilig hinterher, um mich zu beschweren, und dass ich natürlich Verständnis habe, dass bei den geringen Platzkapazitäten, da unterbricht er mich und grinst. »Frau Koschmieder. Sie glauben doch nicht im Ernst, dass ich Ihnen die Woche nicht von oben bis unten hätte zupflastern können. Aber Ihr Problem sind doch nicht fehlende Motivation, Struktur oder Disziplin. Ihr Problem sind doch Sie selbst. Sie können es nicht mit sich selbst aushalten.« Ich schlucke. Will widersprechen. Ich kann mich hervorragend alleine beschäftigen. Ich sitze viel lieber unter Kopfhörern mit einem Buch hinter sehr großen Sonnenbrillengläsern auf einer Bank, statt im Nähkurs aus Stoffresten kleine Beutel zu nähen oder zu fünft um eine Tischtennisplatte zu jagen.

»Wofür du heute Nacht noch betest und woran du jetzt noch klebst, was nützen dir die Jahre, Baby, wenn du sie nicht lebst«, singt mir Fortuna Ehrenfeld ins Ohr und plötzlich ist sie da, die Traurigkeit, die mich an all die Bänke erinnert, auf denen ich in den letzten 18 Jahren gesessen habe. Bänke in Arztwartezimmern und Schulbänke bei Elternabenden, Bänke bei Schulfesten und Abiturzeugnisübergaben, Bänke bei Bauspar- und Darlehensberatern, Notaren und Anwälten, Geburtstagen und Hochzeiten, die Bank vor deinem Grab auf dem Friedhof.

Hier, auf meiner Bank auf dem Badesteg der Salus Klinik Lindow spüre ich, wie traurig ich bin, dass ich das zwar *kann*, alleine auf Bänken sitzen, aber auch, dass ich es oft lieber gemeinsam getan hätte.

Wir sind hier alle wie Kinder (Tag 51)

Haus D, 1 Zi., Szczepański / Koschmieder

Heute hat mich nicht Leonard Cohen geweckt, sondern das Telefonklingeln im Nebenzimmer. »Guten Morgen. Schon auf dem Weg«, flöte ich ins Telefon, als es 20 Sekunden später auch bei uns klingelt. Vor dem Stationszimmer hat sich eine Schlange gebildet. Obwohl wir immer gangweise zum Pusten gerufen werden, kursieren wilde Theorien über die Reihenfolge und Häufigkeit, mit der bestimmte Zimmer mit dem Pusten dran sind. Jemand tippt mir von hinten auf die Schulter. »Haste schon gehört?«, fragt mich Jörn, der mit Max das Zimmer teilt, »Max ist weg.«

Ich weiß, dass es Abgänge gibt, wenn Leute zum Beispiel am Wochenende nach Berlin fahren und dann nicht zurückkommen. Therapieabbruch, wird das hier genannt, aber bisher waren das immer die anderen. Die, über die wir dann im Speisesaal und an der Raucherinsel und im salü spekulieren und unser Wissen zusammentragen, weil immer irgendwer irgendwas gehört hat. Aber doch nicht Max, der längst nicht mehr dauernd zu spät kommt und jede zweite Gruppensitzung ausfallen lässt. Es gibt andere hier, bei denen ich das geahnt hätte. Aber nicht Max. Und überhaupt, wieso bestellt er sich erst ein Schlauchboot und einen Blasebalg in die Klinik, um dann einfach zu verschwinden, das ergibt doch überhaupt keinen Sinn. Außerdem wollte ich ihn noch mal im Klavierraum spielen hören. Max ist nämlich Pianist. »Aber warum?«, frage ich Jörn, der nur mit den Schultern zuckt.

Gerade wird doch alles gut. Sogar die Blüten am Baum vor meinem Fenster sind jetzt raus und die Haare unter meiner Mütze und gestern war ich mit dem Rad in Lindow und hab mir in der Süßen Ecke eine Zimtschnecke und einen Coffee to go geholt und an der Badestelle die nackten Zehen in den Sand gebohrt und ganz zufrieden auf meinen linken Unterarm geguckt, auf dem die andere Strophe aus der Motette steht: »Tobe Welt und springe, ich steh hier und singe in gar sich'rer Ruh.« Sogar ein Selfie hab ich gemacht, hab mich am Seeufer zwischen irgendwelche weiß blühenden Zweige gezwängt und ein Selfie mit meiner neuen Sonnenbrille gemacht, und als ich abends wieder ins Zimmer gekommen bin, hatte ich glühende Wangen und fast schon den ersten kleinen Sonnenbrand. Es fühlt sich ein bisschen so an, als würde ich eine neue Sprache lernen, eine, bei der ich nicht mehr ständig in die Metaphern-Tüte greifen muss wie in eine Tüte mit Karamellbonbons. Lecker zwar, aber mit der heftigen Tendenz, alles zu verkleben. Das einzig Klebrige gestern war der Zuckerguss von der Zimtschnecke und die Sonnencreme an meinen Haaren.

»Na sagen Sie mal, das weiß doch jedes Kind, dass man sich nicht stundenlang ungeschützt in die Sonne legt!«, weist die Schwester den Mann im Stationszimmer, der vor mir dran ist, unwirsch zurecht. Ein fast stolzes Jungsgrinsen überzieht sein feuerrot gebranntes Gesicht, nein, habe er doch gar nicht. Tretboot, mit einem Mitpatienten, Tretboot sei er gefahren. Und dann guckt er sie erwartungsvoll an, und es wirkt, als würde er darauf warten, dass sie ihm jetzt den Kopf tätschelt.

Ein bisschen sind wir hier wie Kinder, die »du siehst mich nicht, du siehst mich nicht!« schreien und sich dabei quietschend vor Begeisterung die Hände vors Gesicht halten und glauben, dass sie dadurch unsichtbar werden. Oder wie Kinder, die Pusteblumen abreißen und glauben, dass ein Wunsch in Erfüllung geht, wenn sie die weißen Flugschirmchen weggepustet haben. Manchmal, wenn ich Alex im Dorfkrug vom Rauchen abholen komme, muss ich innerlich grinsen ob der ausgewachsenen Jungs, die immer noch versuchen, den Helden zu markieren. Gar nicht so einfach in einer Suchtklinik, so ganz ohne Säbelzahntiger und Lianen, an denen man sich von Ast zu Ast schwingen und dabei auf die Brust trommeln kann.

It takes a village to raise a child, sagt man. Und dass man Dinge nicht nur lernen kann. Sondern auch verlernen. Vielleicht besteht darin die eigentliche Aufgabe des Aufenthalts hier. It takes Rehab to unlearn things. Wie Verantwortung nicht an die Sonne, ein Tretboot oder eine Stationsschwester zu delegieren. Sondern selber auf die eigene körperliche Unversehrtheit zu achten. Sich nicht hinter klebrigen Metaphern zu verstecken, sondern auszusprechen, was ich brauche, was mir fehlt, wonach ich mich sehne. Nach einer Pusteblume halte ich trotzdem Ausschau. Weil ich Max und seine Jesuslatschen und sein Gummiboot hierhaben will.

Sendersuchlauf (Tag 56)

Haus D, 1 Zi., Szczepański / Koschmieder

Der Staubsauger, den ich über den blauen Kurzflorteppich durch den Gang ziehe, sieht aus wie ein entfernter Verwandter von R2-D2 Aber weil er ein Klinikstaubsauger ist und zu Haus D gehört, hat er ein Schild aufgeklebt, das befiehlt, ihn sofort nach der Benutzung wieder an seinen Platz zurückzubringen.

Alex hat gesaugt. Staubsaugen ist ein bisschen magisch. Also, wenn es jemand anderes tut. Wie Bügeln. Ich mag das Staubsauggeräusch, aber noch viel mehr mag ich diesen aufgeräumten Moment nach dem Staubsaugen, wenn die Teppichfädchen sich je nach Saugrichtung aufrichten oder glatt anschmiegen und die Teppichfläche ein bisschen aussieht wie Stadionrasen nach dem Mähen. Vor allem aber mag ich es, in einem Zimmer zu sein, während jemand anderes saugt. Irgendwie gibt mir das ein Gefühl von Fürsorglichkeit.

»Kannst du die für mich verstecken?« Alex streckt mir die Packung mit ihren Schokokeksen entgegen. »Ich will die nicht gleich wieder alle auffressen, wenn ich vom Training komme.« Allmählich gehen mir die Verstecke aus, denn natürlich sieht sie, wo ich sie hervorhole, wenn sie sie später doch wiederhaben will. Alex stopft ihr Handtuch und ihre Trinkflasche in die Sporttasche. An der Tür zieht sie sich den roten Kopfhörer noch mal vom Ohr, »sag mal, wenn du zufällig nachher noch in die Stadt fährst, könntest du mir Abschminkpads mitbringen? Meine sind alle.« Dann stöpselt sie ihren Kopfhörer wieder ein und zieht in Richtung Kraftraum ab. Sie ist jetzt bestimmt eine Stunde weg. Ich stopfe ihre Schokokekspackung unter meine Matratze, rühre mir einen Kaffee an und verteile leere Zeichenblätter, Pinsel und Farbtöpfchen auf dem sauberen blauen Teppich. Übermorgen soll ich in der Frauengruppe über meine Gefühle sprechen, und ich komme besser an meine Gefühle ran, wenn ich dafür Bilder finde.

Die Ruhe, der frisch gesaugte Teppichboden, der heiße Kaffee. Und niemand will etwas von mir. Fühlt sich gut an. Irgendwas stimmt nicht. In mir steigt etwas auf. Gleich muss ich weinen. Als Kind habe ich mich, wenn ich weinen musste, oft vor den Spiegel gestellt und mir beim Weinen zugeguckt. Das hätte ich natürlich nie jemandem erzählt, weil wer guckt sich schon selber beim Weinen zu? Dabei habe ich mir nur geholt, was mir gefehlt hat. Den gütigen Blick. Dass mich jemand als Traurige aushält.

Ich räume Papier, Farbtöpfchen und Wasserbecher weg. Das wird gerade nichts. Alex' Abschminkpads sind alle, und in Neuruppin gibt's diesen Unverpacktladen, den ich mir eh mal angucken wollte, und die kleine Konditorei nebendran hat unglaublich leckeren *Kalten Hund*. Meinen Gefühlen nachgehen kann ich auch im Auto. Ich trage mich an der Rezeption in die Ausgangsliste ein und gehe über den kiefernnadelübersäten Waldpfad zum Parkplatz. Den Klinikparkplatz verlasse ich noch wie vorgeschrieben im Schritttempo, und bis zur Unterführung halte ich mich auch noch an die 30 km/h Geschwindigkeitsbegrenzung. Erst ab dem Lindower Ortsausgangsschild beschleunige ich und jage schließlich mit dem Fuß auf dem Gaspedal über die Landstraße, während sich der automatische Sendersuchlauf durch die Stationen scannt. Rechts und links von mir fliegt der Brandenburger Wald vorbei, und gelegentlich blitzt die Sonne durch die Lichtungen. Mit jedem Millimeter, den der Sendersuchlauf sich durch die Frequenzen schiebt, eine neue Welt: Ein paar Takte *Bye Bye Baby*, ein Jingle – *Antenne Brandenburg. Das ist Ihre Musik –*, Rauschen, *Hungry Eyes, ein totes Reh auf der Fahrbahn zwischen Bronkow und Calau. Radio. Geht ins Ohr. Bleibt im Kopf.*

Mittendrin ich, wie ich versuche, jedes Rauschen scharf zu stellen, jede Botschaft zu entziffern, jeder Aufforderung nachzukommen. Ich verstecke Schokoladenkekse, besorge Abschminkpads, höre *Antenne Brandenburg*, informiere mich über den AfD-Parteitag in Magdeburg, gröle *I've got hungry eyes* durch den Brandenburger Wald und ziehe einen Umweg über Bronkow und Calau in Erwägung, um auch das tote Reh nicht zu vernachlässigen.

Mhmh-mmm-hm-mhh-mh-mh, instinktiv summt mein Kehlkopf mit, als die ersten Takte des nächsten Lieds durch die Lautsprecher kommen. Es ist eine vertraute Melodie. Sehr vertraut. Mein Bauch erkennt sie schneller als mein Kopf. *Ich kann nicht mehr sehen, trau nicht mehr meinen Augen,* setzt die Stimme von Herbert Grönemeyer ein. Das Lied, das wir zu deiner Beerdigung gespielt haben. *Wir waren verschworen, wär'n füreinander gestorben, haben den Regen gebogen, uns Vertrauen geliehen, wir haben versucht, auf der Schussfahrt zu wenden, nichts war zu spät, aber vieles zu früh,* zuverlässig treibt es mir die Tränen in die Augen. Jahrelang war dieses Lied der Soundtrack zu meinem Leben. Die anderen Lieder auf dem Album habe ich immer weggedreht.

Als ich aus Neuruppin zurückkomme, lege ich Alex die Abschminkpads und eine frische Packung Schokokekse aufs Bett. Dann hole ich die angebrochene Packung unter meiner Matratze hervor und esse sie leer.

Every Table is a Family Table (Tag 70)

Haus D, 1 Zi., Szczepański / Koschmieder

Vor dem Frühstück habe ich Kometen gegoogelt und bin dabei auf *Sungrazer* gestoßen, Sonnenstreifer. So heißen Kometen, die der Sonne extrem nah kommen. Natürlich muss ich an Ikarus denken. Nur, dass der eben einfach zu dicht rangeflogen ist. So, wie ich das Konzept mit den Sonnenstreifern verstehe, kommen sie der Sonne zwar zum Berühren nah, gehen aber nicht drauf dabei. Sonst würden sie ja Sonnenverrecker heißen, nicht Sonnenstreifer.

Ich nicke, als Roger mit seinem Frühstückstablett vor meinem Tisch steht und mit dem Kinn fragend auf den freien Platz deutet. Seit ich Alex gesagt habe, wie doof ich es finde, dass sie beim Essen immer auf ihrem Handy rumscrollt, haben wir nicht mehr zusammen gefrühstückt. Der Stuhl wäre also sowieso frei. Roger gehört zu Alex' Raucherinsel-Crew. Am Anfang hat er mich eingeschüchtert, mit seiner Bomberjacke und dem verschlossenen Blick. Aber seit dem Waldspaziergang, bei dem wir auf Hochsitze geklettert sind und im verlassenen Bauwagen Karten gespielt und uns über Alex' Panik vor knackenden Ästchen amüsiert haben, habe ich keine Angst mehr vor dem großen Mann in Jogginghosen, der sich Butter auf seine Brötchenhälfte schmiert und von seinen Söhnen erzählt, zu denen er Kontaktverbot hat. Als er mir auf dem Handy ein Foto von dem Boot zeigt, das er für sie gebastelt hat, aus den Holzstäbchen zum Kaffeeumrühren, muss der 1,90 Meter große Mann mit den definierten Oberarmmuskeln weinen. Er fährt sich mit dem Handrücken unter den Augen entlang und erzählt von dem Job, den er sich von hier aus für die Zeit nach der Klinik besorgt hat, als Hausmeister in einem Kindergarten. Die Mutter seiner Jungs liebt er nach wie vor, sagt er, und trotzdem hat er sie in den Bauch getreten, als sie mit dem zweiten Sohn schwanger war. Er zeigt mir die lange Narbe auf seinem linken Unterarm, als er Silvester versucht hat, sich umzubringen. Ich frage ihn nicht, ob sein neuer Arbeitgeber im Kindergarten denn kein polizeiliches

Führungszeugnis sehen wollte. Roger schiebt sein Frühstückstablett beiseite, um mir die hasserfüllten Posts und Statusmeldungen seiner Ex zu zeigen. Ich soll ihm doch bitte erklären, warum sie das macht und was sie damit meint. Er hat schon wieder Tränen in den Augen. Alex erwähnen wir mit keinem Wort. Und wie es mir dabei geht, fragt er nicht.

Auf Alex' Schreibtisch steht immer noch die abgeschnittene 1,5-Liter-Plastikflasche mit dem Zweig, an dem ihr ausgepustetes Osterei mit der Bodybuilderin hängt. Ein paar vertrocknete Triebe sind auf die Papierserviette gefallen, auf der sie ihre Parfümflakons und Nagellackfläschchen aufgereiht hat, dazwischen selbst gesammelte Steine. An der hinteren Schreibtischkante der rote Schraubverschluss-Thermosbecher, das leere Nescafé-Gold-Glas das sie von ihrem Ex bekommen hat und das ihr so viel bedeutet, dass sie es immer wieder mit dem Kaffeegranulat von Netto nachfüllt, eine Flasche Hohes C, ein rosafarbener Container mit Extra-Kaugummis. Ich frage mich, was mir Alex' Schreibtisch über sie erzählen würde, wenn ich nicht seit zweieinhalb Monaten das Zimmer mit ihr teilen würde. Ob mich die Papierserviette, auf der sie ihre Flakons und Fläschchen arrangiert hat, dann auch so rühren würde.

Ich durchsuche mein Handy nach einem schönen Foto von Kometenkalle, der morgen entlassen wird, als mein Handy eine neue SMS anzeigt. Von Alex. Als ich gestern von meiner Fahrradtour zurückgekommen bin, hab ich die aggressive Musik schon vom Gang aus durch die geschlossene Zimmertür wummern hören, und als ich reingekommen bin, stand sie zwischen ihren Koffern und aus dem Schrank gerissenen Klamotten. »Brauchst gar nicht so zu glotzen. Ich hau ab!«, hat sie mich angeblafft und dabei ganz komisch geklungen. »Ja, gesoffen hab ich auch, na und? Verpfeifste mich jetzt?«

Sie hat die Nacht auf Station verbracht und jetzt schickt sie mir eine SMS, in der sie sich entschuldigt und fragt, ob es für mich o. k. ist, wenn sie zurückkommt, falls sie nach dem Gespräch mit ihrem Bezugstherapeuten noch eine Chance kriegt, und ob ich dann weiter das Zimmer mit ihr teile.

Es gibt diese *Mad Men*-Folge, da sitzen Peggy Olson, Don Draper und Pete Campbell an einem Dinertisch bei Burger Chef, vor ihnen drei Trinkbecher mit Strohhalm im Deckel und jeder einen Burger in der Hand. Sie versuchen, eine Fast-Food-Kampagne zu konzipieren, die den amerikanischen Familienbegriff nicht beschädigt. Pete, der in Scheidung lebt und sich von seiner Frau anhören muss, dass er nicht mehr Teil der Familie ist. Peggy, die ihren Lebensunterhalt selber verdient, und Don, der schon lange nicht mehr an den Familientisch nach Ossinig zu Betty und den Kindern zurückkehrt, sitzen bei Burger Chef und suchen nach einem Aufhänger, um die amerikanische Durchschnittsfamilie vom traditionellen Familientisch wegzulotsen, an den der Vater abends zurückkehrt, den Hut an die Garderobe hängt, die Aktentasche abstellt und sich an den gedeckten Tisch zu den Kindern setzt, während die Hausfrau mit Schürze die Schüssel mit dem dampfenden Kartoffelbrei zum Hackbraten auf den Tisch stellt.

»Does this family even exist anymore?«, bricht es schließlich aus Peggy heraus.

You are so profoundly sad (Tag 74)

Haus D, 1 Zi., Szczepański / Koschmieder

»You are so profoundly sad«, sagt Arthur in der zweiten Staffel von *Mad Men* im Reitstall zu Betty Draper. »No. It's just because my people are nordic.«

Noch ein Monat, bis ich entlassen werde. Ich habe ein bisschen Angst davor, denn dann geht das da draußen ja weiter mit dem Leben. Ich weiß nicht, ob ich mich dem schon gewachsen fühle.

Drei Seiten lang ist dein Entlassungsbericht vom 21. August 2003. Nach dem letzten Eintrag, der die Aufnahme in die Abteilung für Hämatologie/Onkologie wegen Fieber und zunehmender Schwäche vermerkt, folgt kein weiterer mehr. Was sich auf drei Seiten zusammenfassen lässt, sind die ersten vier Jahre unseres gemeinsamen Lebens. Und die letzten. Was ich nie bedacht habe: dass es nicht *meine* letzten sind. Ich stehe auch 17 Jahre später noch in diesem Leben herum, und es braucht nur unerwartet in einem Drogeriemarkt ein Kind unter einer schief sitzenden Pudelmütze um die Ecke zu biegen, das an jeder Hand ein lachendes Elternteil hinter sich herschleift, um in Tränen auszubrechen.

Der letzte Eintrag deines Befundberichts wird dieses Jahr volljährig, und ich kann immer noch keine Pärchen ertragen, keine jungen Eltern, die mit Kleinkind auf den Schultern auf dem Marktplatz von Lindow in der Schlange vor dem Eiscafé anstehen oder nach einem gemeinsamen Pärcheneinkauf im Netto gemeinsam ihre Getränkekiste zum Auto tragen, jeder eine Hand an der Kiste. Aber am allerschlimmsten sind alte Pärchen. Jedes Mal, wenn ich in Leipzig mein Fahrrad vor der Friedhofsgärtnerei abstelle, kommen sie da raus, hinter einem luftigen Ballon aus hauchdünnem Papier, wie ein gigantischer Lollipop mit zu vielen Stilen, getönte Sonnenbrillen, helle Kamelhaarmäntel über gewölbten Rücken, eine zerknitterte Hand am Gehstockgriff, eine zerknitterte Hand an der Türscheibe, die er ihr für sie aufhält, und dann trippeln sie los, am besten noch Hand in Hand, zu irgendeinem Grab. In Lindow begegne ich ihnen vorzugsweise auf dem Weg um den See, den händchenhaltenden alten Pärchen.

Ich werde das nie irgendwem begreiflich machen können. Ich kann es mir ja selber nicht begreiflich machen. Wie das nebeneinanderher geht, weiterleben und nicht zu trauern aufhören, neue Männer, ein drittes Kind, Schultüten und Kastanientierchen, Seepferdchenabzeichen, Zahnspangen, Sommerregen, Herbststürme, der elende November, jeden Januar die ersten Hyazinthenköpfchen in bunten Plastiktöpfen, Ostereier und Schokokekse und nicht aufhören, das Leben mit den Augen einer Untröstlichen zu sehen, weiterleben und nicht zu trauern aufhören, so viele Jahre schon und jedes Jahr um die Osterzeit das verdammte blühende Mandelbäumchen hinter deinem Grabstein.

Als sie kleiner waren, mussten Karl und Tillie im Auto immer Rosenstolz mit mir hören. Rosenstolz steht für irgendetwas zwischen Tragik und Glamour. Genau in dieser Zone habe ich mein Leben eingerichtet. Mit Beziehungen, die traurig machen.

Du, der du die Ewigkeit mit mir wagen wolltest und das nur nicht halten konntest, weil die Ewigkeit sich als mieser Verräter erwiesen hat. Einer, der mit Haut und Haaren mit mir sein wollte, aber vor lauter Wollen nicht aushalten konnte, dass sein Körper etwas ganz anderes wollte. Einer, der mir bedingungslose Liebe angetragen hat und mit mir sterben wollte und das auch gefühlt hat. Bis er es nicht mehr gefühlt hat. Die Wahrheit auszusprechen kann schmerzhaft sein, und jemanden zu enttäuschen, ist schwer auszuhalten. Deswegen gibt es oft mehrere Wahrheiten. Und es gab mich, die ich lieber an meiner Vorstellung festhalten wollte, statt der Realität eine Chance zu geben. Ich wollte Menschen, die eine Verheißung in sich tragen, das Versprechen, mehr, besser, größer zu sein als *the rest of them*.

Ist mir ja auch gelungen. Immer und immer von Neuem. Aber der Preis dafür bestand eben im rigorosen *Director's Cut*. Dass zwischendrin der Vorhang zugezogen werden musste. Und die Zeiten hinter dem Vorhang länger und dunkler geworden sind.

»You are so profoundly sad«, wiederholt Arthur in Staffel 2 von *Mad Men* im Reitstall. »You're wrong. I'm not sad. I'm grateful«, erwidert Betty.

Ich bin mehrere hundert Kilometer durch den Brandenburger Wald gelaufen, habe fünf Zecken zwischen den Fingernägeln zerquetscht und einen Regenbogen gesehen. Ich bin ich-weiß-nicht-wie-viele Schritte durch Klinikgänge und über Klinikgelände gelaufen. Durchs gekachelte Treppenhaus zur Therapiegruppe. Unter der überdachten Pergola, von der inzwischen die Blauregenranken nach mir greifen, zum Speisesaal. Durch die Rabatten zur Schwimm- und Sporthalle. Zum Kiosk, um meine Zeitung abzuholen oder Kaffeemünzen für den Automaten zu kaufen. Zur Rezeption, wenn die Zimmerzugangskarte sich mal wieder entladen hat. Ich habe unzählige Päckchen bekommen, in denen *Phantasia*-Gummibärchen drin waren und Lakritzschnecken, selbst gefaltete Origami-Elefanten aus Silberpapier und bunte Nagellackfläschchen, ein selbst gesticktes Bild, Holzklötzchen und die ersten drei Staffeln *Mad Men* auf DVD.

Ich bin nicht Betty Draper. Eine Suchtklinik ist kein Reiterhof. Und ich bin nicht hergekommen, um die Traurigkeit zu leugnen. Sondern, um sie auszuhalten. Die Traurigkeit und die Angst. Und Angst habe ich. Vor der Zeit, wenn ich keine Schilder mehr habe, die mir den Weg weisen. Aber noch habe ich ja ein bisschen Zeit. Ein Fenster, vor dem ich einem kahlen Baum dabei zugucken konnte, ein Rot-Ahorn zu werden. Und einen Termin im Tattoostudio, um mir einen Affen aufmalen zu lassen.

Im Gummiboot in den Sonnenuntergang (Tag 94)

Haus D, 1 Zi., Szczepański / Koschmieder

Die Birne auf meinem Schreibtisch ist einen halben Daumen kleiner als der Edding, mit dem ich schon seit Tagen versuche, eine Affenskizze hinzukriegen. Wenn ich den Edding aufrecht hinstelle, reicht ihm die Birne bis zur Verschlusskappe. Der kleine silberne Origami-Elefant, den Ida mir gefaltet hat, ist kleiner als der blaue Hartgummidrache, den ich in Neuruppin bei Rossmann gekauft habe. Er hat ungefähr dieselbe Höhe wie meine Nagellackfläschchen, die auch auf dem Schreibtisch stehen. Ich bin 1,73 Meter groß und ungefähr acht Zentimeter größer als Alex, wenn ich meine Stiefel anhabe, sogar 15 Zentimeter größer. Alex hat mehr Muskeln und längere Wimpern. Ich habe dickere Daumen. Ein Zollstock funktioniert nur, weil er einen Maßstab liefert. Etwas, das sich anhand seiner Maßstäbe ins Verhältnis setzen lässt. Die Klinik ist wie ein Zollstock.

Gestern hat die Sober-App mir gesagt, dass ich jetzt 100 Tage ohne Alkohol habe. Gestern war strahlender Sonnenschein. Gestern hat mir Herr Juckert die Zusage für das Angehörigengespräch mit Oleg und Tillie gegeben. Gestern gab es tausend gute Gründe für gute Laune. Und ich hatte sie nicht. Die neueste Übung, die sich dieser Klinikaufenthalt ausgedacht hat. Nicht mehr mit geballten Fäusten und voller Wut durch den Wald rennen. Nicht mehr im Speisesaal erstarren und an mich halten müssen, die Thermoskanne nicht durch die Glasscheibe zu schmeißen. Nicht mehr mit dem Gesicht auf dem Kurzflorteppich liegen und nach Luft schnappen. Nicht mehr schluchzend in der Bezugsgruppe hocken. Was jetzt dran ist, ist zäh und unspektakulär. Aushalten, was ist. Ungewissheit. Warten auf Entscheidungen, auf die ich keinen Einfluss habe. Warten auf Ereignisse, die in der Zukunft liegen. Aushalten, dass die Sonne scheinen kann und schöne Dinge passieren können und sich trotzdem kein entsprechendes Gefühl einstellt. Aushalten, dass Gefühle nicht Gegenstand meiner Kontrolle sind.

Ich telefoniere ein paar Unterkünfte in Lindow ab, um ein Zimmer für Tillie und Oleg zu buchen und suche in der DB-App nach einer guten Verbindung von Leipzig nach Neuruppin. Ich frage mich, wie zum Teufel es in zwei Stunden Angehörigengespräch gelingen soll, alles, was hier passiert ist, unterzubringen, und ob Tillie und Oleg je verstehen werden, warum ich hier war. Die Sonne scheint, doch es gelingt mir nicht, mich so zu fühlen, wie das Wetter und die Ereignisse es von mir zu verlangen scheinen. Irgendwann ist es dann endlich halb vier und Zeit, Max und sein Kajak in Altruppin aus dem See zu fischen und zu seinem Auto in Zippelsförde zu fahren. Max ist nämlich wieder da. Am Montag nach seinem Verschwinden war er wieder da, es gab eine außerordentliche Gruppensitzung mit einer ausführlichen Rückfallanalyse, und Max musste endlich mal sprechen. Aber dafür ist er dann auch geblieben, was mich ziemlich froh macht, und zwar nicht nur, weil es Max war, der mich dazu gebracht hat, mit dem Fahrrad einen steilen Buckel runterzufahren, sondern vor allem, weil er etwas getan hat, das nicht vorgesehen war. In meiner Vorstellung war ein Rückfall nämlich mit so viel Scham und Versagensgefühl behaftet, dass ich mir nicht hätte vorstellen können, dass man sich dieser Scham stellt. Max ist also nicht einfach nur zurückgekommen, sondern er hat damit vor allem bewiesen, dass Zwischentöne möglich sind, dass man es eben nicht nur schafft oder eben nicht.

Gegen kurz nach vier biege ich auf der Halbinsel in Altruppin um die Ecke und Max kommt pitschnass aus dem Wasser und grinst mich an. Als ich aus dem Auto steige, zeigt er auf sein Kajak, das im Gras liegt. »Hab die Luft noch nicht abgelassen, willst du 'ne Runde?« Ich lasse meinen Rock ins Gras fallen und steige in sein knallorangenes Kajak. Steche das Paddel links und rechts ins Wasser und schlingere in Unterhosen in den Sonnenuntergang.

Reject the Idea that there is a right Way to be a Survivor (Tag 105)

Haus D, 1 Zi., – – – / Koschmieder

»Auf gar keinen Fall erkläre ich Ihren Kindern, was Sie zu einer Alkoholikerin macht.«

Herr Juckert hat gelacht dabei. »Aber wir finden schon etwas, worüber wir mit Ihren Kindern reden können.« Ich habe ein Hotelzimmer angemietet und für den Ankunftsabend einen Tisch in der Pizzeria am Marktplatz reserviert. Es ist mein letztes Wochenende hier. Alex hat ihren Schreibtisch schon letzte Woche abgeräumt und die Klinik verlassen.

Es ist ein heißer Sommertag, als ich das Auto am Bahnhof von Neuruppin parke. Ich bin viel zu früh dran und laufe zum Marktplatz und kaufe eine Schale Erdbeeren. Ich muss keine Angst haben, dass sie nicht in diesem Zug sitzen. Als der ICE ins Gleis einfährt, steht Tillie an einer der Türen und winkt mir durch die Scheibe zu. Und dann geht die Tür auf und Tillie lässt ihre viel zu große Reisetasche auf dem Bahnsteig fallen und wir halten einander eine kleine Ewigkeit fest, bevor auch Oleg sich zu mir runterbeugt und mich drückt.

Natürlich haben sie in Gesundbrunnen fast den Anschluss verpasst, weil der Zug so weit vorne am Gleis gehalten hat, dass sie rennen mussten. Wir fahren mit offenen Scheiben und Tillie erzählt von ihren Prüfungen und von dem Rennrad, das sie sich kaufen möchte, von ihrem Umzug, bei dem ihr ein Freund aus der Ausbildung den Transporter gefahren hat, und von den vielen Pflanzen und den feministischen Aufklebern ihrer neuen Mitbewohnerin. Oleg sitzt auf der Rückbank und lässt uns reden.

An der Hotelrezeption erklärt uns der Betreiber, dass er für den Samstagmorgen leider kein Frühstück anbieten kann, und dann zeigt er uns das Zimmer und erklärt uns den Weg durch die verwinkelten Gänge zum Hinterausgang, weil der Haupteingang abgeschlossen bleibt. Wir laufen ein Stück um den Wutzsee und

Tillie erzählt von der Nachmietersuche für ihre alte Wohnung und dass sie sich in Jena und in Köln um einen Studienplatz beworben hat, und von ihrem neuen Freund. Oleg läuft neben uns her und lässt uns reden. Abends sitzen wir beim Italiener am Markt auf der Terrasse und essen Pizza und allen, die ich kenne, stelle ich meine Kinder vor. »Das sieht man, dass ihr Mutter und Tochter seid«, sagen sie, wenn sie Tillie sehen, und dann gucke ich auf Olegs Daumen und denke, da sieht man es auch, und kurz bin ich traurig, dass die Daumen-Gang nicht vollständig ist, weil Karl fehlt.

»Und, wisst ihr schon, was ihr morgen Vormittag macht?« Unser Gesprächstermin mit Herrn Juckert ist erst um 14 Uhr und ich habe vormittags noch Gruppe und muss mein Klinikfahrrad zurückgeben. »Schlafen«, grinst Oleg und schmeißt sich auf das breite Hotelbett. »Vielleicht laufen wir um den See«, ergänzt Tillie und steckt ihr Handy ans Ladekabel.

Oleg ist auf den Findling geklettert, der am Rand des Klinikparkplatzes steht, und Tillie berichtet von dem Mückengeschwader, das sie auf dem Weg um den See angefallen hat. Wir stehen auf dem Klinikparkplatz im Sand und warten darauf, dass Herr Juckert uns abholt. Gäste sind aus Infektionsschutzgründen auf dem Klinikgelände nicht erlaubt, deswegen findet unser Gespräch in der Baracke neben dem Minigolfgelände statt. Der Raum wirkt wie der Konferenzraum eines Hotels, er hat Neonbeleuchtung, im hinteren Teil stapeln sich blau gepolsterte Stühle. Wir setzen uns um einen kleinen runden Tisch unter dem Fenster. Herr Juckert begrüßt Tillie und Oleg noch mal offiziell und fragt, wie sie den Vormittag verbracht haben, und Tillie erzählt noch einmal, dass sie um den See gelaufen und von Mücken attackiert worden sind, und dann geht uns der Small Talk aus. Es ist ein Unterschied, in der Gruppe und vor Herrn Juckert über Tillie und Oleg und Karl und mich zu sprechen oder vor Herrn Juckert mit Tillie und Oleg über mein Trinken.

»Ja, Frau Koschmieder, wir sitzen ja heute unter anderem deswegen zusammen, weil Sie mir erzählt haben, dass Ihre Kinder Ihr Trinken gar nicht als problematisch wahrgenommen haben. Vielleicht sprechen wir da jetzt drüber. Wer fängt an?«

Ich muss daran denken, wie ich mir Ende Februar beim Kartoffelwasserabgießen die Unterarme am heißen Wasserdampf verbrüht habe und nicht mehr aufhören konnte zu weinen, und Oleg hat an unserem durchgesägten Küchentisch gesessen und überhaupt nicht verstanden, was mit mir ist. Ich hab mich mit meinen verbrühten Unterarmen zu ihm gesetzt und auf die Narben an meinen Handgelenken gezeigt und wollte ihm erklären, wie das alles zusammenhängt, die gebrochenen Arme nach dem Leitersturz und Mama, die er nie kennengelernt hat, und was das mit ihrem Trinken zu tun hat und was das mit mir als Kind gemacht hat. Und dann habe ich aufgegeben.

»Also, wir haben ja schon oft drüber gesprochen, was bei uns als Familie so schiefgelaufen ist. Wie ich euch behandelt habe. Und wie es früher bei uns manchmal war.«

»Wie war es denn bei Ihnen manchmal?«, will Herr Juckert wissen. Ich gucke Tillie und Oleg an. Sie sollen sagen, wie es war. Tillie und Oleg gucken mich an. Ich soll erzählen, wie es war. Da ist es wieder, das vertraute Gefühl. Vier Personen sitzen um einen Tisch und warten darauf, dass jemand das Schweigen bricht. »Every table is a family table«, sagt Peggy Olsen in *Mad Men*, sie weiß um die Macht von Familientischen. »Na, beim Abendbrot zum Beispiel«, setze ich an. »Stimmt. Das war oft ganz schön furchtbar«, weiß Tillie weiter. »Warum denn?«, hakt Herr Juckert nach. »Weil keiner was gesagt hat.« »Weil man immer Angst hatte, was Falsches zu sagen.« »Ja, oder überhaupt was zu sagen. Und man wusste eigentlich gar nicht, warum.« »Aber nicht immer. Wenn wir Besuch hatten, war's immer anders«, werfe ich ein. »Klar. Weil's dir total wichtig war, was wir für ein Bild nach außen abgeben. Die sollten immer denken, wie locker und lustig es bei uns ist.« Sie hat recht. Mir fällt ein, wie heftig Karl sich geweigert hat, als ich für eine Woche eine Austauschschülerin aufnehmen wollte. Ich dachte, er hätte keine Lust, sein Bad oder sein Zimmer zu teilen. Aber es war, weil die dann ja mitkriegen würde, wie's bei uns zugeht. Oder was es für einen Unterschied gemacht hat, ob ein Glas Apfelsaft umkippt, während Besuch da ist oder nicht. »Du bist immer so schnell ausgerastet. Ich weiß noch, dass ich mich nie getraut hab, zuzugeben, wenn ich was vergessen hab oder was kaputtgegangen ist. Man hatte immer das Gefühl, sich rechtfertigen zu müssen.« Herr Juckert wendet sich an Oleg, der bisher wenig gesagt hat. »Ich war da ja noch ganz klein, ich hab das nicht so mitgekriegt. Ich glaube, am schlimmsten hat es Karl abgekriegt.« Karl, der nicht mit uns an diesem Tisch sitzt.

»*Das* meine ich. Ich wollte eine andere Mutter sein als die, die ich selber hatte. Und was für eine bin ich geworden? Eine, vor der man Angst hat!«

»Mama, du tust immer so, als wäre bei uns alles furchtbar gewesen und als wärst du eine schlimme Mutter. Aber das stimmt so nicht!« Tillie klingt, als müsste sie mich verteidigen.

Es ist sehr warm, als wir die Baracke nach anderthalb Stunden verlassen und uns von Herrn Juckert verabschieden. »War das jetzt o. k. für euch?«, frage ich Oleg und Tillie und natürlich nicken sie. Wir fahren zurück nach Lindow und die Mücken lassen uns in Ruhe, als wir durch den Wald zur Badestelle laufen und Tillie und ich ein Stück durch den Wutzsee schwimmen. Anschließend kaufen wir bei Netto Brötchen, Coleslaw, Hummus, Linsenchips, vegetarische Würstchen und mit Frischkäse gefüllte Paprika und laufen zum Gudelacksee. Wir breiten alles auf einer Bank aus und machen Picknick am Seeufer und Fotos von den Schwänen und vom Sonnenuntergang.

Am Samstagmorgen frühstücken wir zusammen im Hotelzimmer und tanzen zu ABBA, bevor wir meine Pfandflaschen bei Netto abgeben und in Richtung Neuruppin aufbrechen. Als ich kurz hinter der Straßenverengung am Ortsausgang von Lindow beschleunige, springen zwei rote Signallampen an. Eine davon ist das Motor-Zeichen, die andere sagt »Stopp«. Ich blinke und biege in den nächsten Feldweg ein. Das Serviceheft weiß dann, dass es sich entweder um ein massives Problem mit der Einspritzanlage handelt. Oder um irgendwas mit Überhitzung und Kühlmittel. Wir entscheiden uns für die zweite Variante, weil die Lampe nicht dauerhaft blinkt und die zweite Variante auch weniger bedrohlich klingt. Nachdem wir einmal die Motorhaube aufgemacht und mithilfe von Google den Kühlwasserbehälter identifiziert haben, marschieren wir im Gänsemarsch den Grasstreifen an der Straße entlang zurück Richtung Lindow, Richtung Tankstelle. Bis Tillie an einer Einfahrt stehen bleibt und auf ein Schild zeigt. Der schwarzweiß gestreifte Umriss einer Raute auf gelbem Grund. »Ist das nicht das Renault-Logo?«

Der Kühlwasserschlauch ist am Ventil abgebrochen. Das Ersatzteil kann er erst am Montag bestellen. Am Mittwoch werde ich entlassen. Ich unterschreibe den Werkstattschein und laufe mit den Kindern zurück zur Bushaltestelle Richtung Neuruppin.

Drei Tage später lasse ich an der Klinikkasse den Reisekostenerstattungsantrag für die Kinder gegenzeichnen und gebe das Plastiktütchen mit den klinikeigenen Stoffmasken an der Rezeption ab, bevor ich zu meinem Betreuungsarzt gehe und mir die Unterschrift für die Abschlussuntersuchung hole. Bis zum Abschlussgespräch mit der Arbeitstherapeutin habe ich noch genug Zeit, einmal in den See zu springen, und bis übermorgen ist mein Bikini auch wieder getrocknet. Die Bank, auf der ich so oft gesessen habe, ist besetzt, ich grüße nach links und rechts, der ganze Steg ist voller Menschen. Ich lasse mein Handtuch neben das Handtuch von irgendwem fallen und schwimme einmal bis zur anderen Seite und auf dem Rückweg 20 Schwimmzüge lang mit geschlossenen Augen.

Die Arbeitstherapeutin lächelt, als ich mit nassen Haaren vor ihr stehe. Wir gehen zusammen die Liste mit meinen ursprünglichen Therapiezielen durch. Um Hilfe bitten. »Hm, na ja, daran haben wir jetzt nicht wirklich gearbeitet. Aber das liegt vielleicht daran, dass Sie sich so gut selbst zu helfen wissen.« Ich zucke zusammen. Und denke, krass. Vielleicht kann ich das ja wirklich. Vielleicht kann ich mir viel besser selber helfen, als ich das je geglaubt habe. Ich kann in eine Suchtklinik gehen, wenn ich merke, dass ich Hilfe brauche. Kann in der Gruppe Dinge ansprechen, die mir unangenehm sind. Ich kann in den See springen, statt am Steg zu sitzen und auf eine Einladung zu warten. Ich kann mich im Wald verlaufen und darauf vertrauen, dass ich wieder herausfinde, bevor ein Bär mich findet und auffrisst. Ich kann, wenn ich dringend pinkeln muss, zwar immer noch nicht gut an der Tankstelle fragen, ob ich da mal gehen darf, aber ich kann mich auf dem Weg zur Kfz-Werkstatt ins Gebüsch schlagen.

Und dann bezahle ich meine Werkstattrechnung, fahre zur Tankstelle, sauge den Fußraum aus und wasche mit dem schmuddeligen Wasser aus dem Tankstelleneimer die Scheiben. Ich kaufe Schokoladenherzen für die netten Kioskfrauen, von denen ich 15 Wochen lang meine taz und meine Post und Kaffeemarken bekommen habe. Ich trage meinen Weihrauchsteckling, der in den letzten 105 Tagen bestimmt zehn Zentimeter gewachsen ist, zum Auto. Und dann durchquere ich noch einmal die verglasten Gänge mit dem blauen Kurzflorteppich, schiebe meine Patientenkarte mit dem Magnetchip in den Türschlitz und hole mein Gepäck aus dem Zimmer, neben dessen Tür noch mein Namensschild hängt.

Es gibt ein paar Menschen, denen mein Dank gilt.

In der Klinik ist es verbreitet, einander unter demselben Familiennamen im Handy abzuspeichern. Danke an Mitch Lindow, Marion Lindow, Nicole Lindow, Christian Lindow, Sandra Lindow, Susi Lindow, Tommi Lindow, Jerome Lindow, Holger Lindow, Marcel Lindow, Patzecal Lindow.

Meiner Schwester Swantje.

Shirley »How was your day« Frus.

Nicole Holke von der Suchtberatung der Diakonie Leipzig und Herrn Jochens, meinem Therapeuten in der Salus Klinik Lindow.

Isa Bogdan und Kaśka Bryla, die sehr früh gelesen und mich ermutigt haben. Dem gesamten Kanon Verlag, aber besonders Bov, der Gunnar auf meine fb-Posts aus der Klinik aufmerksam gemacht hat, Anke, die DRY das spektakuläre Cover verpasst hat, und natürlich Gunnar Cynybulk, der mich oft vor mir selber bewahrt und diesem Text zu der Form verholfen hat, in der er jetzt vorliegt.

Allen, die sich hier haben erzählen lassen und mich auf dieser Reise begleitet haben.

Wer sich mit dem Trinken auseinandersetzen will, braucht Verbündete:

Leslie Jamison: *The Recovering* (Granta Books 2018)

Daniel Schreiber: *Nüchtern. Über das Trinken und das Glück.* (TB, Suhrkamp 2016)

Janet Woititz: *Adult Children of Alcoholics* (Health Communications, Inc. 1983)

Kristi Coulter: *Nothing good can come from this* (Essays, MCD x FSG Originals 2018)

Kristi Coulter: *Enjoli* (Essay auf humanparts.medium.com)

Catherine Gray: *The unexpected joy of being sober* (Aster 2017)

Adrienne Rich: *What is found there – Notebooks on Poetry & Politics* (W. W. Norton & Company 1994)

Belle Robertson: www.tiredofthinkingaboutdrinking.com

SodaKlub Podcast und Magazin: www.sodaklub.com

Wer sich einer Suchtproblematik stellen will, braucht Unterstützung. Unter der Begriffskombination »Suchtberatung + Ort« spuckt das Internet deutschlandweit institutionelle Anlaufstellen und Selbsthilfegruppen aus. Dort anzurufen und einen Termin auszumachen, ist vielleicht der schwerste Schritt. Danach wird es einfacher.

II. My Fair Lady

III. Dry